kriminelle geister

DIE GHULBANDE
BUCH ZWEI

EVA CHASE

Kriminelle Geister

Die Ghulbande Buch 2

Erste Digitale Ausgabe, 2025

Übersetzung: Anja Maria Lermer

Lektorat: Nadja Uebach

Umschlaggestaltung: Covers by Christian

Ebook ISBN: 978-1-998582-42-6

Paperback ISBN: 978-1-998582-72-3

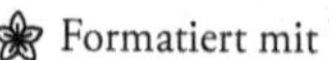 Formatiert mit Vellum

eins

Lily

was schockierende Entwicklungen angeht, hätte ich darauf verzichten können, zu sehen, wie ein Jugendfreund, der gewissermaßen zu einem Liebhaber geworden ist, mit einer Waffe am Kopf an die Wand gedrückt wird. Definitiv nicht zu empfehlen.

Der stämmige Kerl mit der Waffe, der wie ein Holzfäller aussieht, drückte Ruin gegen eine Hauswand in der Gasse über meiner Kellerwohnung. Als die Haustür schwungvoll aufgerissen wurde, presste er seine Pistole fester gegen Ruins Stirn und drehte sich um. Ruins drei Freunde und ehemalige Gangkollegen stürmten bereits die Treppe hinauf. Jede ihrer Bewegungen versprach Mord.

Mir blieb ein Aufschrei im Hals stecken, als ich hinter ihnen herlief. Ich verspürte den Drang, ihnen zuzuschreien, dass sie vorsichtig sein sollten, was mir gleichzeitig lächerlich

1

vorkam. Zum einen, weil diese Typen nie vorsichtig waren, und zum anderen, weil niemand *vorsichtig* sein konnte, wenn einer von uns in Gefahr war.

Zum ersten Mal fühlte ich mich wirklich als Teil ihrer Gruppe. Wie eine Ehren-Schädelbrecherin. Leider war ich zu verzweifelt, um mir über die Tragweite dieses Sinneswandels Gedanken zu machen.

„Keinen Schritt näher …", knurrte der Holzfäller mit dem Gewehr. Er konnte seine Drohung nicht zu Ende führen, denn in diesem Moment stürmte Nox auf ihn zu.

Der massige Anführer der Schädelbrecher stieß den Schützen von Ruin weg und schlug mit seinen Fäusten auf ihn ein. Der Schwachkopf ließ die Pistole fallen und bekam einen Kinnhaken ab. Einen Augenblick später war Jett zur Stelle und rammte dem Arschloch ein Knie in den Bauch und einen Ellbogen gegen die Nase, aus der sofort ein beeindruckender Schwall Blut strömte.

Kaum hatte er sich aus dem Griff seines Angreifers befreit, drehte sich Ruin um und schlug ebenfalls auf ihn ein. Obwohl er sich noch vor wenigen Sekunden in einer heiklen Situation befunden hatte, lachte er, als er dem Kerl seine Ferse in die Rippen rammte und ihn gegen die gegenüberliegende Wand schleuderte. Der Rhythmus der fleischigen Schläge, des rachsüchtigen Knurrens und der schweren Atemzüge erzeugte eine seltsame Melodie. In meinem Hinterkopf entstand ein wildes Lied der Vergeltung.

Der Pseudo-Holzfäller prallte von der Wand ab. Sein Gesicht war geschwollen und seine Beine wackelten. Er sah aus, als würde er einige seiner Lebensentscheidungen bereuen und blickte zur Straße am Ende der Gasse, als würde er überlegen, den Schwanz einzuziehen und zu fliehen.

Die Jungs ließen ihm keine Wahl. Jett schnappte sich den Helm von seinem geparkten Motorrad und schlug ihn ihm auf den Kopf. Kai, der sich aus dem Kampfgeschehen herausgehalten und auf seinen Einsatz gewartet hatte, hob ein Seil, das er gefunden hatte. „Wir brauchen Antworten", sagte er. „Macht ihn bewegungsunfähig und dann verhören wir ihn."

Nox hatte sich eine verbogene Gabel geschnappt, die jemand in der Gasse weggeworfen hatte. Ein knisterndes Zischen ertönte, als er sie dem Angreifer in die Seite stieß, und der Mann zuckte wie eine Marionette, die an ihren Fäden geschüttelt wurde. Das Geräusch, die Reaktion und der schwache Geruch von verbranntem Fleisch verrieten mir, dass der ehemalige Gangsterboss seinen Gegner mit seiner geisterhaften Energie geschockt hatte.

Mit einer Mischung aus einem Jauchzen und einem Knurren schlug Jett dem Kerl seinen Helm mit einer solchen Wucht ins Gesicht, dass der Kopf des Schleimscheißers ruckartig nach hinten fiel. Der Holzfäller prallte gegen die Wand, wobei sein Schädel mit einem knirschenden Geräusch zersplitterte. Einige Schädelstücke blieben an der Steinmauer kleben, als er auf dem Boden zusammenbrach.

Jett betrachtete den offenen Hinterkopf des Mannes, bevor er seinen Blick auf Kai richtete und sein lila gefärbtes Haar aus dem Gesicht strich. „Ups. Tut mir leid. Ich wollte ihn nicht so hart treffen."

„Er hat versucht, Ruin umzubringen", knurrte Nox und seine breiten Schultern spannten sich an. „Er hat verdient, was er bekommen hat."

Ruin wippte mit erhobenen Fäusten auf den Füßen auf und ab, als hoffte er, ein weiterer Angreifer würde für eine zweite Runde aus dem Schatten treten. Seine haselnussbraunen Augen funkelten aufgeregt. „Das war ein gutes Workout."

Der Kerl schaffte es immer, das Positive an einer Situation zu sehen.

Kai ließ das Seil mit einem verärgerten Seufzer fallen und

schob seine rechteckige Brille auf seiner Nase nach oben. „Es wäre schön gewesen, wenn wir den Grund für dieses Workout von ihm erfahren hätten. Ich nehme an, er hat dir nicht verraten, was er von dir wollte, bevor er dir die Waffe an den Kopf gehalten hat?"

„Er hatte es nicht auf Ruin abgesehen", warf ich ein, als ich mich an die wenigen Worte erinnerte, die der Angreifer gesagt hatte, bevor die Jungs auf ihn losgegangen waren. „Er dachte, er würde Ansel bedrohen."

Einen Moment lang herrschte Schweigen, während die vier Jungs darüber nachdachten. Die Wahrheit war, dass keiner von ihnen der war, der er zu sein schien. Vor ein paar Wochen waren diese Arschlöcher noch meine schlimmsten Peiniger gewesen, die mich am Lovell Rise College beleidigt und drangsaliert hatten. Dann hatten ehemalige Gangster Besitz von ihren Körpern ergriffen. Meine doch nicht so imaginären Kindheitsfreunde waren mir zur Hilfe geeilt.

Die Situation war ein wenig kompliziert, und ich konnte sie noch immer nicht ganz begreifen.

Mittlerweile fiel es mir leichter, mir die vier als die Männer vorzustellen, die sie zu sein behaupteten, und nicht mehr als den überheblichen Beliebten, den tyrannischen Sportler, den verurteilenden Arschkriecher und den feindseligen Professor, denen die Körper zuvor gehört hatten. Das lag einerseits daran, dass ihre Persönlichkeiten nicht unterschiedlicher sein könnten und andererseits daran, dass sich ihre Körper durch die Geisterenergie und ihre Bemühungen allmählich so veränderten, dass sie besser zu ihrem früheren Selbst passten.

Im Gegensatz zu Kai hatte Zach, der Sportler, nie eine Brille getragen. Professor Grimes war nicht annähernd so muskulös gewesen, wie Nox es jetzt war, und er hatte seine Haare definitiv nicht einer Igelfrisur mit roten Spitzen gegelt.

Auch Vincents Körper war deutlich kräftiger geworden, seit Jett Besitz von ihm ergriffen hatte, und Vincent hätte beim Anblick seiner neuen lilafarbenen Haare wahrscheinlich vor Entsetzen geschrien. Die hartgesottene Ausstrahlung von Ansel, dem Goldjungen, war durch Ruins Einfluss weicher geworden, und seine einst goldenen Locken waren nun scharlachrot.

Das hatte den Holzfäller jedoch nicht davon abgehalten, den Vorbesitzer des Körpers anzugreifen.

Ein nachdenklicher Blick war in Ruins Augen getreten, und er winkte mit der Hand, um unsere Aufmerksamkeit zu erregen. „Mich hat schon mal ein Kerl belästigt! Er saß in einem Auto und hielt mich an, als ich etwas zu essen besorgt habe. Er wollte wissen …" Ruin legte die Stirn in Falten, während er sich zurückerinnerte. „Er hat gefragt, wo ich die ganze Zeit gewesen wäre, und meinte, ich hätte keinen Bericht abgeliefert, als ich es hätte tun sollen, oder so ähnlich."

Nox blinzelte ihn an. „Warum zum Teufel hast du das nicht früher erwähnt?"

Ruin zuckte mit den Schultern und lächelte zufrieden. „Es hatte offensichtlich nichts mit *mir* zu tun. Ich habe ihm gesagt, er solle sich verziehen. Ich dachte, die Sache hätte sich damit erledigt und wenn nicht, würden wir uns darum kümmern. Und das haben wir. Also ist alles gut."

„Es ist nicht alles gut." Kai deutete auf den toten Mann. „Du hast gesagt, der Kerl, der dich vorher belästigt hat, war jemand anderes. Also ist *er* immer noch da draußen, und da *jemand* den Namen Schädelbrecher etwas zu wörtlich genommen hat, haben wir keine Ahnung, wer sie sind oder was sie wollen."

„Ich habe doch schon gesagt, dass es mir leidtut", murmelte Jett.

Ich rieb mir die Stirn. „Der Kerl hat also nicht gesagt,

was er wollte? Keiner der beiden? Worüber du Bericht erstatten solltest? Oder wem?"

Ruin schüttelte den Kopf. „Sie schienen einfach nur wütend zu sein und mich herumschubsen zu wollen. Sie hatten keine Ahnung, mit wem sie es jetzt zu tun hatten." Ein breites Grinsen umspielte seine Lippen.

Nox drehte sich zu mir um. „Du kanntest diesen Ansel von früher, richtig? War er in etwas verwickelt, als ihr jünger wart?"

Ich breitete meine Arme aus. „Ich habe keine Ahnung. Wir haben nie über unsere Hobbys oder die Geheimorganisationen, denen wir angehörten, gesprochen. Als wir noch Kinder waren, hat er mich nur als Verliererin beschimpft und behauptet, dass ich nach Sumpfwasser stinke."

Ruins Lächeln verblasste. „Du bist keine Verliererin, und du riechst viel besser als der Sumpf. Wir haben genug Zeit dort verbracht, um das mit Sicherheit sagen zu können."

Ich warf ihm einen finsteren Blick zu. „Danke. Obwohl ich damals wahrscheinlich tatsächlich ein wenig sumpfig gerochen habe, weil ich so viel Zeit bei euch dort verbracht habe."

„Die Zeit war sinnvoll genutzt", sagte Nox.

„Sehe ich auch so", erwiderte ich. „Jedenfalls ist das Einzige, was ich über Ansel weiß, dass ihn fast alle mögen und mit ihm befreundet sein wollen. Und dass seine Eltern ziemlich viel Geld haben. Seinem Vater gehören der Yachthafen am See und ein paar andere Grundstücke in der Stadt. Er ist auch mit dem Bürgermeister befreundet. Doch als ich das letzte Mal mehr Zeit mit Ansel verbracht habe, waren wir beide dreizehn. Ich habe keine Ahnung, wo er hineingeraten sein könnte, während ich in der Klapsmühle war."

Immerhin war ich sieben Jahre lang weg. Und Ansel

hatte sich in dieser Zeit von einem aufgeblasenen Teenager zu einem vollwertigen erwachsenen Arschloch entwickelt. Die Möglichkeiten waren so gut wie unbegrenzt.

„Sehen wir uns das Arschloch mal genauer an", sagte Jett hastig, als wollte er jedes Gespräch so schnell wie möglich hinter sich bringen, bei dem es darum gehen könnte, wie bedauerlich es war, dass er den Pseudo-Holzfäller umgebracht hatte. Er ging neben dem Mann in die Hocke, und der Rest der Jungs gesellte sich zu ihm.

Sie tasteten ihn mit ungewöhnlicher Effizienz ab. Nach einer Weile schien Ruin sich zu langweilen und richtete sein Motorrad auf, das während des Angriffs umgekippt war.

Kai kramte ein paar Zettel aus der Hemdtasche des Mannes, die er anscheinend für nutzlos hielt und wegschnippte. Nox zog ein Handy aus der hinteren Jeanstasche des Mannes und tippte mit seinem Daumen darauf herum. Die Jungs hatten keine Geduld für die Technologie, die sich in den zwei Jahrzehnten nach ihrem Tod stark weiterentwickelt hatte.

„Ich kann es nicht öffnen", brummte er. „Darauf ist bestimmt etwas zu finden, oder?"

„Lass mal sehen." Kai streckte seine Hand aus, und sein Boss reichte ihm das Smartphone. Kai war unglaublich scharfsinnig und erweckte oft den Eindruck, er könne die Gedanken anderer Menschen lesen. Er hatte sogar zwei Jahrzehnte der jüngsten Ereignisse in sich aufgesogen, indem er Nachrichtenmagazine mit einer Geschwindigkeit von hundert Seiten pro Minute gelesen hatte. Leider schienen sich seine Fähigkeiten nicht auf elektronische Geräte zu erstrecken. Er tippte auf den Bildschirm und die Tasten und feuerte schließlich einen kleinen Stoß übernatürlicher Energie ab, woraufhin das Display kurz flackerte.

„Mach es nicht kaputt", mahnte Jett.

Kai warf ihm einen spitzen Seitenblick zu. „So, wie du

ihn kaputtgemacht hast?" Mit grimmiger Miene starrte er auf das Display. „Ich kann es nicht entsperren. Man braucht einen PIN-Code. Wenn ich noch meine alten Kontakte hätte … Wir hatten noch keine Gelegenheit, sie wieder zu aktivieren. Ich habe keine Ahnung, wer so etwas hinbekommen könnte."

„Es ist doch nicht dringend, oder?", fragte Ruin. „Bis jetzt haben uns diese Leute keine größeren Probleme gemacht. Wir können auch auf andere Weise herausfinden, was Ansel vorhatte."

„Anrufe sollten auch ohne PIN durchgehen", sagte ich. „Irgendwann wird ihn doch jemand anrufen, oder? Vielleicht können wir so herausfinden, was los ist."

Kai nickte und schenkte mir ein zustimmendes Lächeln, bei dem mich ein wohliger Schauer durchströmte. Bisher war ich nur mit Nox und Ruin intim geworden, aber ich würde lügen, wenn ich behaupten würde, dass ich nicht alle vier Männer auf ihre eigene Art und Weise immer anziehender fand. Was wahrscheinlich verrückt war, weil sie kriminelle Mörder und theoretisch *tot* waren. Gestern hatte ich jedoch beschlossen, dass Vernunft überbewertet wurde.

Mein Blick glitt zurück zu dem toten Mann. „Was sollen wir mit ihm machen? Wir können ihn nicht hier liegen lassen, oder? Die Gasse ist direkt neben meiner Wohnung." Erstens war er keine schöne Zierde und zweitens hatte ich erst vor ein paar Tagen Ärger mit der Polizei gehabt.

Nox brummte und nickte langsam. „Wir kümmern uns darum. Aber zuerst sollte Ruin uns etwas zu Essen besorgen. *Ich* bin am Verhungern."

Er hielt inne und berührte meine Wange mit einer Sanftheit, die so im Widerspruch zu seinem üblichen großspurigen, aggressiven Auftreten stand, dass ich ein intensives Kribbeln verspürte. „Geh runter und warte in der Wohnung, Lily. Wir wollen nicht, dass du in der Nähe der

Leiche gesehen wirst. Außerdem solltest du nicht mit Ruin unterwegs sein, solange es jemand auf ihn abgesehen hat."

Ich wollte protestieren, doch ich wusste nicht, was ich sagen sollte. Seine Argumente waren überzeugend. Zähneknirschend nickte ich schließlich.

„Seid vorsichtig", sagte ich. Die Warnung, die ich schon zuvor aussprechen wollte, erschien mir jetzt nur geringfügig weniger absurd. Mit einem flauen Gefühl im Magen stieg ich die Treppe zu meiner schäbigen Wohnung hinunter.

Mir gefiel die Sache nicht. Ganz und gar nicht. Wir wussten bereits, dass meiner Schwester Gefahr drohte. Wahrscheinlich von einem unheimlich mächtigen Geschäftsmann, und jetzt stellte sich heraus, dass auch Ansel in etwas Gefährliches verwickelt war?

Ich musste Marisol beschützen. Und auch die Männer, die von den Toten auferstanden waren, um mich zu beschützen. Zumindest sofern sie das zulassen würden. Und wie es aussah, musste ich beide Probleme gleichzeitig angehen, wenn ich dafür sorgen wollte, dass alle, die mir etwas bedeuteten – und denen ich etwas bedeutete – die nächsten Tage überlebten.

zwei

Lily

Ruin kam mit einer Unmenge an Tüten mit indischem Essen zurück und sah damit aus wie ein Straßenverkäufer, der sein gesamtes Inventar auf dem Rücken trug. Mein klappriger Tisch kippte fast um, als er die Gerichte auspackte und die Boxen aufeinanderstapelte. Die anderen Jungs, die inzwischen in die Wohnung zurückgekehrt waren, stürzten sich auf die Behälter mit Curry, Roti und Biryani-Reis, als hätten sie ein halbes Jahrhundert nichts gegessen.

Ich war mir nicht sicher, ob ich mich jemals an ihren ständigen Energiebedarf gewöhnen würde. Würde sich das ändern, sobald sich ihr Geist an ihren Körper und die Tatsache angepasst hatte, dass sie in den einundzwanzig Jahren, in denen sie tot gewesen waren, überhaupt nichts gegessen hatten? Oder würden sie immer den Appetit eines großen weißen Hais haben?

Mir war nach der letzten Auseinandersetzung noch immer flau im Magen, doch es war fast Abendessenszeit, und ich hatte den ganzen Tag kaum etwas gegessen, weil so viel los gewesen war. Ich würgte ein Stück Knoblauch-Naan und etwas Butterhähnchen hinunter. Auf einen schroffen Laut von Nox hin, häuften die vier Jungs mehr Essen auf meinen Teller, als ich in einer Woche essen könnte.

Ich ließ mich damit auf die linke Seite meines durchgesessenen Futons sinken. Ruin hatte eine besondere Vorliebe für extreme Gewürze. Eigentlich für alle Arten von Extremen. Offenbar hatten die Jungs jedoch darauf geachtet, mir keine der Gerichte zu servieren, die er für seinen speziellen Geschmack bestellt hatte, denn meine Zunge ging nicht in Flammen auf. Tatsächlich war es verdammt köstlich.

Ich beschloss, mir eine halbe Stunde lang keine Gedanken über Leichen, Waffen oder zwielichtige alte Geschäftsleute zu machen. Sie würden nach dem Essen auch noch da sein.

Obwohl die Jungs etwa hundertmal mehr aßen als ich, waren sie fertig, bevor ich satt war. Jett begann, einen Teil der Reste kunstvoll zu arrangieren, und gab etwas Vindaloo-Soße auf ein dickes Blatt Papier, das er zusammen mit seinen anderen Malutensilien besorgt hatte. Er betrachtete es mit schiefgelegtem Kopf, bevor er es zusammenknüllte und naserümpfend in den Müll warf.

Ruin setzte sich auf die breite Armlehne neben mir, sodass er seinen Arm um meine Schultern legen und mein Haar streicheln konnte. Ich neigte meinen Kopf zu ihm und genoss die zärtliche, unaufdringliche Berührung. Wir hatten einmal geknutscht und er verteilte Umarmungen und Küsse, als gäbe es kein Morgen, doch ich hatte nie das Gefühl, dass er unzufrieden damit war, was zwischen uns passiert oder nicht passiert war. Es fühlte sich wunderbar an, so begehrt zu werden.

Nox setzte sich auf die andere Seite des Futons, während Kai seinen gewohnten Platz auf dem Stuhl gegenüber von uns einnahm. Er strich sich mit der Hand über das Gesicht und musterte uns. Zachs frühere pfirsichfarbene Haut hatte mittlerweile eine goldene Bräune angenommen.

„Wir können nicht einfach rumsitzen und darauf warten, dass das Telefon klingelt. Wir müssen uns einen Plan einfallen lassen."

„Um herauszufinden, wer hinter Ruin – beziehungsweise Ansel – her ist, und wie wir Marisol beschützen können", fügte ich hinzu.

Er nickte, und Ruin hob den Kopf. „Das können wir auf die Liste setzen!"

Ich zog die Augenbrauen hoch. „Die Liste?"

Nox deutete auf Kai, der ein gefaltetes Stück Papier aus seiner Hosentasche zog. „In der Nacht, in der du nicht zu Hause warst, haben wir eine Liste mit unseren nächsten Schritten erstellt, um uns wieder den Respekt zu verschaffen, der uns zusteht", erklärte der Anführer der Schädelbrecher.

Natürlich hatten sie das. Warum sollten sie das auch nicht tun? Wahrscheinlich enthielt die Liste Punkte wie „Allen die Köpfe einschlagen" und „Sie an den Zehennägeln in einen Baum hängen".

Kai tippte sich mit einem Stift an die Lippen. „Herausfinden, wer es auf den Vorbesitzer von Ruins Körper abgesehen hat, sollte oberste Priorität haben, oder?"

Nox gab einen unverständlichen Laut von sich. „Wir haben diesen Idioten ziemlich schnell in die Schranken gewiesen, und es hat nicht *wirklich* etwas mit uns zu tun. Ich denke, es ist wichtiger, herauszufinden, wer uns damals umgebracht hat. Wir sollten sie ausschalten, bevor wir offiziell zurückkehren und sie merken, dass wir es auf sie abgesehen haben."

Ich nehme Ruins Hand. „Wir können das Problem mit

Ansel nicht ignorieren. Was ist, wenn Ruin irgendwo angegriffen wird, wo er nicht auf eure Hilfe zählen kann?"

Ruin beugte sich vor und kraulte mein Haar. „Ich wäre auch allein mit ihm fertig geworden. Ich wollte nur, dass er sich in Sicherheit wiegt, bevor ich ihm eine Lektion erteile."

Kais graugrüne Augen blitzten bedrohlich hinter seiner Brille. „Und es gibt noch eine Menge anderer Leute, die ihre Lektionen lernen müssen." Er seufzte. „Nun, wir haben im Moment keine anderen Verpflichtungen, und beides könnte einige Zeit in Anspruch nehmen. Ich denke, wir können zwei Ziele gleichzeitig verfolgen."

„Gut." Ich strich mit dem Daumen über Ruins Handrücken. Das Bild von ihm, wie er mit der Pistole an der Schläfe gegen die Ziegelsteine gepresst wurde, ließ meinen Puls erneut in die Höhe schnellen. Ich hatte das merkwürdige Gefühl, als würde ich ihn einerseits schon ewig kennen und andererseits erst seit ein paar Wochen. Vielleicht traf beides zu. Auf jeden Fall versetzte der Gedanke, ihn zu verlieren, mir einen Stich in die Brust.

Ich schmiegte mich an ihn, und Ruin gab ein zufriedenes Brummen von sich. Ohne Vorwarnung hüpfte er von der Armlehne des Futons und hob mich in seine Arme, sodass ich auf seinem Schoß saß, als er auf dem Polster landete.

„Du brauchst dir keine Sorgen um mich zu machen, Engelsfisch", raunte er mir ins Ohr. „Ich werde nirgendwo hingehen, nicht wenn ich hier bei dir sein kann."

Mein Herz setzte einen Schlag aus, und er küsste mich zärtlich, aber begierig. Er zog den Kuss in die Länge, bis jeder Nerv vor Hitze zu pulsieren begann.

Hitze sammelte sich zwischen meinen Schenkeln. Ruins Hand strich an meiner Seite entlang und weckte das Bedürfnis in mir, mich an ihm zu reiben. Ich spannte mich an, um mich zurückzuhalten, und dachte an die anderen Jungs, die um uns herum saßen.

Schließlich unterbrach Ruin den Kuss und musterte mich mit offensichtlicher Sorge. „Zu viel?"

„Nein, ich … Es war gut … Ich habe nur …" Ich hielt mir die Hand vor den Mund, um meine Gedanken zu sortieren. Dann holte ich tief Luft und warf einen Blick auf die anderen wiederauferstandenen Gangster.

„Vielleicht sollten wir darüber reden. Darüber … was genau das ist. Ich weiß nicht, was ihr erwartet. Als ich jünger war, hatte *ich* definitiv nicht vor, mich auf diese Weise mit euch einzulassen. Ich dachte ja nicht einmal, dass ihr wirklich existiert …" Wieder brach ich ab und biss mir auf die Lippe.

Nox sah ein wenig entsetzt aus. Wieder hatte ich kurz die Befürchtung, dass er beleidigt war, weil ich das Thema überhaupt angesprochen hatte, doch dann sagte er: „*Wir* wollten das damals auch nicht. Du warst noch ein Kind, verdammt noch mal!" Er hielt inne, und bei dem Anblick von mir auf Ruins Schoß trat eine stürmische Mischung aus Eifersucht und Begierde in seine dunkelblauen Augen. „Jetzt bist du kein Kind mehr, sondern eine Frau. Und jetzt, wo wir wieder ‚richtige' Menschen *sind* … Du weißt, was ich für dich empfinde."

Ja, das wusste ich. Die Erinnerung an seine wertschätzenden Worte und seine leidenschaftlichen Berührungen setzten meine Haut in Flammen.

„Aber wir wollen nicht, dass etwas passiert, womit du nicht einverstanden bist", fügte Ruin mit Nachdruck hinzu. „Wir sind für *dich* da, nicht umgekehrt."

„Und zwar *alle*. Oder auch nicht, wie du willst", fügte Nox mit einem kurzen Blick auf die beiden Männer hinzu, die bisher geschwiegen hatten. „Keiner von uns will dich für sich allein haben, mich eingeschlossen. Du bedeutest uns allen die Welt. Keiner hat mehr Anspruch auf dich als die anderen."

Jett, der immer noch am Tisch stand, hatte sich ein

wenig versteift. Er hob die Hände, und sein Kiefer verkrampfte sich. „Lily ist meine Muse." Auch seine Stimme klang ein wenig angespannt. „Mehr verlange ich nicht. Ich teile verdammt viel mit euch, aber Orgien sind nicht mein Ding." Er neigte den Kopf zu mir, und sein Gesichtsausdruck wurde weicher. „Es ist viel schwieriger, die richtige Muse zu finden. Du bist etwas verdammt Besonderes, Lil."

Seine letzten Worte fegten den unerwarteten Stich der Enttäuschung weg, den ich über seine Ablehnung von Orgien verspürte. Ich lächelte ihn an, bevor ich meinen Blick auf Kai richtete.

Der Kopf der früheren Bande rutschte unbeholfen auf seinem Stuhl umher. „Ich werde nicht leugnen, dass ich mich zu dir hingezogen fühle", sagte er in seinem üblichen sachlichen Ton. „Dein Körper … Diese verdammten Teenager-Hormone. Ich hätte mir einen älteren Körper aussuchen sollen." Er schnaubte. „Ich erwarte nicht, dass du dieses Interesse erwiderst, und ich denke, im Moment ist es eher eine Art Ablenkung." Sein Blick huschte zu Nox. „Zumindest für mich. Ihr zwei könnt Lily geben, was immer ihr wollt. Nach der ganzen Scheiße, die sie durchmachen musste, hat sie es verdient, glücklich zu sein."

Nox fing Ruins Blick auf. „Also nur wir beide. Ich denke, wir werden es schaffen, die Bedürfnisse unserer Frau zu befriedigen."

Meine Wangen erröteten. Ruin gluckste zufrieden und küsste meine Wange. „Ganz bestimmt", murmelte er glücklich und umarmte mich noch einmal. „Aber wir sind vom Thema abgekommen. Du musst auch deiner kleinen Schwester helfen."

„Ja", antwortete ich erleichtert über den Themenwechsel, obwohl ich das vorherige Thema angeschnitten hatte. Jetzt, da die Sache geklärt war und jeder wusste, woran er war, wollte ich meine genauen „Bedürfnisse" nicht in der Gruppe weiter ausführen.

„Wir wissen, dass die Gauntts darin verwickelt sind", sagte Kai, offenbar ebenso erpicht auf einen Themenwechsel. „Oder zumindest Nolan Gauntt, der Patriarch von Thrivewell Enterprises."

„Ja, mein Stiefvater hat ihn erwähnt." Unter extremem Zwang. Ich rieb mir den Mund. Kai hatte Nachforschungen über den Geschäftsmogul angestellt, dessen Unternehmen offenbar halb Lovell Rise sowie die umliegenden Städte und seine Heimatstadt Mayfield beschäftigte. Nichts davon hatte erklärt, was er mit meiner Schwester oder mir zu tun haben sollte. Abgesehen davon war es Wade zweifellos schwergefallen, Nolan irgendeinen Wunsch abzuschlagen. Mein Stiefvater setzte sich nur über Leute hinweg, von denen er wusste, dass er sie verprügeln konnte. Vor Leuten, die ihm überlegen waren, zog er hingegen den Schwanz ein.

„Es wird schwer sein, den Kerl direkt anzugreifen", gab ich zu bedenken. „Wir können ihn nicht einfach auf der Straße aufhalten und ihn zum Reden zwingen. Bestimmt hat er eine ganze Armee von Leibwächtern. Und was auch immer mit ihm passiert ist und so sehr ich auch vorhabe, dafür zu sorgen, dass er dafür bezahlt, es ist sieben Jahre her. Marisol schien *jetzt* nervös zu sein. Bevor wir etwas unternehmen, möchte ich überprüfen, ob sie sich aus einem bestimmten Grund Sorgen macht. Ich möchte nichts tun, was sie in Gefahr bringen könnte."

„Und wie willst du das anstellen?", fragte Nox.

Nachdenklich knabberte ich an meiner Unterlippe. „Ich kann sie aus der Ferne im Auge behalten, wenn sie zur Schule und wieder nach Hause geht – und wo auch immer sie sich dazwischen herumtreibt. Oder ich konzentriere mich nicht so sehr auf sie, sondern darauf, ob sie von *jemandem* überwacht wird. Jetzt, wo ich keinen Job mehr habe, kann ich einen Großteil der Zeit zwischen meinen Kursen dafür nutzen."

Bei dem Gedanken an die letzten Worte meines Vorgesetzten vor dem Lebensmittelgeschäft zuckte ich innerlich zusammen. Die Entlassung war alles andere als angenehm gewesen und verhieß vermutlich nichts Gutes für zukünftige Jobaussichten. Im Grunde hatte ich ihm mit meiner bloßen Existenz Ärger gemacht – und damit, dass andere Leute ein Problem mit meiner Existenz hatten.

„Wir können auch helfen", bot Ruin an. „Wir können Ausschau nach zwielichtigen Gestalten halten, die sich hier herumtreiben."

Sofort entstand in meinem Kopf ein Bild, wie die ehemaligen Gangster auf der Straße unschuldige Passanten verprügelten, die Marisol für den Bruchteil einer Sekunde schief angesehen hatten. „Ähm. Sicher. Aber ihr müsst mir die Führung überlassen, in Ordnung? Wir werden darüber reden, wie ihr helfen könnt, aber ich möchte nicht, dass ihr euch Marisol nähert oder etwas unternehmt, bevor wir darüber gesprochen haben."

Jetts Grunzen deutete darauf hin, dass er das für unnötig hielt, aber Nox nickte bereits. „Du hast das Sagen. Es sei denn, sie wird angegriffen. Wenn jemand sie anrührt, werden wir nicht tatenlos zusehen."

Ich warf ihm einen skeptischen Blick zu. „Es muss schon mehr passieren, als dass sie angerührt wird. Wenn ihr jemand auf die Schulter klopft, um ihre Aufmerksamkeit zu erregen, müsst ihr ihn nicht gleich verprügeln."

„Kommt darauf an, wie fest er ihr auf die Schulter klopft", gab er zurück und winkte meinen missbilligenden Blick ab. „Schon gut. Wir kriegen das schon hin." Er rieb seine Hände aneinander. „Klingt, als wäre es an der Zeit, in Aktion zu treten."

drei

Ruin

In mancher Hinsicht war Lilys Bett unbequemer als die Luftmatratze und der Schlafsack im Wohnzimmer. Erstens war ihre Matratze etwas durchgelegen und zweitens war das Bett kaum groß genug, dass sich eine Person darauf ausstrecken konnte, geschweige denn zwei.

Aufgrund der Tatsache, dass Lily hier lag, war es trotzdem mein Lieblingsplatz auf der Welt.

Ich hatte nicht widerstehen können, etwas früher als sonst in ihr Schlafzimmer zu schlüpfen, mich zwischen sie und die Wand zu quetschen und einen Arm um ihre Taille zu legen. Inzwischen hatte sie sich so an meine Anwesenheit gewöhnt, dass sie nur ein verschlafenes Gemurmel von sich gab, etwas näher an mich heranrückte und sofort wieder einschlief. Mit ihrem Wildblumenduft in der Nase war auch ich in einen tiefen Schlummer gesunken.

Als ich wieder aufwachte, schlief sie noch und ihre

Atemzüge waren ruhig und gleichmäßig. Ich fuhr mit den Fingerspitzen über die weiche, blasse Haut ihres nackten Arms.

Mit halb geschlossenen Augen rollte sie sich zu mir. Ich ließ meine Finger über ihre Schulter und ihr Schlüsselbein gleiten, direkt über den Ausschnitt ihres weiten Schlafshirts. Lily zuckte ein wenig zusammen und öffnete ihre Augen weiter. „Du machst mich heiß", murmelte sie.

Wer hier wen heiß machte, war fraglich, nachdem mein Schwanz bei der Berührung ihres Oberschenkels zuckte, doch mir stand nicht der Sinn nach einer Diskussion. Ich lehnte mich näher an sie heran, streichelte ihr Gesicht und fuhr mit meinen Lippen über ihre Wange. „Wenn du mehr willst, kann ich gerne weitermachen."

Sie neigte ihr Gesicht zu meinem und ich küsste sie. Die schläfrige Zärtlichkeit verwandelte sich schnell in lebendige Hitze, als sich unsere Münder berührten. Meine Hand wanderte nach unten, um ihre Brüste durch die dünne Baumwolle ihres Shirts hindurch zu streicheln.

Mit einem ungeduldigen Laut, der mich noch härter werden ließ, drückte sich Lily an meine Hand. Ich lächelte an ihrem Mund, während Lust in mir aufloderte.

Nox hatte mich gewarnt, dass wir vorsichtig mit Lily umgehen mussten. Wir wollten sie nicht noch mehr verletzen, als sie schon verletzt worden war und nichts nehmen, was sie nicht geben wollte, nachdem sie bereits so viel verloren hatte. Doch sie hatte deutlich gemacht, dass sie mit unserer Zuneigung voll und ganz einverstanden war. Vor allem gestern Abend.

Trotzdem konnte es nicht schaden, mich zu vergewissern. Mit meiner Nase dicht an ihrer ließ ich meine Finger über ihre Brust gleiten. Ich grinste, als ihr Nippel bei meiner Berührung steif wurde. „Möchtest du mehr, mein Schatz?"

„Scheiße, ja", brummte sie und zog meinen Mund wieder auf ihren.

Ich zwirbelte ihren Nippel, bis er sich hart unter dem Stoff abzeichnete und sie an meinen Lippen wimmerte. Dann ließ ich meine Hand auf die andere Seite wandern. „Und wie ist es hier?"

Lily gab ein kleines Knurren von sich, das mich elektrisierte, und drückte sich gegen meine Berührung. Ich ließ meine Zunge zwischen ihre Lippen gleiten und ahmte die gleiche Bewegung mit meinem Daumen nach, als ich über ihren Nippel strich. Sie fuhr mit ihren Fingern durch mein Haar, und ihre Fingernägel hinterließen ein Kribbeln auf meiner Kopfhaut. Ich unterdrückte ein Stöhnen. Mein Schwanz war schmerzhaft hart, und ich rutschte nach unten, um an ihrem Hals zu knabbern.

„Genießt du das, Engelsfisch?", murmelte ich.

Sie gab ein ersticktes Lachen von sich. „Was denkst du denn?"

„Ich möchte hören, wie du es sagst. Nur um sicher zu sein."

Sie gab mir eine leichte Ohrfeige und fuhr erneut mit ihren Fingern durch mein Haar. Als ich meine Zunge über ihren Hals gleiten ließ, wurde ihre Stimme atemlos. „Ja, ich genieße es sehr. Bitte hör nicht auf. Volle Kraft voraus."

Mit einem zustimmenden Brummen wanderte ich noch tiefer und schob gleichzeitig ihr Shirt hoch, um ihre perfekten Brüste freizulegen. Als ich mit meiner Zunge über einen harten Nippel fuhr, keuchte sie und zog mich fester an sich.

„Gut", murmelte ich und schmiegte mich an sie. „Ich will wissen, was dir gefällt. Und ich werde dafür sorgen, dass du alles bekommst, was du verdienst."

Ich nahm einen Nippel in meinen Mund und strich mit meiner Zunge darüber, was ihr ein lautes Stöhnen entlockte.

Ihre Schenkel rieben aneinander, und der Duft ihrer Erregung erfüllte die Luft. Ich ließ meine Hand tiefer gleiten und stöhnte, als ich spürte, wie feucht sie war.

„Schon so geil", sagte ich und leckte ihren anderen Nippel. „Soll ich etwas dagegen tun?"

Ich krümmte meine Finger an ihrer feuchten Mitte, woraufhin Lily sich mir entgegenwölbte. „Ruin", keuchte sie ungeduldig.

Ich strahlte sie an. „Ich nehme das als Ja."

Während ich meine Hand unter ihr Höschen schob, widmete ich mich mit meinem Mund wieder ihrem Hals und genoss die lüsternen Laute, die sie von sich gab, während ich ihre empfindlichsten Stellen liebkoste.

Ihre Bewegungen wurden drängender, als meine Finger immer tiefer in ihren glitschigen Kanal glitten. Ihre Muschi bebte um mich herum. Wenn sie auch nur halb so sehr schmerzte wie mein Schwanz, sollte ich sie nicht mehr lange warten lassen. Wir könnten auch nach ihrer ersten Erlösung von den Qualen noch mehr Spaß haben.

Ich massierte ihren Kitzler mit dem Handballen, während ich einen dritten Finger in sie einführte. Lily riss meinen Kopf nach oben und küsste mich so heftig, dass ihre Zähne meine Lippe streiften. Ich genoss den kurzen Schmerz und bewegte meine Hand schneller. Dann kam sie mit einem erstickten kleinen Schrei und einem Schauder, der ihren ganzen Körper durchlief, während sie sich an mich klammerte und ihre Muschi sich um meine Finger zusammenzog.

Als sie keuchend auf die Matratze sank, leckte ich ihre Säfte von meinen Fingern. Hunger flammte in Lilys Augen auf, als sie mich beobachtete. Sie griff nach ihrem Höschen, um es auszuziehen …

Genau in diesem Moment kam Nox herein, wie üblich, ohne anzuklopfen.

Er musterte uns kurz und Hitze flackerte in seinen Augen auf. „Ich störe euren angenehmen Morgen wirklich nur ungern", seufzte er, „aber wir müssen zu Ansels Haus, bevor Lily zum Unterricht geht. Also pack deinen Schwanz weg und lass uns gehen."

Lily schnaubte, doch er hatte bereits die Tür hinter sich geschlossen, ohne uns eine Chance zur Diskussion zu geben. Ich beugte mich zu ihr hinunter.

„Bald", sagte ich. „Du hast keine Ahnung, wie sehr ich dich will. Aber ich kann warten, bis uns niemand mehr im Nacken sitzt."

Ein anzügliches Lächeln huschte über Lilys Lippen. „Vielleicht würde es noch mehr Spaß machen, wenn wir ihn dabei zusehen ließen."

Ich war mir nicht sicher, ob es daran lag, dass ich dank meines neuen Körpers zum ersten Mal seit Jahrzehnten wieder etwas spüren konnte, oder an der Anziehungskraft, die diese Frau auf mich ausübte, doch ich kam beinahe in meiner Boxershorts, als ich sie diese Worte sagen hörte. Ich unterdrückte ein weiteres Stöhnen und stahl ihr einen letzten, schnellen Kuss, bevor ich mich vom Bett abstieß. „Bald."

Obwohl ich Lust auf mehr hatte, durchströmte mich Energie bei dem Wissen, dass ich Lily zumindest einmal zum Höhepunkt gebracht hatte. Ich stürmte ins Wohnzimmer und warf mir ein paar Klamotten über, bevor ich sie wieder auszog und ein anderes Outfit wählte, als Kai darauf hinwies, dass ich mich mehr wie Ansel kleiden sollte. Anschließend verschlang ich etwa fünf Pfund Speck, getränkt in scharfer Soße, um meinen Hunger wenigstens ein wenig zu stillen. Zumindest fürs Erste.

Kai hatte sich bereits schick gemacht. Er trug ein Hemd und eine faltenlose dunkle Jeans. Er begleitete uns, um die Situation mit seiner besonderen Beobachtungsgabe zu erfassen. Ich bezweifelte nicht, dass mir einige Feinheiten entgehen würden.

Vor allem, weil Lily mitkam. Sie hatte darauf hingewiesen, dass sie Ansel zumindest ein wenig kannte und sich in der Stadt besser zurechtfand als wir. Dadurch fielen ihr möglicherweise Dinge auf, die wir anderen nicht als relevant einstufen würden. Der Ausflug würde durch ihre Anwesenheit definitiv angenehmer werden. Auf Kai hätte ich allerdings verzichten können.

„Wenn wir jemandem von seiner Familie begegnen, rede nicht zu viel …", befahl er mir, als wir in Ansels Auto stiegen. Leider hatte Kai auch darauf bestanden, dass es zu viele Fragen aufwerfen würde, wenn wir auf unseren Motorrädern dort aufkreuzten. „Und versuche, dich nicht über alles zu freuen, wenn du dort bist. Wir wollen nicht, dass sie Verdacht schöpfen."

„Ich muss ganz Ansel sein", bestätigte ich mit einem Nicken. „Kein Problem!"

„Und ob das ein Problem ist", brummte er. „Du klingst überhaupt nicht wie ein arroganter Goldjunge."

„Sie werden merken, dass *etwas* anders ist", stimmte Lily zu und beugte sich auf dem Rücksitz nach vorn, um mir durchs Haar zu fahren. „Er hat sich ein wenig verändert."

Kai seufzte. „Erzähl ihnen, dass es eine Mutprobe war", wies er mich an. „Ein Aufnahmeritual für einen Club an der Uni. Vielleicht sollten wir Alkohol auf deine Kleidung spritzen, damit sie denken, du wärst betrunken. Das würde dein verändertes Verhalten erklären."

Ich strich über Ansels Poloshirt, das noch aus seinem Kleiderschrank stammte. „Ich dachte, du wolltest, dass ich tadellos aussehe. Oder soll das ein Spiel werden? Ein Test, wie viele Verrücktheiten wir ihnen weismachen können? Ha!"

Ich startete den Motor, und Kai verdrehte die Augen. „Das war nicht ganz das, was ich mir vorgestellt hatte."

Ich hatte Ansels Adresse von dem Führerschein in seiner Brieftasche, aber Lily wusste genau, wo seine Straße war. Sie gab ein paar Anweisungen und schaute aus dem Fenster. Mir kam der Gedanke, dass sie vielleicht nervös war, weil sie den Menschen begegnen könnte, die sie seit ihrer Rückkehr mit Beleidigungen und Müll beworfen hatten. Ich umklammerte das Lenkrad fester und schwor mir im Stillen, dass ich jeden überfahren würde, der sie belästigte.

Doch keiner der Passanten schien ihr besondere Aufmerksamkeit zu schenken. Als wir am Haus ankamen, fischte ich den Schlüsselbund aus meiner Hosentasche und betrachtete ihn, während wir auf die Veranda zugingen.

Es hingen mehrere verschiedene Schlüssel daran, und ich hatte keine Ahnung, welcher davon zur Haustür passte. Kai würde mich wahrscheinlich damit nerven, dass es seltsam aussähe, wenn ich verschiedene Versuche unternehmen würde, um den richtigen zu finden, doch es war unwahrscheinlich, dass ich plötzlich hellseherische Fähigkeiten entwickeln würde. Vielleicht sollte ich lautstark verkünden, wie betrunken ich war.

Wie sich herausstellte, musste ich keinen der Schlüssel probieren. Ich spielte gerade im Geiste Ene, Mene, Muh, um zu entscheiden, mit welchem ich anfangen sollte, als die Haustür aufschwang. Eine Frau mit feinem, blondem Haar, Lachfalten um den Mund und einer Perlenkette um den Hals stand uns gegenüber. Als sie mich sah, blinzelte sie und schenkte mir ein steifes Lächeln.

„Ansel!", sagte sie. „Ich … Nun. Interessanter Look. Du warst schon eine Weile nicht mehr zu Hause. Zumindest nicht, als ich hier war." Sie lachte verlegen.

Ich strahlte sie an, bis mir einfiel, was Kai über zu viel Begeisterung gesagt hatte und ich ihr Lächeln zurückhaltend erwiderte. Offensichtlich kannte Ansel diese Frau. Sie war zu alt, um seine Schwester zu sein, oder? Wahrscheinlich seine Mutter?

Da es mir zu riskant erschien, sie „Mom" zu nennen, nickte ich ihr kurz zu und sagte: „Die Frisur war eine Mutprobe für die Aufnahme in einen Club. Aber mittlerweile gefällt sie mir! Ich muss nur etwas aus meinem Zimmer holen. Oh, und ich habe ein paar Freunde mitgebracht."

Kai ächzte leise, als würde er am liebsten auf der Stelle sterben, aber ich konnte nicht erkennen, was ich so Schlimmes gesagt hatte. Ein Typ wie Ansel freute sich doch bestimmt, nach Hause zu kommen, oder? Es war ein schönes Haus, mit hohen Decken und polierten Böden. Kurz flackerte ein Bild in mir auf, wie ich in Socken durch den Eingangsbereich glitt. Ich konnte mir gerade noch ein albernes Grinsen verkneifen, das über mein Gesicht huschen wollte.

Der Blick der Frau glitt an mir vorbei zu den besagten „Freunden". Kai schien sie nicht zu erkennen, doch als sie Lily ansah, verengten sich ihre Augen leicht.

„Du bist das Strom-Mädchen", sagte sie in einem schneidenden Ton voller Verachtung.

Automatisch spannten sich meine Schultern an. Kai packte mich am Handgelenk, was nervig und gut zugleich war, denn ich war versucht, ihr eine zu scheuern. Ich schätze, so hätte Ansel definitiv nicht auf seine Mutter reagiert. Selbst wenn sie unglaublich voreingenommen und zickig war.

Lilys Kiefer verkrampfte sich, aber sie blickte die Frau direkt an. „Das bin ich. Ansel und ich kennen uns schon lange."

Lily hatte uns erzählt, dass sie sich überhaupt nicht *nahegestanden* hatten, doch mir war klar, dass sie sehen wollte, wie die Frau reagierte. Ansels Mutter – oder wer auch immer sie war – riss die Augen auf und stieß ein trockenes, kleines Kichern aus. „Nun“, sie wandte sich wieder mir zu, „was auch immer du brauchst, beeil dich. Die Reinigungskräfte werden in ein paar Minuten hier sein.“

„Alles klar“, antwortete ich mit einem kurzen Salut, woraufhin Kai mein anderes Handgelenk fester drückte. Da fiel mir ein, dass ich noch etwas anderes überprüfen sollte. „Hat jemand nach mir gefragt oder angerufen?“

Die Frau runzelte die Stirn. „Nicht, dass ich wüsste. Ich nehme an, sie würden dich auf deinem Handy anrufen. Es ist doch nicht kaputt, oder?“

„Oh nein, es funktioniert einwandfrei.“ Ich klopfte auf meine Hosentasche. „Also, vielen Dank!“

Ihr Lächeln wurde noch steifer, aber sie winkte uns zu und ging weiter.

„Charmant“, murmelte Lily leise.

„Vielleicht muss man sie erst kennenlernen“, bemerkte ich. Oder vielleicht hätte sie tatsächlich einen Faustschlag ins Gesicht verdient. Doch wenn wir heute fanden, was wir brauchten, mussten wir uns darüber keine Gedanken machen.

„Ich nehme an, wir wissen jetzt, woher Ansel seine beeindruckende Persönlichkeit hat“, sagte Kai und stieg die Treppe hinauf. „Wenn er in zwielichtige Machenschaften verwickelt war, würden wir am ehesten in seinem Zimmer Hinweise finden.“

So weit hatte ich noch nicht gedacht, doch wie immer waren Kais Worte einleuchtend. Ich nickte und nahm zwei Stufen auf einmal.

Es war nicht schwer, herauszufinden, welches Zimmer Ansels war. Das große Schlafzimmer an der Vorderseite des Hauses mit dem Erkerfenster und einem Hochzeitsfoto an der Wand war offensichtlich das der Eltern. Daneben befand sich ein Gästezimmer ohne eine persönliche Note. Es erinnerte mich an eine leere Leinwand, bevor Jett sich daran zu schaffen machte. Ein Türknauf wackelte nur, ließ sich aber nicht öffnen.

„Er hat abgeschlossen", sagte Lily mit hochgezogenen Augenbrauen. „Vor seiner eigenen Familie. Ich schätze, das ist ein gutes Zeichen dafür, dass da drin Geheimnisse zu finden sind."

Ich schloss die Tür mit dem dritten Schlüssel an Ansels Schlüsselbund auf und wir traten ein. Der Raum war etwa dreimal so groß wie Lilys beengtes Schlafzimmer in ihrer Wohnung. Es bot genug Platz für ein Doppelbett, einen eleganten Holzschreibtisch und einen Fernseher mit umfangreichem Soundsystem neben einem schmalen Sofa. Beim Anblick der Spielkonsole wurden meine Augen groß. „Warum war ich noch nie hier? Das gehört jetzt alles mir!"

Ich sah mir die Titel genauer an. Einige waren Fortsetzungen von Spielen, die ich vor langer Zeit gespielt hatte, als ich noch am Leben gewesen war. Kai schnalzte tadelnd mit der Zunge. „Wir sind nicht zum Zocken hier. Und du kannst sie auch nicht mitnehmen, sonst denkt die Familie noch, dass sie gestohlen wurden. Die Mutter hat Lily mit dir gesehen. Das könnte negative Folgen für sie haben."

„Aber das gehört alles *mir*", protestierte ich. Gewissermaßen war ich jetzt Ansel, auch wenn ich glücklicherweise nicht viel Ähnlichkeit mit ihm hatte.

„Hey, du hast immer noch Zugriff auf das Bankkonto des Arschlochs", erinnerte mich Kai und gab mir einen Klaps auf den Arm. „Du kannst dir das alles kaufen."

Mein Lächeln kehrte zurück. „Stimmt! Natürlich!" Ich rieb meine Hände aneinander. „Wo würde ein beliebter Idiot seine Geheimnisse aufbewahren?"

Lily stöberte bereits unter dem Bett herum. Sie zog einen Koffer hervor, öffnete ihn und verzog das Gesicht. „Okay, dieses Geheimnis hätte ich nicht unbedingt sehen müssen."

Ich spähte über ihre Schulter und erhaschte einen Blick auf einen Stapel zerknitterter Zeitschriftencover, auf denen nackte Frauen … in Windeln abgebildet waren? Eine hatte sogar einen Schnuller im Mund. Ich prustete vor Lachen. „Was diese Vorlieben betrifft, habe ich nichts mit ihm gemeinsam."

„Dem Himmel sei Dank dafür." Lily schob den Koffer wieder unter das Bett. „Hier drunter ist nichts außer ein paar schmutzigen Klamotten und einer Flasche billigem Rum." Sie musterte die Flasche. „Ich nehme an, einen schlechten Alkoholgeschmack zu haben, ist kein Verbrechen, das einen Mord wert wäre."

Ich ging zurück zu den Videospielen, denn selbst wenn ich sie nicht spielen konnte, könnte sich dazwischen etwas Interessantes verbergen. Kai nahm sich das Bücherregal vor. Nachdem ich zwischen den Spielen nichts gefunden, aber dafür festgestellt hatte, dass es unglaublich viele neue Ausgaben von *Street Fighter* gab, wandte ich mich den Lautsprechern zu und tastete die Wände ab. In Filmen stießen Leute so manchmal auf Geheimfächer. Dann zog Kai ein Stück Papier aus den Seiten eines Romans, den er in einer Schreibtischschublade gefunden hatte.

„Aha!", sagte er, als er es betrachtete.

„Was?", rief ich und eilte zu ihm. Lily ließ die Matratze fallen, die sie angehoben hatte, und kam zu uns.

Kai wedelte das Papier durch die Luft wie einen Wimpel. „Er hat Lilys Stundenplan genauestens studiert. Seht euch das an."

Lily riss ihm den Zettel aus der Hand und starrte ihn an. „Das sind meine Unterrichtsstunden und die Gebäude, in denen sie stattfinden. Was zum Teufel? Hat er mich verfolgt? Ich kann mich nicht erinnern, ihn *so* oft gesehen zu haben."

„Möglicherweise waren seine Freunde auch daran beteiligt", gab Kai zu bedenken.

Ich runzelte die Stirn. „Was bedeutet das? Wollte der bärtige Kerl ihn umbringen, weil er Lily verfolgt hat?"

Kai versetzte mir einen Schlag gegen die Brust. „Nein, du Trottel. Dieser Fund erklärt die mörderische Stalker-Sache nicht." Er verzog das Gesicht und deutete mit seinem Kinn auf den Zettel. „Es bedeutet nur, dass Ansel viel mehr daran interessiert war, Lily zu schikanieren, als uns klar war. Er hat ihre Gewohnheiten verfolgt, anstatt sie nur fertigzumachen, wenn er ihr zufällig über den Weg lief."

„Aber das spielt keine Rolle mehr, oder?", fragte ich hoffnungsvoll. „Ich meine … Er ist tot. Und Lily hat nichts dagegen, dass *ich* ihr folge." Ich grinste sie an.

Sie stieß mich mit dem Ellbogen an. „Meistens." Doch ihre Miene blieb nachdenklich.

„Wir müssen seine Freunde im Auge behalten", sagte Kai. „Wir sind hart gegen sie vorgegangen, aber wir müssen sichergehen, dass es hart genug war." Er blickte sich im Raum um. „Ich denke, der Rest dieses Zimmers ist ein Reinfall. Falls er irgendwo einen Beweis dafür aufbewahrt, in was er verwickelt war, dann nicht hier."

Als ich Kais Blick folgte, trübte sich meine Stimmung. Nicht nur steckte ich im Körper eines Idioten, der versucht hatte, Lily das Leben zur Hölle zu machen, ich hatte auch nichts Nützliches herausgefunden.

Was hatte es für einen Sinn, für sie da zu sein zu wollen, wenn ich ihr nicht helfen konnte, wenn sie mich am meisten brauchte?

Lily

Als ich im Café im zweiten Stock saß und auf die Straße blickte, fühlte ich mich wie die Protagonistin in einem Spionagefilm. Ich hatte einen Filzhut tief ins Gesicht gezogen und den Großteil meiner Haare darunter versteckt, damit die hellblonden Strähnen nicht auffielen. Ich hatte mich sogar geschminkt, um mein Aussehen ein wenig zu verändern, obwohl ich mir seit meiner Rückkehr in die Stadt normalerweise nicht die Mühe machte.

Ich konnte mich nur bis zu einem gewissen Grad verkleiden, doch ich wollte nicht sofort als Lily Strom erkennbar sein.

Vom Café aus hatte man einen schrägen Blick auf die Highschool meiner kleinen Schwester. Die Schüler sollten in fünf Minuten herauskommen. Ich nippte an meinem Karamell-Latte, ließ die bittersüße Flüssigkeit über meine

Zunge laufen und zwang mich, nicht vor Nervosität herumzuzappeln.

Außerdem musste ich mich konzentrieren, bevor Marisol das Gebäude verließ. Falls *noch* jemand ihr nachspionierte und sie sich deswegen unsicher fühlte, dann wollte ich den Verantwortlichen schnappen. Ich musste wissen, ob ich den Versuch wagen konnte, ein weiteres Mal mit ihr zu sprechen, ohne dass sie noch mehr Ärger bekam.

Ich beobachtete die Straße schon seit meine letzte Vorlesung vor einer halben Stunde geendet hatte. An der Schule war mir niemand Verdächtiges aufgefallen, doch ein potenzieller Verfolger würde wohl kaum mit einem Schild herumlaufen, auf dem *Stalker* stand.

Grundsätzlich war jeder verdächtig, auch wenn er noch so harmlos aussah. Der ältere Mann, der über die Straße zum Bingosaal schlurfte. Die Frau in dem pastellfarbenen Overall, die aus einem Haus weiter unten auf der Straße kam. Der kleine Junge, der an ihrer Hand über den Gehweg hüpfte … Okay, der vielleicht nicht.

Mein Handy vibrierte mit einer eingehenden Nachricht. *Auf dieser Seite der Schule ist niemand,* meldete Jett. *Wie sieht es bei dir aus?*

Bisher nichts, schrieb ich zurück. *Bleib auf Position.* Ich hatte allen vier Männern *ganz* bestimmte Posten zugewiesen und ihnen strengstens befohlen, sich keinen Schritt zu entfernen, es sei denn, sie erhielten meine ausdrückliche Anweisung. Solange sich Marisol niemand mit einer Waffe näherte oder sie in ein Auto zerrte, wollte ich nicht, dass sie mehr taten, als zu atmen und die Augen offen zu halten.

Nicht, dass sie nicht auch auf andere Weise hätten helfen können. Das Problem war, dass sie, sobald sie anfingen zu helfen, manchmal in den Sog der Ereignisse gezogen wurden und am Ende Probleme lösten, die meiner Meinung nach keiner Lösung bedürften … Zumindest nicht mit körperlicher Gewalt.

Die anderen meldeten mir nacheinander dasselbe. Dann hörte ich das Läuten der letzten Glocke in der Ferne. Ich rutschte auf meinem Platz ein kleines Stück nach vorne. Jeden Moment …

Jugendliche strömten auf den Bürgersteig. Einige blieben in Gruppen stehen, andere gingen nach Hause oder zu ihren Jobs oder Freizeitaktivitäten. Ein Pärchen war so ineinander verschlungen, dass es fast gegen einen Telefonmast lief. Ich hielt abwechselnd nach Marisols goldenem Haar und einem potenziellen Verfolger Ausschau.

Bisher wirkten jedoch alle Passanten harmlos, und auch die Jungs sendeten mir keine Nachrichten über bedrohliche Gestalten. Sie waren deutlich misstrauischer als ich, also wenn *sie* sich keine Sorgen machten …

Da war sie. Ich erblickte ihr helles, welliges Haar in der Menge. Mein Herz setzte einen Schlag aus, begleitet von einem schmerzhaften Stich. Ich wollte mich bei ihr unterhaken und ihr sagen, dass ich alles in Ordnung bringen würde.

Wie beim letzten Mal, als ich versucht hatte, mit ihr zu sprechen, bahnte sie sich einen Weg durch die Menge ihrer Mitschüler. Ihre Schultern waren hochgezogen und ihr Kopf gesenkt. Sie winkte niemandem zu und sprach mit keinem. Ohne Blickkontakt herzustellen, drängte sie sich an allen vorbei und ging die Straße entlang.

Es sah so aus, als würde sie in die gleiche Richtung gehen wie letztes Mal. Das erleichterte meine Aufgabe. Ich musste ihr nicht so dicht folgen, um zu wissen, wohin sie ging.

Angespannt stand ich am Fenster, bis sie die Ladenfront unter mir erreichte und anschließend um die Ecke bog. Ein paar andere Schüler liefen den gleichen Weg, aber keiner von ihnen schien ihr Aufmerksamkeit zu schenken. Ein Pärchen ging zum Café, ohne sie auch nur eines Blickes zu würdigen. Mehrere Passanten kamen aus einer anderen Richtung, aber niemand schien ihr von der Schule gefolgt zu sein.

Es sah nicht so aus, als würde sie verfolgt werden. Wahrscheinlich war sie nur besorgt, dass es passieren *könnte*.

Ich sog meine Unterlippe zwischen die Zähne, ließ meine halb volle Tasse stehen und hastete die Treppe hinunter, um sie nicht aus den Augen zu verlieren. Als ich auf den Gehweg in die frische Septemberbrise hinaustrat, hüpfte etwas kleines Grünes an meinen Füßen vorbei. Ich blickte nach unten.

Ein Frosch – was sonst? Nach ein paar Sprüngen schaute er zu mir zurück, als würde er sich fragen, warum ich stehen geblieben war.

Mir wurde klar, dass nicht ganz Lovell Rise von Fröschen heimgesucht wurde. Sie hatten eine besondere Vorliebe für mich. Vermutlich hatte es etwas mit den seltsamen Kräften zu tun, die ich wohl erworben hatte, als ich als Kind beinahe im Sumpf ertrunken wäre. Die Jungs waren überzeugt, dass ich nach meiner Nahtoderfahrung einen Teil des Sumpfes in mich aufgenommen hatte. Und die aktuellen Vorkommnisse stützten diese Schlussfolgerung.

Frösche und Wasser – meine Superkräfte. Ich brauche nur noch eine Strumpfhose und einen Umhang, dann konnte ich mich Sumpf Woman nennen.

Nein, lieber nicht.

Ich lief die Straße entlang, und der Frosch hüpfte neben mir her, als würden wir gemütlich joggen gehen. Als ich Marisol ein paar Blocks weiter erblickte, verlangsamte ich mein Tempo und tat so, als würde ich mich für die Schaufenster neben mir interessieren. In Wirklichkeit betrachtete ich die Spiegelungen, um zu sehen, ob die Leute in der Nähe etwas taten, wenn sie sich unbeobachtet fühlten.

Niemand erschien mir verdächtig, obwohl ich auf jeden

noch so subtilen Hinweis achtete. Mir fiel nichts auf, bis mein Handy in meiner Handtasche vibrierte.

Erschrocken zuckte ich zusammen und zog es heraus. Es war eine Nachricht von Nox.

Ich habe einen Mann gesehen, der über den Schulhof ging und keinen triftigen Grund hatte, dort zu sein. Ich folge ihm jetzt.

Oh, verdammt. *War er in Marisols Nähe?*, tippte ich hektisch.

Nein, aber er geht in deine Richtung. Ich habe kein gutes Gefühl bei dem Kerl. Dahinter befand sich ein finster dreinblickendes Emoji. Natürlich hatte er herausgefunden, wie man Emojis verwendete.

Mein Herzschlag beschleunigte sich und ich rannte über die Straße, immer noch auf der Hut vor gefährlichen Fremden, aber hauptsächlich, um Nox abzufangen. *Ich habe dir doch gesagt, dass du auf deinem Posten bleiben sollst, es sei denn, jemand ist tatsächlich hinter ihr her.*

Er KÖNNTE hinter ihr her sein. Das werde ich nur erfahren, wenn ich ihn im Auge behalte, oder?

Ich starrte mein Handy grimmig an. *Wo bist du jetzt?*

Hyacinth Street.

Ich rannte eine Seitenstraße entlang, um nicht von hinten auf Marisol zuzustürmen, und eilte dann zur Hyacinth Street. Als ich sie erreichte, schritt ein Mann in einem etwas zu großen Anzug mit verschwitzten Achseln an mir vorbei und verschwand in einer Zahnarztpraxis an der gegenüberliegenden Ecke. Durch das Fenster sah ich, wie er die Empfangsdame begrüßte, die ihn offensichtlich erwartet hatte.

Ich drehte mich um und warf Nox einen finsteren Blick zu, der gerade langsamer wurde. Er blickte von mir zur Zahnarztpraxis und zurück und fuhr sich dann mit einer Hand durch sein stacheliges Haar.

„Er war seltsam", erklärte er, als er mich erreichte, bevor ich ihn kritisieren konnte. „Er trägt einen Anzug, sieht aber irgendwie schäbig aus. Und er ging über den Schulhof."

„Wahrscheinlich hat er eine Abkürzung genommen", antwortete ich. „Es ist öffentliches Gelände, weißt du. Ich wette, du hast in deinem Leben schon viele Abkürzungen genommen, wahrscheinlich sogar über Grundstücke, die du nicht betreten durftest."

Nox grinste, als wäre er stolz darauf, anstatt sich für seine Missetaten zu schämen. Im Gehen rempelte er mich freundschaftlich mit der Schulter an. „Wo ist sie jetzt? Du hast sie doch nicht verloren, oder?"

„Wenn ich sie verloren hätte, dann nur, weil ich sicherstellen musste, dass du niemanden an einem Fahnenmast hochziehst oder in einen Gully wirfst", murmelte ich, während ich neben ihm her eilte.

Wir entdeckten meine Schwester ein paar Blocks weiter, wo sie neben einer Straßenausstellung mit Cartoon-Skizzen stand. Der Mann mit dem Pferdeschwanz, der auf einem Hocker neben einer Staffelei saß, nickte, als sie ihm eine Frage stellte.

Nox wurde sofort unruhig. „Was will *der* denn von ihr?"

Ich legte meine Hand auf seine Schulter und schob ihn mit einem festen Ruck in die andere Richtung. „Ähm, er versucht offensichtlich, Geld damit zu verdienen, indem er Bilder von Menschen zeichnet. Es ist nicht seine Schuld, dass sie stehen geblieben ist, um sich die Bilder anzusehen."

Nox zog die Augenbrauen zusammen. „Nennt er das etwa Kunst? Jett würde diese Kritzeleien sofort als kriminell einstufen. Das sind bestenfalls Skizzen."

Er drückte gegen meine Hand, bis ich ihm einen Schubs versetzte. Marisol war weitergegangen, und der Mann schaute ihr nicht einmal nach, sondern konzentrierte sich bereits auf ein Paar mittleren Alters, das so aussah, als hätte es mehr Geld in der Tasche.

Dann bückte sich die Frau plötzlich und rannte Marisol hinterher. Mein Puls beschleunigte sich kurz, und Nox sprang knurrend vor, als würde er gleich auf die Frau losgehen.

„Nox!", zischte ich und schlang meine Arme um ihn. Meine Absätze schlitterten über den Gehweg, bevor er abrupt zum Stehen kam. Er starrte mich grimmig an, folgte mir aber zum Glück, als ich ihn zum Gebäude an der Ecke zog, bevor jemand den menschlichen Vulkan in ihrer Mitte bemerkte.

„Wir versuchen, nicht aufzufallen", zischte ich ihm zu und deutete auf die Frau.

Sie hielt Marisol etwas Glänzendes hin. „Ich glaube, du hast etwas verloren."

„Oh!" Marisol griff nach dem Armreif und streifte ihn wieder über ihr Handgelenk. „Vielen Dank."

Die Frau ging zurück zu ihrem Partner, der wohl mit dem Zeichner über den Preis für eine Cartoon-Version von ihm feilschte.

„Ich konnte ja nicht ahnen, dass sie ihr nur das geben wollte", sagte Nox.

Ich warf ihm einen spitzen Blick zu. „Doch, das konntest du. Du hättest einfach abwarten können."

„Sie hätte sie entführen können. Oder erstechen. Das könnte sie immer noch. Womöglich wollte sie nur ihr Vertrauen gewinnen." Er nickte weise.

Ich widerstand dem Drang, in seine massiv muskulöse Brust zu boxen. Es hätte meiner Hand wahrscheinlich mehr wehgetan als ihm. „Das halte ich für unwahrscheinlich. Wir sollten eher nach jemandem Ausschau halten, der sie beobachtet. Wenn jemand ihr etwas antun will, hätte er es in den sieben Jahren vor meiner Rückkehr in die Stadt getan, meinst du nicht auch?"

Nox hielt inne und rieb sich das Kinn. „Da könnte was dran sein. Hast du jemanden gesehen, der sie beobachtet?"

„Nein", gab ich zu. „Und du? Oder sollte ich annehmen, dass bereits Eingeweide auf der Hauptstraße lägen, wenn das der Fall wäre?"

Er sah mich mit einem amüsierten, liebevollen Funkeln in den Augen an. „Du kennst mich so gut, Süße." Dann legte er den Kopf schief und richtete seinen Blick wieder auf die Straße. „Wohin geht sie jetzt?"

Marisol verschwand gerade in einem Geschäft am Ende der Straße. Ich beschloss, dass es sicher war, mich etwas näher heranzuwagen, und warf einen Blick auf das Schild.

„Oh, das ist die Buchhandlung", sagte ich und blieb stehen. Als Kind wäre sie da niemals hineingegangen. Sah sie sich jetzt lieber die Bilder anderer Leute an, statt selbst zu malen?

Langsam gingen wir auf den Laden zu und ich hielt Nox' Arm fest, für den Fall, dass er eine plötzliche Bewegung machte. Ich spähte durch das Fenster.

Marisol schien aus keinem bestimmten Grund in den Laden gegangen zu sein. Hinter der Kasse stand eine Frau. Es dauerte einen Moment, bis ich meine Schwester ganz hinten im Laden entdeckte. Ihre Schultern waren immer noch gebeugt und ihr Kopf gesenkt, als wollte sie sich so unsichtbar wie möglich machen. Sie blätterte in einem Buch.

Ein Kloß bildete sich in meiner Kehle. „Bestimmt ist sie hier und liest, bis der Laden schließt", flüsterte ich Nox zu. „So muss sie nicht länger als nötig bei Mom und Wade sein." So unsicher sie sich hier draußen auf der Straße fühlte, sie schien sich immer noch wohler zu fühlen als in ihrem eigenen Zuhause. Das war einfach nicht richtig.

Nox deutete mit dem Kinn zum Fenster. „Warum gehst du nicht rüber und holst sie? Nimm sie mit zu dir nach Hause. Du hast gesagt, dass du niemanden gesehen hast, der sie beobachtet. Und keiner der anderen Jungs hat Probleme gemeldet, oder?"

Nein, das hatten sie nicht. Hoffentlich bedeutete das, dass sie die Nerven behalten hatten und nicht, dass sie gerade damit beschäftigt waren, Leichen zu entsorgen. Ich knabberte wieder an meiner Unterlippe. „Wir können nicht hundertprozentig sicher sein …"

Der ehemalige Anführer der Gang verschränkte die Arme vor der Brust. „Was ist los, Lily? Du willst sie doch von diesen Versagern fernhalten. Du weißt, dass du es mit jedem aufnehmen kannst, der dich oder sie angreift. Du hast nichts mehr zu befürchten."

Während er das sagte, wehte mir eine Brise um die Nase, die eine Metallmarkise klappern ließ. Ein Auto rumpelte vorbei, eine Türklingel läutete. Das Pochen meines Pulses vermischte sich mit den Geräuschen zu einer harmonischen Melodie. Sie durchdrang meine Glieder und rief eine Erinnerung in mir wach. Ich dachte daran, wie ich in der Küche meiner Eltern Wasser aus den Wänden sprudeln lassen hatte, um Wade dazu zu bringen, meine Fragen zu beantworten.

Es stimmte. Scheinbar war ich die Königin der Frösche und die Herrscherin über das Wasser. Das sollte uns einen Vorteil verschaffen. Ich könnte Marisol mit meinen neuen Tricks beschützen.

Ich holte tief Luft und die Antwort sprudelte aus mir heraus. „Es ist nur … Ich habe mir so lange Sorgen gemacht, dass ich ihr wehgetan habe oder ihr wieder wehtun könnte. Ich will nichts vermasseln. Ich will nicht der Grund dafür sein, dass sie in Gefahr gerät."

Nox musterte mich nachdenklich. „Es klingt, als hätte sie bereits eine Menge durchgemacht, als du nicht da warst, um dich um sie zu kümmern. Ich glaube nicht, dass du ihr Leben auch nur im Geringsten schlimmer machen wirst."

„Da bin ich mir nicht so sicher", sagte ich und hob mein Kinn, um an der Harmonie festzuhalten, die mich durchströmte. „Aber vielleicht sollte ich mir und ihr mehr vertrauen. Ich werde mich darauf konzentrieren, meine Kräfte richtig in den Griff zu bekommen, und dann werde ich noch einmal mit ihr sprechen."

Wenn ich sie beschützen wollte, sollte ich besser wissen, was ich tat.

fünf

Nox

„Unglaublich, wie sehr die Welt sich in zwanzig Jahren verändert hat!" Verwirrt betrachtete Ruin den Antiquitätenladen, der einst das Hauptquartier der Wolverines, einer anderen örtlichen Bande, gewesen war.

Die Kristalllüster, verzierten Porzellanteller und Messingleuchter im Schaufenster hatten der Truppe von Unruhestiftern wohl nicht zugesagt. Nach fünf Minuten waren nur noch Glasscherben und Keramikstücke sowie etwas geschmolzenes Metall übrig. Auch ohne weitere Nachforschungen konnte ich mit Sicherheit sagen, dass die Jungs, mit denen wir einst im Clinch gelegen hatten, nicht mehr von hier aus ihre Geschäfte führten.

Womöglich hatte sich die Bande sogar ganz aufgelöst.

Von Kerlen, die sich nach einem Comic-Helden benannt hatten, konnte man nicht viel Beständigkeit erwarten.

„Einundzwanzig Jahre", korrigierte Kai automatisch. „Und du hast *keine* Ahnung, was in dieser Zeit alles passiert ist." Er schüttelte den Kopf, als würde er alle Informationen, die er in den letzten Wochen aufgenommen hatte, in die richtige Reihenfolge bringen. Er hatte so viel in sein Gehirn gestopft, dass es mich wunderte, dass es überhaupt noch funktionierte.

„Die Jungs von damals müssen inzwischen alle alt sein", sagte ich. „So alt wie unsere Eltern, als wir angefangen haben." Ein Lächeln huschte über meine Lippen. „Mit Glatzen und Krähenfüßen."

Jett schmunzelte. „Und Bierbäuchen."

Ruin kicherte und hüpfte voller Energie auf und ab. „Dann sollte es nicht allzu schwer sein, sie auszuschalten, falls sie unsere Mörder sind. Wie könnten wir sie finden?"

Ich rieb mir nachdenklich den Mund. Lovell Rise und die umliegenden Orte waren nicht groß genug, als dass mehr als eine Gang sie lange für sich beanspruchen konnte. Wir hatten Rise in unserem Besitz gehabt, und verschiedene andere Organisationen hatten die Herrschaft über die Nachbargebiete übernommen, wie diese schäbige Ansammlung von Gebäuden.

Unsere Mörder mussten aus einem der anderen Orte stammen. Ich war versucht, einfach von Hauptstraße zu Hauptstraße zu ziehen und Fenster und Türen einzuschlagen, bis jemand mit Informationen herausrückte. Das könnte den Mistkerlen allerdings die Chance geben, die Flucht zu ergreifen.

Es war besser, wenn sie nicht wussten, dass wir zurück waren und Rache wollten, bis wir sie in der Hand hatten. Ein wenig Zurückhaltung sollte reichen. Wir könnten so tun, als hätten wir ein eher … akademisches Interesse an der mörderischen Geschichte dieser Gegend. In Kais Fall war das nicht einmal völlig falsch.

„Wir kennen die Erkennungszeichen der Gangs“, sagte ich. „Lasst uns einfach herumfahren, bis wir einen Hinweis darauf finden, wer hier der Meinung ist, das Sagen zu haben, und wo sie sich jetzt aufhalten.“

Die anderen nickten, und wir ließen die Motoren unserer Motorräder aufheulen. Ich passte meine Position auf dem Sitz an und genoss den Widerhall, der durch die kraftvolle Maschine lief. Meine alte Harley hatte nicht annähernd so viel PS gehabt. Teufel sei Dank für moderne Innovationen und das Bankkonto des Professors.

Es dauerte nicht lange, bis wir ein aufgesprühtes Symbol an der Wand eines Tattoo-Studios entdeckten, das derzeit geschlossen war. Wahrscheinlich, weil es nur eine Woche dauern würde, die gesamte Bevölkerung dieser Gegend zu tätowieren, die ein Tattoo wollte. Danach gäbe es nichts zu tun, bis die nächste Generation erwachsen war.

Ich hatte schon länger vor, ein paar meiner Tätowierungen zu erneuern, aber ich wollte nicht in einen Laden gehen, der mit Trotteln in Verbindung stand, die ein gezacktes Klauensymbol als Visitenkarte verwendeten, das ein Dreijähriger hätte zeichnen können. Auch wenn Jett der Künstler war, hatte ich auch *gewisse* Ansprüche.

Vor einem Fenster im zweiten Stock hing ein schmuddeliger Vorhang, der nur die Hälfte der Scheibe bedeckte und einen schwachen gelben Schimmer des elektrischen Lichts dahinter durchließ. Ich stellte mein Motorrad ab und bedeutete den anderen, mir zu folgen.

Auf der Rückseite des Gebäudes entdeckten wir weitere Symbole der Wolverines. Eins war quer über die Hintertür gesprüht. Falls ich mich irrte und wir eine überraschte

Familie überrumpelten, dann würden wir uns eben entschuldigen und wieder verschwinden. Kein Problem.

Jeder, der hier in der Gegend wohnte, könnte wahrscheinlich sowieso etwas mehr Aufregung in seinem Leben gebrauchen.

Ich untersuchte das Schloss kurz, befand es für unzureichend und trat mit der Ferse so fest dagegen, dass der Riegel brach. Die Tür schwang quietschend auf, und wir stürmten die Treppe zur Wohnung hinauf.

„Was zum …", sagte ein junger Mann, als wir in den Hauptraum stürmten. Ruin stürzte sofort auf ihn zu und warf ihn bäuchlings auf den Boden. Während er sich auf den Rücken des Mannes setzt und grinsend das Gesicht seines Opfers auf den Boden drückte, sodass er nicht mehr sprechen konnte, kamen zwei weitere, etwas ältere Männer aus einem anderen Raum gestürmt. Mit einem Faustschlag und einem Hieb mit einem Stuhl warf Jett einen von ihnen zu Boden, während ich den anderen am Hals packte und gegen die Wand stieß.

„Bleib genau da", sagte ich zu ihm, obwohl er ohnehin nirgends hinkonnte. Ich drückte seine Arme auf die Brust und verstärkte meinen Griff um seinen Hals noch ein wenig. Erst dann nahm ich meine Umgebung in Augenschein.

Es sah ganz sicher nicht wie das Zuhause einer Familie aus – außer vielleicht einer Bande von Schwachköpfen. In der einen Ecke stand ein schäbiges Sofa, in der anderen ein Kartentisch mit vier ramponierten Stühlen, auf dem Spielkarten und ein paar Pokerchips lagen. Die Luft roch nach billigem Alkohol und Gras. An der Wand neben dem Ofen hingen Playboy-Poster. Vermutlich für den Fall, dass sich jemand bei der Zubereitung eines Schmorbratens einen runterholen wollte.

„Seid ihr die Wolverines?", fragte ich knurrend und wandte mich wieder meinem Gefangenen zu. Der Typ. Der kaum älter als dreißig sein konnte, schien der Älteste der Bande zu sein. Er war bestenfalls ein Teenager gewesen, als wir ins Gras gebissen hatten. Das bedeutete allerdings nicht, dass er nichts wusste.

Er gab ein leises Gurgeln von sich, woraufhin ich meinen Griff etwas lockerte, sodass seine Füße den Boden berührten. „Versuch es noch mal.“

„Ja“, krächzte er. „Wir sind die Wolverines. Wer zum Teufel will das wissen?“

„Das geht dich einen Scheißdreck an.“ Ich lächelte ihn bösartig an. „Wir sind hier, um ein paar Fragen zu klären. Was weißt du über einen Angriff auf einen Bandentreffpunkt in Lovell Rise vor einundzwanzig Jahren?“

„Vor einundzwanzig Jahren?“, antwortete der Mann. „Verdammt, da war ich noch in der Mittelstufe. Wovon zum Teufel redest du?“

Der Typ, den Jett als Sitzkissen benutzte, gab einen Laut von sich, und Jett stupste ihn an. „Wie war das?“

Der Typ keuchte und sagte dann: „Ich habe davon gehört. Dirk hat es ein paar Mal erwähnt.“

Dirk – das war einer der Kerle, der zu unseren Zeiten bei den Wolverines gewesen war. Ich warf ihm einen bedrohlichen Blick über meine Schulter hinweg zu. „Und was hat Dirk darüber gesagt?“

„Nur, dass wir uns vor den Silver Scythes in Rushford in Acht nehmen sollten. Ich nehme an, sie hatten etwas damit zu tun, dass diese ganze Bande von der Landkarte getilgt wurde.“

„Die verdammten Silver Scythes?“, knurrte ich zähnefletschend.

Meine Männer sahen genauso angewidert aus, wie ich mich fühlte. Es war eine Sache, sich nach einem Comic zu benennen, und eine andere, sich für einen schwächlich klingenden Namen wie Silver Scythes zu entscheiden. Als wollten sie ihr kriminelles Leben *beschönigen*. Vielleicht hofften sie, jemand würde ein Gedicht über sie schreiben.

Allein der Name steigerte mein Unbehagen, denn ich wusste, dass die Scythes es auf uns abgesehen hatten. Sie hatten versucht, das Lager auszurauben, in dem wir unsere gestohlenen Waren aufbewahrten. Damals hatte ich sie für einen Haufen rotznäsiger Kinder mit Fantasien gehalten, die sie nie verwirklichen würden und ihnen keine Kugeln in den Kopf gejagt. Stattdessen hatte ich sie mit ein paar blauen Flecken und einer deutlichen Warnung davonkommen lassen, was sie zu erwarten hätten, wenn sie uns noch einmal in die Quere kamen.

Und anstatt die Warnung ernst zu nehmen, haben sie sich sechs Monate ruhig verhalten und sind dann mit schussbereiten Waffen auf uns losgegangen? Diese verdammten Bastarde. Ich wusste nicht, wen ich lieber in Stücke reißen wollte – sie oder mich selbst, weil ich ihnen eine zweite Chance gegeben hatte.

Hätte ich sie sofort ausgeschaltet, wären wir vielleicht nie gestorben. Wäre ich so hart gegen sie vorgegangen, wie sie es verdient hatten, wäre ich für Gram dagewesen und die Schädelbrecher hätten an Ansehen und Macht gewonnen …

Wut und Schuldgefühle schnürten mir die Kehle zu. Ich schleuderte den Kerl, den ich festhielt, gegen das Fenster, sodass er mit dem Kopf gegen die Scheibe krachte. Dann wirbelte ich mit geballten Fäusten herum.

Wir würden wieder auf die Beine kommen. Außerdem hatten wir jetzt Lily. Wir hätten sie nie gehabt, wenn wir nicht all das durchgemacht hätten.

Trotzdem hätte ich es besser wissen müssen.

„Lasst uns von hier verschwinden", schnauzte ich die anderen Jungs an. Jett und Ruin ließen von ihren jeweiligen Gegnern ab und liefen die Treppe hinunter zu unseren Maschinen.

„Nach Rushfield?", fragte Kai, als wir aufstiegen. „Klingt so, als wären die Silver Scythes noch aktiv." Ungläubigkeit schwang in seiner Stimme mit. Er schien die Vorstellung, dass sie uns besiegt hatten, noch lächerlicher zu finden als ich.

Jett runzelte die Stirn. „Sie *können* es *nicht* gewesen sein", sagte er.

„Auf jeden Fall haben sie das Gerücht gestreut." Ich ließ den Motor aufheulen. „Mal sehen, was sie zu ihrer Verteidigung vorzubringen haben."

Rushford war der Nachbarort von Lovell Rise und etwas größer, aber auch heruntergekommener. Wie eine vergrößerte, körnige Kopie unserer Stadt. Es gab keinen See, der Touristen zum Yachthafen lockte, und da Rushford etwas weiter entfernt von Mayfield war, kamen auch nicht so viele Stadtidioten her, um „Landluft" zu schnuppern. Soweit ich das beurteilen konnte, gab es hier generell nicht viel. Vielleicht waren die Leute hier deshalb so dumm.

Ich hatte die Scythes nicht für wichtig genug gehalten, um mir zu merken, wo sich ihr Hauptquartier befand, sofern sie damals überhaupt eines gehabt hatten. Tatsächlich waren sie genauso einfach aufzuspüren wie die Wolverines. Als wir durch die Stadt brausten, bemerkten wir ein Symbol in silberner Metallic-Farbe, das wohl eine gebogene Klinge darstellen sollte, aber eher wie ein schlaffer Schwanz aussah. Das war ohnehin passender.

An einem schäbigen Brettspielgeschäft befanden sich mehr Symbole als irgendwo sonst. Wir marschierten hinein und schritten direkt am Tresen vorbei ins Hinterzimmer. Dort lümmelten ein paar Idioten auf Sofas herum. An ihren Jeans klebten Chipskrümel und im Fernseher liefen Zeichentrickfilme.

„Seid ihr die Wichser, die sich derzeit Silver Scythes nennen?", fragte ich und riss den nächstbesten Typen mitten in der Frage vom Sofa, um ihn gegen die Wand zu drücken.

Er stotterte, und ich bemerkte das hässliche Tattoo, das unter dem Hemdkragen hervorlugte, und die Narbe auf seiner Stirn. Ich war mir ziemlich sicher, dass dieser Mistkerl zu unserer Zeit zu den Scythes gehört hatte. Damals hatte der Großteil ihrer Mitglieder aus schmächtigen Highschool-Abgängern bestanden.

Jett und Ruin hatten den anderen Kerl zu Boden gestoßen, während Kai sich einen Weg durch die leeren Junkfood-Tüten bahnte und eine Keksdose öffnete. „Sie dealen mit Koks", berichtete er. „Entweder das oder sie nehmen so viel, dass ihnen schon bald die Nasen abfallen sollten."

„Was zum Teufel ...", spuckte der Kerl, den ich festhielt. „Du kannst nicht einfach ..."

„Ich kann tun, was immer ich will", unterbrach ich ihn. „Und ich fasse das als ein Ja auf. Ihr seid die Silver Scythes. Ich will wissen, was vor zwanzig Jahren zwischen euch und den Schädelbrechern vorgefallen ist. Und zwar zackig, oder ich schlage dir höchstpersönlich den Schädel ein. Langsam, in viele kleine Stücke."

Ich würde es vielleicht trotzdem tun, aber es hatte keinen Sinn, das im Voraus zu erwähnen. Ich hatte nicht vor, noch einmal nachsichtig mit diesen Schwachköpfen zu sein.

Die Jungs waren eindeutig immer noch Weicheier. Der Kerl, den ich an die Wand drückte, zitterte in meinem Griff. Ein Wimmern schlich sich in seine Stimme. „Wir haben nicht ... Das waren nicht wir. Wir haben nur ... Sie waren so von sich selbst eingenommen und taten so, als würde ihnen alles gehören. Aber wir hatten nicht wirklich etwas damit zu tun."

„Das ist nicht das, was ihr in der Stadt herumerzählt habt", sagte Kai in seinem gewohnt lässigen Tonfall.

„Was genau *hattet* ihr damit zu tun?", fragte ich und riss ihn gerade lange genug zurück, um ihn erneut gegen die Wand zu schleudern.

„Wir haben einfach … Es war nicht *meine* Idee, sondern Tonys, und er ist jetzt tot, also …"

„Und was hat *Tony* getan?", knurrte ich.

„Er hat einem der hohen Tiere in Mayfield zu verstehen gegeben, dass die Schädelbrecher Scheiße über sie erzählen und versuchen, in der Stadt Fuß zu fassen", antwortete der Idiot mit stockendem Atem. „Offenbar war er sehr überzeugend, denn sie haben darauf reagiert. Ich hatte nichts damit zu tun. Ich habe ihn gewarnt, dass es keine gute Idee ist, sich einzumischen …"

Ich wollte seine faulen Ausreden nicht hören. Ich warf ihn auf den Boden und trat ihm fest genug in die Seite, um ihm ein oder zwei Rippen zu brechen. Während er stöhnend dalag, tauschte ich einen Blick mit meinen Kameraden aus.

Ich hatte es vermasselt. Meine Nachsicht gegenüber den Silver Scythes vor zwei Jahrzehnten war der erste Schritt unseres Untergangs gewesen. Doch wenn wir die Mistkerle erledigen wollten, die uns tatsächlich niedergemäht und wie Abfall entsorgt hatten, mussten wir wohl nach Mayfield fahren.

Noch bevor ich es laut aussprechen konnte, stürmte ein Mann mit einer Waffe durch die Hintertür. Der Neuankömmling richtete den Lauf direkt auf mich.

Mein Körper reagierte instinktiv. Ich holte zum Schlag aus, obwohl er mindestens einen Meter außerhalb meiner Reichweite war. Bei der Bewegung durchzuckte mich die gleiche Elektrizität, die ich gespürt hatte, als wir Lilys Peiniger im Lebensmittelladen vermöbelt hatten. Sie schien direkt aus meiner Hand zu kommen. *Etwas* traf den Kerl am Kinn und schleuderte ihn zur Seite.

Eine Sekunde später war Kai zur Stelle, rammte dem

Mistkerl sein Knie gegen das Handgelenk und entriss ihm die Waffe. Ohne mit der Wimper zu zucken, schoss er dem Kerl in den Kopf und betrachtete meine Faust, als unser Angreifer zusammensackte. „Das ist noch nie passiert, oder?"

Ich schaute auf meine Hand und spannte meine Finger an. „Nein. Sieht so aus, als hätten unsere Superkräfte mehr zu bieten, als wir dachten."

sechs

Lily

„ **M**ach es noch mal!", krähte Ruin und applaudierte lautstark.

Nox lachte leise und holte mit der Faust zu einem Schlag auf einen niedrigen Ast des krummen Bäumchens aus, das er schon seit einer Weile traktierte. Seine Fingerknöchel berührten den Ast nicht einmal, sondern nur die Luft etwa einen halben Meter von der Rinde entfernt. Die Luft flimmerte leicht und der Ast zersplitterte in zwei Hälften, als hätte er einen Schlag abbekommen. Der ehemalige Bandenführer hob triumphierend die Hand und grinste.

Ein kühler Wind wehte vom See herüber und strich mir über den Rücken. Meine Nackenhaare stellten sich auf, wobei ich mir nicht sicher war, ob es an der Kälte lag oder an der übernatürlichen Energie in der Luft.

Nach einem zerbrochenen Teller, einem zerschmetterten

50

Glas und einer Delle in der Eingangstür hatte ich die Schädelbrecher schließlich davon überzeugt, dass wir die Experimente, auf die sie bestanden, an einem Ort durchführen sollten, an dem mir keine Probleme mit der Polizei drohten. Wir waren in einen abgelegenen Teil des Sumpfes gefahren. Ruin hatte sich dafür entschieden, in meinem Auto mitzufahren, während die anderen mit ihren neuen Motorrädern eine beachtliche Entourage gebildet hatten.

Sie würde sogar noch beeindruckender werden, wenn sie alle so außergewöhnliche Kräfte wie Nox entwickelten. Er streckte die Hand aus und krümmte die Finger – und ein Zweig in der Nähe brach von einem Ast ab.

Jett, der es ein paar Mal an einem anderen Baum versuchte, schien nicht in der Lage zu sein, seine geisterhafte Energie auf die gleiche Weise einzusetzen. Auch Ruin und Kai hatten es nicht geschafft. Während Ruin sich jedoch damit abgefunden zu haben schien, rieb Kai sich nachdenklich das Kinn.

„Offensichtlich ist das keine allgemeine Folge unseres geisterhaften Zustands", sagte er. „Sonst wären wir alle dazu in der Lage. Körperliche Gewalt war immer eine deiner wichtigsten Methoden, um Ziele durchzusetzen. Möglicherweise passen sich die Energien an deine spezifischen Fähigkeiten oder Schwerpunkte an. Vielleicht wirkt sich das bei jedem von uns anders aus."

„Lass mich raten", murmelte Jett. „Du würdest ein totaler Besserwisser werden. Nein, warte, das bist du ja schon."

„Jett, bei dir müsste es etwas mit Kunst zu tun haben", erklärte Ruin fröhlich. „Und bei Kai muss es etwas Schlaues sein." Er hielt inne und legte den Kopf schief. „Ich bin mir nicht sicher, was es bei mir sein könnte."

Nox knuffte ihn in den Arm. „Vielleicht scheint dir dann

wirklich die Sonne aus dem Hintern, so wie bisher nur im übertragenen Sinne."

Ruin lachte. „Das wäre praktisch im Dunkeln."

Kai ignorierte Jetts Bemerkung. Er rückte seine Brille zurecht und musterte seine Freunde. „Wir müssen wachsam bleiben, auf Veränderungen unserer Energie achten und neue Erscheinungsformen davon erkennen. Es ist wichtig, dass wir uns unserer Fähigkeiten bewusst sind, damit wir unser volles Potenzial ausschöpfen können."

Nox knuffte auch ihn. „Jetzt klingst du wie ein Selbsthilfe-Guru." Er wandte sich mir zu. „Was ist mit dir, Sirene? Hast du nicht gesagt, dass du noch ein wenig mit deinen Kräften experimentieren willst, um herauszufinden, wozu du fähig bist?"

Das hatte ich. Und seit wir hierhergekommen waren, dachte ich darüber nach. Doch jetzt, da ich vor dem schilfbewachsenen Wasser stand, zögerte ich. Vor vierzehn Jahren wäre ich darin beinahe ertrunken und trotzdem würde ein Teil von mir lieber den Kopf hineintauchen, als zu versuchen, es erneut zu manipulieren.

Ich hatte meine Kräfte bisher zweimal eingesetzt – nun ja, zweimal absichtlich. Einmal hatte ich Peyton, die Anführerin meiner Mobber, mit Wasser bespritzt, das direkt aus ihrer Flasche herausgeschossen war. Und einmal hatte ich meinen Stiefvater und möglicherweise auch meine Mutter erschreckt, weil ich Wasser im Haus herumspritzen ließ, nachdem ich gesehen hatte, dass Nolan Gauntt etwas mit meiner Schwester gemacht hatte. Es beunruhigte mich, dass ich mich nach wie vor nicht an diesen Vorfall erinnern konnte.

Ich musste mich auf Wades Wort verlassen. Seine gestotterten, verängstigten Worte hatten allerdings darauf hingedeutet, dass er die Wahrheit gesagt hatte. Doch wer wusste schon, ob *er* sich überhaupt genau daran erinnerte, was vor sieben Jahren passiert war?

Das Mal an der Unterseite meines Arms juckte. Ich hatte es erst nach meiner Einlieferung in die Klapsmühle entdeckt. Als hätte der Stress sogar meine Haut zum Ausflippen gebracht. Ich kratzte mich, während ich meine Entschlossenheit sammelte.

„Ich sollte wohl ein wenig herumprobieren und herausfinden, was ich tun kann", sagte ich. „Ich weiß nur nicht, wo ich anfangen soll. Ich möchte hier draußen nichts zerstören."

Ruin zuckte lächelnd mit den Schultern. „Du verfügst über Sumpfmagie, und wir sind im Sumpf. Ich glaube nicht, dass du etwas kaputtmachen kannst, indem du ihn sumpfiger machst."

Das klang einleuchtend. Ich holte tief Luft und versuchte, mich an die Gefühle zu erinnern, die mich die letzten Male durchströmt hatten, als ich meine unerwarteten Kräfte eingesetzt hatte.

Ein Summen hatte sich in meiner Brust aufgebaut und sich auf meinen ganzen Körper ausgebreitet. Die Geräusche um mich herum und der Rhythmus, den sie bildeten, hatte mir geholfen, die Kraft zu fokussieren. Ich straffte meine Schultern und wartete darauf, dass etwas passierte … Doch da war kein Summen. Und auch kein Kribbeln in meinen Fingerspitzen.

Ich wackelte mit den Fingern, aber nichts passierte. Auch ein finsterer Blick auf meine Hände zeigte keine Wirkung.

„Ich weiß nicht, wie ich es in Gang setzen kann", gab ich zu. „Vorher ist es einfach passiert."

„Vielleicht gab es einen Auslöser", vermutete Kai. „Unter welchen Umständen ist es denn passiert?"

Diese Frage war leicht zu beantworten. „Wenn ich wütend war. Oder zumindest verärgert. Oder wenn ich mich bedroht fühlte." Ich hatte keine Ahnung, wie ich mich gefühlt hatte, als meine seltsame Kraft im Alter von dreizehn Jahren zum ersten Mal aus mir herausgebrochen war, doch ich war offensichtlich nicht *glücklich* gewesen.

„Hmm. Also müssen wir dich wütend machen", meinte Nox neckisch.

Ich funkelte ihn böse an. „Ich würde es wirklich vorziehen, wenn du dich nicht freiwillig melden würdest. Vielleicht genügt es ja, wenn ich nur an eine unangenehme Situation *denke* ..."

Ich versuchte, mir Szenarien aus der Vergangenheit vorzustellen, wie zum Beispiel, als ein paar Jungs aus der Schule bei meiner Arbeit aufgetaucht waren, um mir eine Falle zu stellen und dann versucht hatten, Kai zu verprügeln. Oder wie Peyton und ihre Freunde mich in den Kellerraum der Schule gestoßen hatten. Oder wie Wade sich darüber beschwert hatte, dass ich in der psychiatrischen Klinik nicht „geheilt" worden war.

Ein leichter Anflug von Wut stieg in mir auf, doch das Summen blieb weiterhin aus. Vielleicht weil ich wusste, dass diese Situationen bereits gelöst worden waren. Ich lockerte meinen Nacken, um die Anspannung aus meinen Muskeln zu vertreiben, und stellte mir neue Situationen vor, die nicht wirklich passiert waren, aber passieren könnten.

Was wäre, wenn Wade sein Wort brechen und versuchen würde, Mom und Marisol aus Lovell Rise wegzubringen? Wenn ich zum Haus fuhr und feststellte, dass sie und all ihre Sachen weg waren ...

Bei dem Gedanken, wie ich auf das leere Haus zuging, stiegen die ersten Töne des Summens aus meinem Bauch auf. Ich stellte mir vor, wie das Auto wegfuhr und Marisol meinen Namen aus dem hinteren Fenster schrie. Mein Blut brodelte in meinen Adern.

Ich hielt an den unangenehmen Gefühlen fest und

trommelte mit den Fingern auf meine Oberschenkel. Das Geräusch vermischte sich mit dem Rauschen des Windes durch die Rohrkolben und dem Zwitschern eines Vogels in der Nähe zu einer Moll-Orchestrierung. Normalerweise hätte mich der Wunsch gepackt, der Melodie Worte zu verleihen. Doch im Moment hatte ich etwas anderes im Sinn.

Als ich meine Kraft zum ersten Mal absichtlich eingesetzt hatte, hatte ich eine Armee von Fröschen herbeigerufen, die sich auf Peyton gestürzt hatte. Meine Lippen zuckten bei der Erinnerung daran. Konnte ich das noch einmal tun, nur indem ich es mir wünschte?

Ich dachte an diesen Moment zurück und versuchte, die schreckhaften Kreaturen herbeizurufen, die mir ohnehin oft zu folgen schienen. *Kommt schon, meine schleimigen grünen Freunde,* dachte ich im Stillen. *Heute ist es nichts Dringendes. Ich möchte nur herausfinden, ob ihr mich hören könnt.*

Es war nicht wie neulich bei Peyton. Das Schilf raschelte, und hier und da ertönte ein leises Platschen, als ein kleiner Körper nach dem anderen aus dem Sumpfwasser auf das Gras sprang. Sie kamen. Doch als ich meine Augen öffnete und nach unten schaute, waren nur ein paar Dutzend um meine Füße versammelt.

Bei Peyton hatte ich Hunderte herbeigerufen, und das war kilometerweit vom Sumpf entfernt gewesen.

„Hey", begrüßte ich die, die meinem Ruf gefolgt waren. „Schön, euch zu sehen. Ihr seid wohl die Streber, was?"

Ruin bückte sich und ließ einen auf seine Hand hüpfen. Er streichelte über den glatten Rücken und grinste mich an. „Die sind süß!"

„Damit kann ich wohl kaum jemanden in Angst und Schrecken versetzen", brummte ich. „Zwei Dutzend Frösche – gerade genug, um sehr seltsam zu sein, aber nicht genug, um jemandem Angst einzujagen."

„Bei deinem Stiefvater hat sich deine Fähigkeit anders ausgewirkt", erinnerte mich Nox.

„Ja." Ich betrachtete das Schilf, das sich mindestens vierhundert Meter weit erstreckte, bevor es in offenes Wasser überging. Ich hatte das Wasser gerufen, das durch die Rohre in meinem Elternhaus floss. Das Sumpfwasser zu manipulieren, sollte ein Kinderspiel sein, nachdem ich meine Kräfte hier überhaupt erst erlangt hatte. Ich fühlte mich bereits erschöpft. Warum war das so schwer?

„Du machst dir Sorgen", bemerkte Kai mit ruhiger Stimme und beantwortete damit die Frage, die ich nicht laut ausgesprochen hatte. „Deine Kräfte machen dich nervös. Du hast Angst, dass du jemanden verletzen könntest."

Meine Hände ballten sich zu Fäusten. „Ja."

„*Uns* kannst du nicht verletzen", erklärte Ruin und richtete sich auf. „Wir waren schon tot. Wenn diesen Körpern etwas zustößt, suchen wir uns einfach neue. Oder?", fragte er an Kai gewandt.

Kai hob die Hände. „Ich bin mir nicht sicher, aber ich schätze schon."

Darüber wollte ich *wirklich* nicht nachdenken. Als die Jungs in mein Leben geplatzt waren, hatte ich keine Ahnung, wer und was sie waren. Damals hatte ich mir nichts sehnlicher gewünscht, als von ihnen wegzukommen. Jetzt, nur Wochen später, war der Gedanke, sie zu verlieren, unerträglich. Ein Schmerz strahlte von meinem Herzen aus.

Als ich noch ein Kind gewesen war, waren sie die Ersten gewesen, die mich wirklich unterstützt hatten und für mich da gewesen waren. Und auch seit meiner Rückkehr in die Stadt waren sie die Einzigen, an die ich mich wenden konnte. Sie hatten meine übernatürliche und meine menschliche Stärke erkannt und mir geholfen, sie zum Vorschein zu bringen. Ich wusste nicht, was ich tun würde, wenn sie verschwinden würden und ich wieder allein mit diesem Wahnsinn fertig werden müsste.

Der Schmerz dieser Möglichkeit verstärkte das Summen, das durch mich hindurch rauschte. Ein Schauer lief mir über den Rücken, und ich sog die feuchte Luft ein. Dann richtete ich meine Aufmerksamkeit auf den See und winkte.

Ein trällernder Klang erfüllte die Luft und durchdrang meine Nerven, und ein algenartiger Geschmack breitete sich in meinem Mund aus. Dann schwappte eine Welle ans Ufer und plätscherte über das Gras, um meine Füße zu küssen.

Mehr, dachte ich und gab mich der trällernden Harmonie hin. Ich formte die Melodie in meinem Kopf zu einer Form, die ich sehen wollte.

Das Wasser glitt zurück in Richtung Sumpf – und schoss dann in einer dünnen, aber hohen Welle nach oben.

Meine Kontrolle war nicht perfekt. Kleine Tröpfchen regneten auf uns herab, während die Welle ihre starre Form behielt. Jett blickte zu ihr auf und hob mit einem leisen Pfiff die Hände, als würde er den Anblick wie ein Gemälde einrahmen.

Diesmal war es Nox, der mit einem nachdrücklichen, langsamen Klatschen applaudierte. Ruin stieß einen kleinen Freudenschrei aus. Ich atmete zitternd ein, und ein Lächeln huschte über meine Lippen. Dann scheuchte ich das Wasser zurück in den Sumpf.

Die Welle brach im Schilf und Wasser spritzte auf die Baumstämme am Ufer.

„Was meinst du?", fragte Nox. Seine Augen glühten vor Begeisterung. „Bist du bereit, es mit der Welt aufzunehmen?"

Ein unsicheres Kichern entwich meinen Lippen. „Vielleicht noch nicht mit der ganzen Welt. Aber ich denke, es ist an der Zeit, dass ich mit meiner Schwester spreche und herausfinde, wovor genau sie Angst hat. Denn was auch immer es ist – wer auch immer es ist – er wird untergehen."

sieben

Lily

Nachdem ich ein paar Blocks von der Buchhandlung entfernt geparkt hatte und ausgestiegen war, kamen die Jungs auf das Auto zu.

„Bist du sicher, dass es noch sicher ist, dieses Ding zu fahren?", fragte Jett zweifelnd und klopfte auf die verrostete Motorhaube. „Der Motor macht mehr Lärm als ein Holzhäcksler."

„Wir besorgen ihr ein neues Fahrzeug", erklärte Nox, bevor ich antworten konnte. „Das haben wir bereits beschlossen."

„*Ich* habe das nicht beschlossen", protestierte ich. Ich musste zugeben, dass das Auto, das ich liebevoll Fred getauft hatte, eine Schrottkiste war, aber es war *meine* Schrottkiste. Ich hatte es mit meinem hart verdienten Geld gekauft, das ich mir während meiner Praktika zusammengespart hatte.

Ich hatte sie im vergangenen Jahr mit Erlaubnis der St. Elspeth Klinik absolviert, nachdem ich meine psychische Stabilität unter Beweis gestellt hatte.

Zugegeben, Freds Motor produzierte kreischende Heavy Metal-Melodien und die Beifahrertür hing nur noch an einer Angel. Und gelegentlich stieg eine Rauchwolke unter der Motorhaube auf. Allerdings nur gelegentlich. Damit konnte ich leben.

Ruin legte seinen Arm um mich. „Du musst nichts beschließen", sagte er mit seinem üblichen lebhaften Optimismus. „Wir kümmern uns um alles. Wir kümmern uns um *dich*."

Jett stieß ein raues Husten aus und murmelte etwas vor sich hin, das sich wie „Einige von uns mehr als andere" anhörte. Dann stimmte er der allgemeinen Aussage mit einem Nicken zu.

„Es wäre besser, wenn du ein Fahrzeug hättest, das nicht ganz so … kurz davor ist, den Geist aufzugeben", erklärte Kai.

Nox musterte mich eindringlich. „Keine Diskussion. Du kannst dieses Auto behalten, wenn du das wirklich möchtest, aber wir besorgen dir trotzdem ein anderes." Ein selbstgefälliges Lächeln umspielte seine Lippen. „Wir sind dir etwas schuldig. Gewissermaßen ist es unsere Schuld, dass du deinen Job verloren hast. Was für Männer wären wir, wenn wir das nicht wiedergutmachen würden?"

Ich hätte darauf hinweisen können, dass die Männer, die tatsächlich dafür verantwortlich waren, dass ich diesen Job verloren hatte, einen Scheißdreck getan hatten und sich trotzdem für männlich hielten, doch ich wollte meine Mobber nicht zum Vorbild machen. Stattdessen stieß ich einen Seufzer aus. „Ich möchte nicht, dass ihr mir Fred einfach wegnehmt. Er tut sein Bestes." Ich tätschelte die

Motorhaube. „Ihr könnt mir ein neues Auto besorgen, wenn er tatsächlich kaputtgeht."

Nox gab ein unverbindliches Murren von sich.

„Werden wir deine Schwester auch kennenlernen?", fragte Ruin mit einem Strahlen in die Richtung des Ladens. „Ich kann mich nicht mehr gut an sie erinnern."

Die Jungs hatten sich nie wirklich beteiligt, als Marisol und ich früher miteinander gespielt hatten. Damals hatte ich sie noch für Fantasiefreunde gehalten. Ich hatte angenommen, dass es daran lag, dass sie sich nicht einmischen wollten, wenn ich bereits Gesellschaft hatte. Ich vermutete, dass das im Wesentlichen stimmte, außer dass sie es aus eigenem Antrieb entschieden hatten.

Ich musterte die vier mit einem spöttischen Lächeln. „Ähm … Vielleicht ist es besser, wenn wir mit den Vorstellungen warten, bis sie sich wieder wohler mit mir fühlt. Eure Situation überschreitet jede Grenze der Verrücktheit." Ich winkte mit den Händen in ihre Richtung.

Diese Aussage war so unbestreitbar, dass keiner von ihnen sich die Mühe machte, zu widersprechen. „Dann nächstes Mal!", sagte Ruin fröhlich, als wäre damit alles geklärt.

„Wir können hier draußen Wache halten, während du mit ihr sprichst", bot Nox an. „Ich habe in letzter Zeit keine Aktivitäten von den Typen bemerkt, die es auf dich abgesehen hatten. Wir sollten dafür sorgen, dass das auch so bleibt. Wann sollte sie hier sein?"

Die Jungs hatten meinen Peinigern im Lebensmittelladen eine Abreibung verpasst, und ich war mir ziemlich sicher, dass sie damit ein deutliches Zeichen gesetzt hatten. Die Leute in der Schule sahen mich an, als hätten sie Angst, ich könnte sie erstechen. Wobei einige das schon zuvor getan hatten. Zumindest hatte niemand mehr abfällige Kommentare gemacht oder mich mit Müll beworfen.

Ich überprüfte die Uhrzeit auf meinem Handy. „In etwa

zehn Minuten. Ich werde gleich in den Laden gehen. Hoffentlich fühlt sie sich sicherer, mit mir zu sprechen, wenn niemand zusieht."

Kaum hatte ich meinen Satz beendet, ertönte ein Klingeln aus Kais Hosentasche. Er zog sein Handy heraus und warf einen Blick auf den Bildschirm.

„Ich erhalte eine Benachrichtigung bei neuen Erwähnungen im Internet über Thrivewell Enterprises und die Gauntts", teilte er uns mit und beantwortete damit wie üblich die Frage, bevor sie gestellt wurde.

Mein Herz setzte einen Schlag aus. „Irgendetwas Interessantes?"

Er schüttelte den Kopf. „Es sei denn, die Tatsache, dass sie einen neuen Mitarbeiter für die Poststelle suchen, deutet auf etwas anderes hin als eine hohe Mitarbeiterfluktuation auf der untersten Ebene. Ich gebe dir Bescheid, sobald ich auf etwas Verdächtiges stoße."

„Okay." Ich ließ meine Schultern kreisen und wippte auf meinen Füßen, um meine Verspannungen zu lösen, als würde ich gleich in einen Boxring steigen, anstatt in einen Buchladen gehen. „Bis später. Wünscht mir Glück."

Ruin drückte mich noch einmal, bevor er mich losließ. „Es wird schon werden. Sie liebt dich."

Seine Worte versetzten mir einen kleinen Stich ins Herz. Früher hatte Marisol mich geliebt. Jetzt war sie ein völlig anderer Mensch als damals. Mit sechzehn war sie nicht mehr dieselbe wie mit neun. Und sie hatte mich in diesen sieben Jahren weder gesehen noch mit mir gesprochen, abgesehen von unserem kurzen Gespräch letzte Woche.

Ein frischer, leichter Zitronenduft umwehte mich, als ich die Buchhandlung betrat.

Es war keiner dieser gemütlichen Buchläden voller alter Holzregale und -tische mit alten, in Stoff und Leder gebundenen Bänden, in dem es nach Staub und altem Papier roch. Die Regale leuchteten so strahlend weiß, dass ich einen Schimmer meines Spiegelbildes darin erkennen konnte, und sie waren mit bunten Buchrücken bestückt, bei denen es sich offensichtlich größtenteils um Neuerscheinungen handelte.

Im Grunde war daran nichts auszusetzen. Ich konnte mir vorstellen, dass die glänzende Frische des Ladens auf gewisse Art und Weise beruhigend sein konnte, besonders wenn andere Lebensbereiche sich schrecklich trübe anfühlten.

Als ich an einer Reihe von Reiseführern und Biografien vorbei nach hinten ging, strich ich mit den Fingern über die glatten Buchrücken – bis ich bemerkte, dass die Frau hinter der Theke mich mit zusammengekniffenen Augen musterte. Ich zog meine Hand zurück und ging in die hintere Ecke zu den Bilderbüchern und Kinderromanen. Ich tat so, als würde ich mich für eine Geschichte über einen Tintenfisch interessieren, der traurig war, weil er keine Schuhe tragen durfte.

Eigentlich war ich tatsächlich neugierig, was die Moral dieser Geschichte sein könnte.

Ich überlegte, ob ich mir das Buch mit dem neonfarbenen Einband genauer ansehen sollte, oder ob ich mir den Zorn der Verkäuferin zuziehen würde, wenn ich darin blätterte, ohne etwas zu kaufen. In diesem Moment quietschte die Tür, und Marisol kam herein.

„Du schon wieder, hallo", begrüßte die Frau sie mit trockener Stimme, die nicht gerade freundlich war. Ich vermutete, dass Marisol keines der Bücher kaufte, in denen sie hier stöberte. Ich musste der Frau zugutehalten, dass sie zumindest ein *wenig* Geduld mit ihr hatte.

Marisol schlich zum anderen Ende des hinteren Bereichs und ließ sich auf einen Hocker zwischen Science-Fiction & Fantasy und Belletristik sinken. Sie betrachtete die Titel, nahm aber keines der Bücher in die Hand, sondern umarmte nur ihren Rucksack auf ihrem Schoß.

Las sie nicht einmal ein oder zwei Kapitel, während sie sich hier verkroch? Anscheinend nicht. Nach einer Weile zog sie ein Buch aus ihrem Rucksack und schlug es auf. Aufgrund des tristen Einbands nahm ich an, dass sie es für die Schule lesen musste.

Ich konnte mir alle möglichen Gründe vorstellen, warum sie nicht zu Hause sein wollte. Aber warum war sie ausgerechnet hier? Vermutlich war es zu kühl, um sich die Zeit im Park zu vertreiben, und die nächste Bibliothek war zwanzig Gehminuten von der Highschool entfernt, also war dieser Laden vielleicht ihre einzige Möglichkeit. Trotzdem war der Anblick so mitleiderregend, dass es mir das Herz brach.

Meine Schwester sollte sich nicht in einem Laden verstecken müssen, um sich sicher zu fühlen.

Da sie mit dem Rücken zu mir saß, bemerkte sie nicht einmal, dass ich da war. Ich ging langsam zu ihr hinüber und sprach sie leise an. „Marisol."

Trotz meiner Bemühungen erschrak sie und zuckte zusammen. Als sie mich sah, huschte ihr Blick sofort durch den Laden, was meinen Verdacht bestärkte, dass sie sich Sorgen machte, jemand könnte uns zusammen sehen.

„Hey", sagte ich schnell und ging in die Hocke, sodass wir auf Augenhöhe waren. Vorsichtig legte ich eine Hand auf ihren Arm. „Hier ist niemand, der dir etwas tun kann. Und ich habe vor ein paar Tagen mit Wade gesprochen … Ich habe dafür gesorgt, dass er uns nicht mehr daran hindert, uns zu sehen. Wenn du mit mir sprichst, wird keiner von uns Ärger mit ihm oder Mom bekommen."

Marisol holte zitternd Luft. „Okay." Sie starrte mich mit großen Augen an.

Auch wenn mir die möglichen Antworten Angst machten, konnte ich nicht umhin, zu fragen: „Oder möchtest *du* nicht mit mir reden? Denn das Letzte, was ich möchte, ist, dich zu belästigen."

„Nein!", antwortete sie hastig. „Nein, es ist wirklich schön, dich zu sehen." Ihr Tonfall war immer noch nervös, aber ein leichtes Lächeln huschte über ihr Gesicht, das reichte, um mich davon zu überzeugen, dass sie es ernst meinte. „Es ist so lange her", fügte sie hinzu.

Ein Kloß bildete sich in meiner Kehle. „Ich weiß. Es tut mir so leid. Ich *wollte* dich anrufen oder dir Briefe schicken, aber Mom und Wade haben das verboten. Es lag nie daran, dass ich nicht für dich da sein wollte. Und jetzt, wo ich zurück bin, werde ich alles tun, um dir den Rücken zu *stärken*. So wie früher."

Marisols Schultern entspannten sich, doch ihr Blick schweifte erneut durch das Geschäft. Ich musste die nächste schwierige Frage stellen.

„Mare, gibt es noch jemanden, vor dem du Angst hast? Wirst du von jemandem verfolgt?"

Sie drückte ihren Rucksack an sich und verzog den Mund. „Ich bin mir nicht sicher."

„Wade hat Nolan Gauntt erwähnt", hakte ich vorsichtig nach.

Marisol blinzelte mich an, und ihr Gesichtsausdruck war eher verwirrt statt entsetzt, wie ich es bei der Erwähnung ihres mutmaßlichen Peinigers erwartet hätte. Hatte ich mich in meinen Annahmen geirrt?

„Er?", fragte sie. „Da ist nichts ... Ich meine, ich bin mir nicht sicher ..." Sie rieb sich die Stirn. „Vor einigen Jahren, nachdem du weggebracht wurdest, dachte ich, ich hätte Leute gesehen, die herumlungerten und mich beobachteten. Seitdem denke ich, dass sie *mich* auch mitnehmen könnten. Doch es ist nie etwas passiert. Vielleicht habe ich mir das nur eingebildet." Sie runzelte die Stirn. „Ab und zu habe ich immer noch das Gefühl, dass mich jemand beobachtet. Und das fühlt sich nicht gut an."

Ich war mir nicht sicher, ob das gut oder schlecht war. Es klang, als sei ihre derzeitige Zurückgezogenheit eher darauf zurückzuführen, dass sie unter Wades und Moms Dach lebte und niemand für sie eintrat als auf die Beteiligung eines anderen Bösewichts. Andererseits könnte ihr Bauchgefühl richtig sein.

„Ist etwas passiert, das beweist, dass jemand dich beobachtet?", fragte ich. „Oder hat jemand etwas über mich gesagt?"

„Nur Mom und Wade", sagte Marisol. „Und nein, keine Beweise. Ich habe es ihnen gegenüber nie erwähnt, weil ich wusste, was sie sagen würden. Aber weil es direkt nach deiner Einweisung passiert ist, hatte ich immer das Gefühl, dass es damit zusammenhängt. Als hätten sie es auf mich *und* dich abgesehen … Das ergibt nicht wirklich einen Sinn." Sie sah mich flehend an. „Es tut mir leid, dass ich dich neulich einfach so stehen lassen habe. Ich *wollte* mit dir reden."

Ich wagte es, mich vorzubeugen und sie kurz zu umarmen. Zu meiner Erleichterung erwiderte Marisol meine Umarmung mit einem stockenden leisen Seufzer, der mir das Herz brach. Als ich mich zurückzog, wirkte sie noch ein wenig entspannter.

Ich stellte ihr die letzte Frage nur ungern, aber ich musste es tun. „Ich weiß, dass es am Tag meiner Einweisung ziemlich verrückt zuging. Ich erinnere mich nicht genau, was passiert ist, aber ich weiß, dass ich etwas gesehen habe, das mich verärgert hat. Vielleicht hat es etwas mit dir zu tun. Mr. Gauntt war bei uns zu Hause, oder? Hat er oder jemand anderes … dir etwas angetan?"

Die Verwirrung kehrte in ihre Augen zurück und Marisols Blick wurde abwesend, als würde sie versuchen, sich zu erinnern. Ihr Kiefer verkrampfte sich. „Ich weiß nicht …

Er wollte nur mit mir reden. Sie bieten spezielle Praktika für Kinder an. Vielleicht dachte er …" Sie runzelte die Stirn. „Ich hatte sowieso kein Interesse. Ich glaube, das war alles. Dann ging er, und du wurdest wütend auf ihn. Es ist alles durcheinander in meinem Kopf. Ich dachte, du warst sauer, weil du dachtest, er würde mich zwingen, mit ihm zu gehen oder so?"

Es klang, als hätten die verrückte Situation und meine aufkommenden Kräfte sie so verunsichert, dass sie die Erinnerungen verdrängt hatte. Ich glaubte ihr nicht, dass ich nichts anderes gesehen hatte, als dass Nolan Gauntt Marisol ein Praktikum vorgeschlagen hatte. Ich hatte nie zu Aggression geneigt und tat es auch heute nicht. Deswegen konnte ich mir nicht vorstellen, dass ich deswegen an die Decke gegangen war. Die Mobber auf dem Campus hatten viel Schlimmeres getan, bevor ich schließlich meine Kräfte gegen sie gerichtet hatte.

Nein, am plausibelsten schien es, dass etwas Schlimmeres passiert war und die Gauntts Marisol ausspionierten, während sie mich gleichzeitig im Auge behielten, um sicherzustellen, dass keiner von uns darüber sprach.

Das bedeutete, dass es möglicherweise nicht sicher für Marisol war, mit mir zu sprechen. Zumindest nicht, bis ich alles andere geklärt hatte. Ich drückte ihre Schulter und musterte sie eindringlich.

„Ich werde dafür sorgen, dass weder du noch ich irgendwohin gebracht werden, okay? Solange wir nicht wissen, ob das nur deine Einbildung oder real war, sollten wir vorsichtig sein. Doch sobald es sicher ist, werde ich dafür sorgen, dass du bei mir wohnen kannst, anstatt bei Mom und Wade. Und zwar so lange du möchtest. Wenn du das willst."

Ein Lächeln umspielte Marisols Lippen. „Das wäre großartig."

Mir wurde bewusst, dass ich sie durch das lange

Gespräch möglicherweise schon einem Risiko ausgesetzt hatte. Ich richtete mich auf. „Ich werde so schnell wie möglich alles in Erfahrung bringen und dich auf dem Laufenden halten. Hast du ein Handy, damit ich dir nicht ständig nachstellen muss?"

Marisol lachte kurz. „Bei dir macht mir das nichts aus. Aber ja, ich habe ein Handy."

Während wir unsere Nummern austauschten, kreisten meine Gedanken um die vor mir liegende Herausforderung. Irgendwie musste ich herausfinden, ob die Gauntts meine Schwester beobachteten und ob sie sich überhaupt noch für ihre Situation interessierten. Wade schien das jedenfalls zu glauben.

Eine Idee schoss mir wie ein Frosch aus dem Sumpf in den Kopf. Das ... Das mag verrückt sein, aber bisher hat Verrücktheit für mich ziemlich gut funktioniert.

Ich überließ Marisol ihrer Lektüre und verließ den Laden, um zu den Jungs zurückzukehren, die bei ihren Motorrädern auf mich warteten.

„Ist alles nach Plan gelaufen?", fragte Nox.

„Ja", sagte ich. „Und jetzt habe ich einen neuen Plan." Ich wandte mich Kai zu. „Ich muss diesen Job in der Poststelle bei Thrivewell bekommen. Es ist an der Zeit, unsere Mission direkt an die Quelle zu bringen."

acht

Lily

Ich hatte nie wirklich darüber nachgedacht, wie klein Lovell Rise war, bevor ich einmal woanders war. Als ich auf der belebten Straße in der Innenstadt von Mayfield stand und die glänzenden Hochhäuser um mich herum betrachtete, wurde mir flau im Magen. Die Häuser und die klobigen Universitätsgebäude in meiner Heimat waren zwar nicht unbedingt klein, doch aus irgendeinem Grund fühlte ich mich hier besonders verloren.

Als Kai mein Gesicht sah, nahm er meine Hand und drückte sie. Da Kai normalerweise distanziert und analytisch war, fühlte sich die kurze Geste bei ihm besonders bedeutsam an. Wie das Äquivalent einer Umarmung von Ruin. Wahrscheinlich spürte er meine Nervosität.

Einen Moment später bestätigte er das mit seinen Worten. „Es wird alles gut gehen. Wir sind vorbereitet. Das Gespräch ist nur eine Formalität."

Ich konzentrierte mich auf das Hochhaus mit der polierten Fassade. Es war das glänzendste und höchste von allen: der Hauptsitz von Thrivewell Enterprises und Nolan Gauntts Hauptarbeitsplatz.

„Ich bin die Patentochter von Harmon Kitteridge", sagte ich und ging die Geschichte noch einmal durch, die Kai mir eingetrichtert hatte, um mir Mut zu machen. „Er hat mir erzählt, was für ein *großartiges* Unternehmen Thrivewell ist. Ich weiß, dass er mehr Geschäfte mit ihnen machen will. Er würde sich freuen, jemanden aus der Familie dort zu haben."

„Genau." Kai lächelte, und seine graugrünen Augen leuchteten hinter seiner Brille. „Thrivewell hat mehrere Verträge mit Kitteridge, und bei einigen steht bald eine Verlängerung an. Sie werden es nicht riskieren wollen, ihn zu verärgern. Ich habe mit ein paar Telefonaten und gut platzierten Dokumenten den Grundstein gelegt. Du musst lediglich zum Gespräch erscheinen und dein charmantes Selbst sein. Sie werden froh sein, die Position so einfach besetzen zu können."

Ich holte tief Luft. „Und wenn jemand Harmons Patentochter ihm gegenüber erwähnt?"

Kai grinste. „Oh, ich habe auch bei ihm den Grundstein gelegt. Er weiß, dass er besser weiterhin eine Patentochter namens Lily Strom haben sollte, sonst könnte sein Geschäftspartner Unterlagen erhalten, aus denen hervorgeht, dass Harmon seit mehreren Jahren eine Affäre mit der Frau des Kerls hat."

„Die Gauntts werden bestimmt Verdacht schöpfen. Sie kennen meine Familie ein wenig."

„Es ist unwahrscheinlich, dass sie neuen Mitarbeitern in der Poststelle besondere Aufmerksamkeit schenken. Und selbst wenn, ist es unwahrscheinlich, dass Kitteridge jemals ausdrücklich erwähnt hat, dass er *keine* Patentochter hat. Falls es Probleme gibt, werden wir sie lösen."

Seine zuversichtlichen Worte beruhigten meine Nerven. Kai hatte es geschafft, all das zu arrangieren – was konnte er eigentlich *nicht*?

„Und mit wem bist du angeblich verschwägert, um den Job zu bekommen?", fragte ich. Kai hatte beschlossen, sich auf eine andere Stelle zu bewerben. Es war eine höhere Verwaltungsposition in der Marktforschung. Er war der Meinung, dass es einfacher wäre, an Informationen heranzukommen, wenn wir beide dort arbeiten und unsere Bemühungen koordinieren würden.

Kai wippte voller Energie auf den Fersen, wie ich es bei ihm noch nie zuvor erlebt hatte. „Oh, ich brauche kein Vitamin B. Ich habe meine Hausaufgaben bezüglich der Personalabteilung gemacht. Ich werde die Stimmung im Raum erfassen, und innerhalb weniger Minuten werden sie mir aus der Hand fressen."

Mir wurde klar, dass ich ihn noch nie zuvor so in seinem Element gesehen hatte. Nox blühte im Kampf auf, Jett, wenn er in seine Kunst vertieft war, und Ruin fand Freude, wohin er auch blickte. Kai hingegen fand seine Erfüllung darin, sein Umfeld mit seinen Fähigkeiten zu beeinflussen. Obwohl er trotz Zacks Footballer-Muskeln nicht die gleiche körperliche Kraft ausstrahlte wie die anderen, brachte seine eigene Kraft die Luft um ihn herum im Moment zum Vibrieren.

Es war unglaublich anziehend. Ich hatte das Bedürfnis, ihn an seinem Hemdkragen zu packen und herauszufinden, wie es sich anfühlte, ihn in diesem Zustand zu küssen. Doch ich hielt mich zurück, denn ich hatte Kai noch nie geküsst. Bei unserer Gruppendiskussion über meine Beziehung zu den Jungs schien er kein derartiges Interesse zu haben. Er meinte, es würde zu sehr ablenken.

Außerdem war es nicht so, dass ich von seinen Freunden nicht genug Action bekommen hätte.

Er blickte auf mich herab, und für eine Sekunde glaubte

ich, auch in seinem Blick einen Anflug von Interesse zu erkennen. Dann verschwand es, und zurück blieb nur ein gewisses Maß an Besorgnis. „Bist du dir ganz sicher, dass das für dich in Ordnung ist, dein Studium aufzugeben?"

Ich konnte unmöglich Vollzeit bei Thrivewell arbeiten und gleichzeitig Kurse am College besuchen. Statt Bedauern löste diese Erkenntnis jedoch Erleichterung in mir aus.

„Alles, was mir der Campus gebracht hat, sind eine Menge schlechter Erinnerungen", erklärte ich. „Ich möchte immer noch Soziologie studieren, aber das kann warten. Einige meiner Kurse kann ich online machen, also muss ich mein Studium nicht ganz aufgeben." Außerdem hatte Kai die Verwaltung mithilfe seiner Geisterkraft davon überzeugt, mir die Gebühren für die Kurse zu erstatten, die ich aufgrund des Mobbings nicht fortsetzen konnte.

Marisol brauchte mich. Das war wichtiger als der ganze Mist, den ich mir von diesen Arschlöchern hatte gefallen lassen müssen.

„Gut", sagte Kai. „Bist du bereit?"

„Absolut", antwortete ich und hob mein Kinn. „Es kann losgehen."

Als wir uns auf den Weg zum Thrivewell-Hauptsitz machten, klingelte mein Handy. Es war eine Nachricht von Ruin. *Du wirst sie umhauen, Waterlily! Nicht so, wie ich Leute umhauen würde, aber das wäre vermutlich nicht hilfreich, um einen Job zu bekommen. Jeder, der Augen im Kopf hat, wird sehen, wie toll du bist.*

Meine Mundwinkel zuckten angesichts seines übertriebenen Enthusiasmus. *Ich bin gleich da*, schrieb ich zurück. *Danke für deine ermutigenden Worte.*

Kai fing meinen Blick auf und nickte mir aufmunternd zu. Dann schritt er vor mir her, damit wir nicht gemeinsam eintraten. Das könnte Verdacht erregen, wenn es jemandem auffiel. Der Vorbesitzer seines Körpers war erst neunzehn gewesen, und ich nahm an, dass die Schädelbrecher bei ihrem Tod alle Anfang zwanzig gewesen waren. Doch in dem Anzug und mit seinen sorgfältig gestylten dunkelbraunen Haaren und der selbstbewussten Haltung könnte man ihn locker für zehn Jahre älter halten.

Also, ja, vielleicht ist mein Blick ein wenig länger auf ihm verweilt, als er einen halben Block vor mir ins Gebäude schlenderte. Verklagt mich doch.

Ich zupfte meine Bluse zurecht und versank für eine Sekunde in Gedanken, während ich den vorbeifahrenden Autos und dem Klackern meiner Absätze auf dem Bürgersteig lauschte. Ein Kampflied stieg in meiner Brust auf. *Es geht los. Ich werde für mich einstehen, meine Schwester verteidigen und es dem Mann zeigen.*

Als ich die imposante Lobby des Gebäudes betrat, war Kai nicht mehr zu sehen. Ein hagerer Mann hinter einem großen Marmor-Empfangstresen musterte mich, als ich auf ihn zuging.

„Hallo", sagte ich und bemühte mich, meine Stimme ruhig klingen zu lassen, obwohl er aussah, als würde er in Erwägung ziehen, mich in seinen Kochtopf zu stecken. „Ich habe um zehn Uhr ein Vorstellungsgespräch bei Miss Fuller."

Er tippte auf seinem Computer herum. „Miss Strom?", fragte er einen Augenblick später.

„Ja."

Er zeigte auf den Aufzug direkt hinter dem Empfangstresen. „Dritter Stock links."

Die kurze Fahrt mit dem Aufzug brachte mich in einen offenen Bürobereich voller Arbeitsnischen, vor dem sich ein weiterer polierter Empfangstresen befand, der halb so groß war wie der im Erdgeschoss. Als ich mich der Frau dahinter vorstellte, verwies sie mich auf ein Büro, das tatsächlich Türen hatte.

Es gab ein Fenster zu Miss Fullers Büro, aber die

Jalousien waren heruntergelassen. Ich war die einzige Person, die im Vorraum saß. Ich faltete die Hände im Schoß, ließ sie sinken und verschränkte dann die Arme vor der Brust. Besorgt überlegte ich, ob ich zu nervös wirkte.

Ob sie von meiner Vergangenheit wusste – von meinem Aufenthalt in der St. Elspeth Klinik? Ich konnte mir nicht vorstellen, wie, aber es hatte sich mit Sicherheit schnell in Lovell Rise herumgesprochen.

Allerdings hatte ich nur ein paar Sekunden Zeit, um mir darüber Sorgen zu machen, bevor die Bürotür aufschwang.

Eine zierliche Frau in einem beigen Kostüm nickte mir zu. „Miss Strom? Bitte kommen Sie herein.“

Mit ihren lockigen, weißblonden Haaren, die zu einer wuscheligen Kugel auf ihrem Kopf verschlungen waren, ihren großen dunklen Augen und ihrer markanten Nase hätte sie auch ohne Kostüm als Schaf durchgehen können. Es war schwer, sich vor einem Nutztier in Menschengestalt zu fürchten. Ich rang mir ein Lächeln ab, das sich nicht völlig steif anfühlte, und folgte ihr ins Büro.

„Nun“, sagte sie, setzte sich an ihren Schreibtisch und raschelte mit einigen Papieren. „Sie kommen mit ausgezeichneten Empfehlungen. Wie ich gehört habe, ist Ihr Pate Mr. Kitteridge sehr erfreut, dass Sie sich unserem Team anschließen möchten.“

Offenbar wollte sie direkt zum Punkt kommen. „Ja“, antwortete ich und lächelte noch in wenig freundlicher. „Er meinte, Thrivewell sei ein großartiger Arbeitsplatz.“

„Oh, das stimmt.“ Sie lachte mit einem leisen Blöken und richtete ihren Blick wieder auf die Unterlagen auf ihrem Schreibtisch. „Sie haben noch keine Erfahrung in der Poststelle?“

„Nein“, sagte ich schnell. „Aber ich habe lange im Einzelhandel gearbeitet, was meiner Meinung nach ähnliche Fähigkeiten erfordert. Ich musste dafür sorgen, dass alles richtig einsortiert wird und die Leute bekommen, was sie brauchen.“

Ich hatte diesen Pitch meiner Fähigkeiten vorher eingeübt. Miss Fuller sah nicht besonders beeindruckt aus, aber auch nicht unzufrieden, was ich als Punkt für mich auslegte.

„Es ist eine Einstiegsposition“, sagte sie. „Und ich nehme an, dass man sich die Details mit der Zeit ziemlich leicht aneignen kann. Sie hätten einen leitenden Assistenten, der Ihnen zur Seite steht – oh!“

Ihre Augen weiteten sich, und sie zuckte auf ihrem Stuhl zurück. Der Frosch, der gerade auf ihren Schreibtisch gesprungen war, gab ein neugieriges Quaken von sich und hüpfte zu ihrem Stifthalter.

„Ähm.“ Ich geriet für einen Moment in Panik, bevor mir einfiel, dass meine Gesprächspartnerin wohl kaum annehmen würde, dass der Frosch etwas mit mir zu tun hatte. Wie lächerlich wäre das? Menschen wurden normalerweise nicht von Fröschen begleitet. Ha ha ha.

Ich stieß ein leises Lachen aus, das hoffentlich überzeugender war, als es sich in meinem Kopf angehört hatte, und tat so, als wäre ich auch überrascht. „Na so was! Wo kommt der denn her?“

„Ich habe keine Ahnung!“, rief Miss Fuller aus. Sie wedelte mit den Händen, bis der Frosch von ihrem Schreibtisch hüpfte. Dann zückte sie ihr Handy. „Ich werde … den Hausmeister bitten, sich darum zu kümmern. Er muss wissen, was zu tun ist.“

Ja, bestimmt hat er ständig mit Fröschen zu tun, bemerkte die spitze Stimme in meinem Kopf.

Während wir auf den Hausmeister warteten, richtete ich mich in meinem Stuhl auf und hatte das Bedürfnis, auf jede erdenkliche Weise zu zeigen, dass ich eine gehorsame Bürgerin war, die definitiv keine Amphibien an den

Arbeitsplatz bringen würde. „Sie sagten, dass es sich um eine Einstiegsposition handelt. Ich lerne schnell und bin mir sicher, dass ich mich problemlos einarbeiten kann."

„Ja, ja, ausgezeichnet." Sichtlich nervös blätterte Miss Fuller wieder in ihren Unterlagen. Ich stellte mir ein Kätzchen vor, das sich in ihrem Haar zusammengerollt hatte. Die Absurdität des Bildes beruhigte mich ein wenig.

Ein Mann kam herein, sammelte den Frosch mit einem unverständlichen Brummen ein und eilte wieder hinaus. Ich widerstand dem Impuls, ihm nachzurufen, er solle vorsichtig mit dem armen Tier umgehen. Gab es in der Stadt einen Teich, wo er ihn hinbringen konnte?

Vielleicht war es besser, nicht zu viel darüber nachzudenken.

„Und Sie leben derzeit in Lovell Rise?", fragte Miss Fuller, die sich wieder zu entspannen schien, nun, da unser unerwarteter Besucher weg war. „Ist der Arbeitsweg nicht zu lang für Sie?"

Ich schüttelte den Kopf. „Um hier zu arbeiten, lohnt sich die Fahrt. Außerdem möchte ich mir eine Wohnung in der Stadt suchen."

Das stimmte zwar nicht, doch als die Worte aus meinem Mund kamen, wurde mir klar, dass die Idee tatsächlich brillant war. In meiner aktuellen Wohnung war kein Platz für Marisol, und es wäre schwierig, eine bessere Wohnung in Lovell Rise zu finden, da es keine große Auswahl gab. Außerdem hielten mich dort alle für verrückt. Vielleicht könnte ich eine Wohnung am Stadtrand von Mayfield finden und Marisol zur Schule und wieder nach Hause fahren … oder sie könnte auf eine Highschool hier wechseln. Ein Neuanfang könnte auch ihr guttun.

Miss Fuller räusperte sich und riss mich aus meinen Tagträumen. „Ausgezeichnet. Nun, Ihnen ist sicherlich klar, dass eine Einstiegsposition mit einem entsprechenden Gehalt und entsprechenden Leistungen verbunden ist. Es gibt jedoch Möglichkeiten, sich hochzuarbeiten, wenn Sie sich anstrengen.“

„Natürlich“, antwortete ich und setzte mein Lächeln wieder auf. „Genau das habe ich vor.“

Es schien der perfekte Abschluss des Vorstellungsgesprächs zu sein, doch genau in diesem Moment ertönte ein anderes Geräusch. Und zwar von meinem Handy. Ich hatte eine weitere Nachricht erhalten. Und noch zwei weitere in schneller Folge. Ich warf einen kurzen Blick auf mein Telefon, gerade lange genug, um es auszuschalten – warum hatte ich das nicht gleich gemacht? Ruin hatte mir noch mehr Motivationsnachrichten geschickt. Außerdem wollte er wissen, ob ich schon fertig war.

Ich steckte das Handy in meine Tasche und errötete. „Entschuldigung, ich hätte es vorher ausschalten sollen.“

Miss Fuller zog leicht die Augenbrauen hoch. „Gibt es ein Problem?“

„Nein, überhaupt nicht.“ Dann kam mir ein Geistesblitz. „Es war nur Onkel Harmon. So nenne ich ihn immer. Er wollte wissen, wie das Vorstellungsgespräch gelaufen ist. Ich habe ihm gesagt, dass ich heute Morgen bei ihm vorbeikommen würde.“

„Oh!“ Miss Fuller errötete. „Dann können Sie ihm gute Nachrichten überbringen. Sie sind die beste Kandidatin, die hier war, und wir würden uns freuen, wenn Sie am Montag anfangen könnten. Vorausgesetzt Sie sind einverstanden.“

Ich strahlte sie an, und meine Nervosität legte sich. Ich war dem Geheimnis um die Gauntts einen Schritt näher gekommen. „Ja. Danke. Ich freue mich darauf.“

Auf dem Weg aus dem Gebäude schrieb ich Ruin eine Nachricht. Als ich Fred erreichte, warteten die Jungs bereits auf ihren Motorrädern auf mich. Einen Moment später gesellte sich Kai zu uns. Seinem zufriedenen Lächeln nach zu urteilen, hatte er seinen Job so leicht bekommen, wie er erwartet hatte.

„Hurra, ich habe wieder einen Job!", rief ich, und Ruin umarmte mich. „Habt ihr etwas herausgefunden?" Die anderen hatten die Gelegenheit genutzt, um in der Stadt herumzuschnüffeln und nach Informationen darüber zu suchen, welche der städtischen Gangs vor Jahrzehnten beschlossen hatte, sie auszuschalten.

Nox runzelte die Stirn. „Nichts Handfestes. Aber das ist nur eine Frage der Zeit. Sie können sich nicht ewig verstecken." Er musterte mich in meinem Business-Outfit und lächelte mich an. „Darüber müssen wir uns jetzt keine Sorgen machen. Wir müssen deinen Erfolg feiern."

Er klopfte auf den Sitz seines Motorrads. Ich zögerte nur kurz, bevor ich hinter ihm aufstieg, wobei ich beschloss, nicht darüber nachzudenken, dass mein Rock hochrutschte, sondern einfach meine Arme um seinen gut gebauten Körper schlang.

Ich war im Begriff, es mit dem mächtigsten Mann der Stadt aufzunehmen, und für einen Moment fühlte sich der Sieg bereits zum Greifen nah an.

neun

Kai

„Können Sie sich noch heute um diese Leads kümmern?", fragte mein Vorgesetzter, als er an meinem Schreibtisch vorbeikam.

„Kein Problem", antwortete ich mit einem unterwürfigen Lächeln und machte mir nicht die Mühe zu erwähnen, dass ich bereits alle meine Aufgaben für diesen Tag erledigt hatte. Ich würde die Akten auf seinen Schreibtisch legen, bevor ich mich ausstempelte. Bis dahin sollte er denken, dass ich hart daran arbeitete, sein Leben einfacher zu machen, während ich stattdessen darüber nachdachte, das Leben der Gauntts schwieriger zu machen.

Die meisten dieser Bemühungen würden sich auf die Frau mit dem größten Schreibtisch am anderen Ende des Raumes konzentrieren. Ihre Festung versperrte den Weg zu dem privaten Aufzug, der als einziger in die oberen Stockwerke fuhr. Dort befanden sich die Büros der

Führungskräfte – darunter natürlich auch die von Nolan und Marie Gauntt. Die beiden hatten jeweils einen persönlichen Verwaltungsassistenten, und Miss Townsend war die Torwächterin dieser Assistenten.

Ich nahm an, man wusste, dass ein Unternehmen an der Spitze der Nahrungskette stand, wenn selbst die Assistenten Sekretärinnen hatten.

Miss Townsend sah nicht besonders einschüchternd aus. Sie war schlank, ihr Kopf war etwas zu groß für ihre schmale Gestalt, und ihre Stimme war so leise, dass man sie nur aus einer Entfernung von weniger als anderthalb Metern verstehen konnte. In den wenigen Tagen, die ich hier arbeitete, war mir aufgefallen, dass sie regelmäßig den Perlmuttlack auf ihren Fingernägeln auffrischte – wahrscheinlich, um zu verbergen, dass sie heimlich Nägel kaute.

Trotz alledem schien es ihr nichts auszumachen, Leute mit ihrer sanften Stimme wegzuschicken, Termine abzulehnen und Leuten den Zugang zu den hohen Tieren in den oberen Etagen zu verweigern. Sie erfüllte ihre Pflicht.

Eine der wichtigsten Erkenntnisse, die ich in meinem alten Leben gewonnen hatte, war, dass die größte Schwäche der Menschen in der Regel andere Menschen waren. Deswegen hatte sich der Großteil meiner bisherigen Ermittlungszeit darauf konzentriert, zu beobachten, wie die Sekretärin der Assistenten mit ihren verschiedenen Kollegen interagierte. Dabei waren einige interessante Fakten zutage getreten.

Miss Townsend hatte ein Faible für eine Frau aus der Buchhaltung, die sie „Alice" nannte, anstatt sie mit ihrem Nachnamen anzusprechen. Sie wurde immer ein wenig rot, wenn Alice wegging. Und möglicherweise war Alice für dieses Interesse empfänglich. Während eines einfachen Gesprächs darüber, ob das Budget eine dritte Kaffeemarke für den Pausenraum zuließ, hatte sie auffallend oft gelächelt.

Das waren schlechte Nachrichten für Mike Philmore, einen meiner Kollegen in der Marktforschung, der immer einen Vorwand fand, um dreimal am Tag mit Miss Townsend zu sprechen. Es schien ihm schwerzufallen, in ihrer Gegenwart nicht zu sabbern. Sie schien jedoch nicht bemerkt zu haben, dass er etwas anderes von ihr wollte als Small Talk, doch andererseits hatte ich schon früh herausgefunden, dass ich vieles wahrnahm, was anderen nicht auffiel.

Deshalb war ich hier, und der Rest der Schädelbrecher nicht. Ich konnte Lily auf eine Weise helfen, zu der keiner der anderen fähig war. Dieses Wissen löste ein flaues Gefühl in meinem Magen aus. Wahrscheinlich war es zum Teil auf den ständig wiederkehrenden Hunger zurückzuführen, aber auch auf die Schuldgefühle und Verärgerung.

Wenn *alle* wie ich arbeiten könnten, hätten wir ihre Probleme vielleicht schon gelöst, ganz zu schweigen von unseren eigenen.

Dies war jedoch nicht der richtige Zeitpunkt, um darüber nachzudenken. Ich hatte etwas zu erledigen, und Lily wartete darauf, ihren Teil beizutragen.

Ich bereitete eine Nachricht zum Senden vor und steckte mein Handy in meine Hosentasche. Nachdem ich mich vergewissert hatte, dass Miss Townsend im Moment nicht mit jemand anderem beschäftigt war, schlenderte ich zu ihrem Schreibtisch.

Obwohl sie einen Computer hatte, schien sie den größten Teil der Planung mithilfe fünf riesigen Terminkalendern zu erledigen, die auf ihrem breiten Schreibtisch lagen, jeweils einen für jeden der Assistenten der Geschäftsleitung. Ich hatte bereits festgestellt, dass der

Kalender ganz rechts der von Nolan Gauntts Assistentin war. Das war mein Ziel.

Zuerst wollte ich allerdings herausfinden, was ich von der Frau selbst erfahren konnte. Ich blieb in der Entfernung zum Schreibtisch stehen, mit der sie sich am wohlsten zu fühlen schien, und lächelte sie an. „Ich habe gehört, dass Sie die Frau mit der ganzen Macht hier sind."

Ich hatte auch beobachtet, dass sie es genoss, wenn man ihren Status anerkannte, auch wenn sie sich bescheiden gab. Sie lachte leise und fuhr sich mit der Hand über den Mund, während ihre Augen professionell konzentriert blieben.

„Sie sind doch der Neue in der Marktforschung", sagte sie und tippte mit ihrem Stift auf den Einband einer der Terminkalender. „Was kann ich für Sie tun?"

Ich senkte den Kopf, als wäre mir das Thema unangenehm, lächelte aber weiter. „Das mag etwas seltsam klingen, aber ich habe eine Cousine, die deutlich jünger ist als ich – sie wird dieses Jahr zehn. Sie war sehr beeindruckt, als sie hörte, dass ich bei Thrivewell anfange. Ich weiß, dass das Unternehmen an verschiedenen Initiativen beteiligt ist. Vermutlich gibt es keine Angebote für Kinder, oder?"

Ich hatte bei meinen Recherchen keine eindeutigen Beweise dafür gefunden. Gelegentlich hielten sie Workshops an Schulen ab, doch es gab keine langfristigen Projekte. Nichts, weswegen Nolan Lily besucht haben könnte. Trotzdem konnte es nicht schaden, direkt an der Quelle nachzufragen.

Miss Townsend legte den Kopf nachdenklich schief und rief etwas auf ihrem Computer auf. „Wir haben tatsächlich einige Initiativen, die Schulbesuche beinhalten", sagte sie. „Sie finden nur gelegentlich statt. Dauerhafte Projekte gibt es nicht."

„Na gut", sagte ich. „Hat Thrivewell in der Vergangenheit

schon einmal etwas in dieser Richtung unternommen – ein umfassenderes Programm – oder soll ich ihr sagen, dass sie einfach warten muss, bis sie volljährig ist?" Ich fügte ein leises Kichern hinzu, um ihr zu verstehen zu geben, dass mir nicht übermäßig viel daran lag.

„Ich kann mich nicht daran erinnern, dass wir jemals besonders aktiv im Bildungsbereich gewesen wären, aber ich bin erst seit neun Jahren hier. Es ist durchaus möglich, dass früher mal etwas getan wurde. Zukünftige Planungen in diese Richtung sind mir allerdings nicht bekannt. Wie schön, dass sie sich dafür interessiert." Die Sekretärin lächelte mich an.

Sie fraß mir bereits aus der Hand, doch ich musste den zweiten Teil meines Schachzugs durchführen, bevor wir von ihrer Arbeit unterbrochen wurden. „Na ja, sie ist alt genug, um zu verstehen, dass sie nicht immer alles haben kann, was sie will. Falls das Unternehmen ein derartiges Projekt starten würde, wüssten Sie natürlich Bescheid. Alice aus der Buchhaltung hat mir erzählt, dass sie sehr beeindruckt ist, wie Sie sich für uns alle einsetzen."

Ohne weiter darauf einzugehen, hob ich nur kurz meine Hand zum Abschied und ging weg, um ihr die Möglichkeit zu geben, über meine letzte Aussage nachzudenken. Während ihre Aufmerksamkeit sich auf ihren Schwarm und die Freude über das Kompliment aus zweiter Hand richtete, ging ich zum Wasserspender, wo Philmore stand.

„Ich habe gehört, dass Sie Probleme mit dem neuen Fotokopierer haben", sagte ich, was tatsächlich der Wahrheit entsprach, allerdings nur, weil ich den ganzen Tag wie ein Weltmeister gelauscht hatte.

Philmore seufzte. „Ja. Dieses Ding so zu programmieren, dass es das tut, was man will, ist ein Albtraum. Ich schwöre, es ist besessen."

Ich verkniff mir ein Lachen bei der Vorstellung, dass ein Geist von dieser riesigen Maschine Besitz ergreifen könnte. Wie sollte man da hineinpassen? Und was wäre der Sinn? Aber natürlich hatte Philmore keine direkte Erfahrung mit Geistern, um seine Aussage zu untermauern.

Ich machte eine vage Bewegung zum Schreibtisch der Sekretärin. „Townsend hat mir gerade erzählt, wie sehr sie die neuen Funktionen schätzt." Eigentlich hatte sie das Alice gestern gesagt, aber es lief auf dasselbe hinaus. „Sie sollten sie bitten, Ihnen eine Einführung zu geben. Sie scheint sehr hilfsbereit zu sein."

Philmores Gesicht strahlte, als hätte ich eine Kerze in seinem Hintern angezündet. Schnurstracks ging er zum Schreibtisch der Sekretärin, ohne sich auch nur zu bedanken. Das war in Ordnung. Dass er meinen Rat befolgte, war Dank genug.

Er sagte etwas zu Miss Townsend, woraufhin sie sofort aufstand und ihn zum Kopierraum führte. Als sie an der Buchhaltungsabteilung vorbeigingen, verlangsamte sie ihre Schritte, um sicherzustellen, dass Alice mitbekam, wie hilfsbereit sie war.

Ich unterdrückte ein Grinsen. Es war fast zu einfach. Wie die meisten Menschen musste ich ihnen nur einen kleinen Schubs geben, und sie gehorchten mir wie Marionetten.

Miss Townsends Schreibtisch – und ihre wertvollen Terminkalender – würden mindestens ein paar Minuten lang unbewacht sein. Ohne mein Handy aus der Tasche zu ziehen, schickte ich heimlich meine vorbereitete Nachricht ab und schlenderte zurück.

Bevor ich den Schreibtisch erreichte, kam Lily mit einem Wagen voller Umschläge und Pakete in den Bürobereich gestürmt. Praktischerweise hatte sie tatsächlich ein Paket für den Mitarbeiter dabei, der von seinem Schreibtisch aus genau auf den Arbeitsplatz der Sekretärin blickte. Sie hatte es absichtlich aufbewahrt, bis es optimal genutzt werden konnte. Für die andere potenzielle Hauptzeugin hatten wir eine Überraschungspost arrangiert. Sie war die Erste, der Lily ihr Paket übergab.

„Post für Sie", sagte sie fröhlich, ohne mich anzusehen.

Die Frau betrachtete den wattierten Umschlag, riss ihn auf und eilte sofort zur Toilette. Vermutlich, um sich den aufreizenden Inhalt in einer Kabine genauer anzusehen. Lily tat so, als hätte sie ihre Reaktion nicht bemerkt und ging zu dem Mann, der tatsächlich ein Paket bekommen hatte. Sie stellte sich genau zwischen Miss Townsends Schreibtisch und ihn und hielt es ihm demonstrativ hin.

„Es scheint wichtig zu sein", sagte sie und hob es langsam an. „Ich wollte sichergehen, dass es sicher bei Ihnen ankommt. Brauchen Sie Hilfe, um das Klebeband zu entfernen? Es ist eine ganze Menge."

Weil sie es mit zwei zusätzlichen Schichten versehen hatte.

Der Mann hatte tatsächlich Schwierigkeiten mit dem Klebeband und nahm schließlich Lilys Angebot an, es mit einem Teppichmesser durchzuschneiden, das sie erst eine Weile in ihrem Wagen suchen musste. In der Zwischenzeit schlich ich mich hinter den Schreibtisch der Sekretärin und schlug den Terminkalender von Nolan Gauntts Assistentin auf. Mein Blick huschte über die Seiten und nahm die Daten und Notizen so schnell auf, als würden sie in mein Gehirn hochgeladen werden. Bis der Mann sein Paket geöffnet hatte, hatte ich den gesamten Jahresplan durchgesehen und das Lesebändchen wieder an seinen Platz geschoben.

In diesem Moment drang Miss Townsends Stimme an meine Ohren. Und zwar viel näher als erwartet. Offensichtlich war ihre kleine Nachhilfestunde am Kopierer schon vorbei. Eilig trat ich hinter dem Schreibtisch hervor, ohne Aufmerksamkeit zu erregen. Zweifellos würde sie sich fragen, warum ich überhaupt schon wieder hier war. Bei dem Gedanken, dass ich meine Stellung in der Firma so früh aufs Spiel gesetzt haben könnte, wurde mir flau im Magen.

Dann stieß Lily mit mir zusammen, als wäre sie mit ihrem Wagen rückwärts gelaufen, ohne nach hinten zu schauen.

Der Zusammenstoß war nicht allzu heftig und der besorgte Blick in ihren Augen verriet mir, was sie vorhatte. Ich ließ mich auf den Boden sinken, als hätte sie mich umgefahren, während ich nach ihr griff und sie mit mir zog, um den Effekt zu verstärken. Ich landete mit Lily auf meinem Schoß auf dem Linoleumboden.

Ein paar Sekunden spürte ich ihren wohlgeformten Körper an mir und die Hormone meines neunzehnjährigen Körpers gerieten so in Wallung, dass mich eine intensive Hitze durchströmte.

„Oh mein Gott, es tut mir so leid", stammelte Lily und rappelte sich auf. Miss Townsend eilte herbei, und mir wurde klar, dass ich jetzt etwas anderes verbergen musste: die Beule meines übereifrigen Schwanzes, der angesichts des Kontaktverlusts schmerzte. Ich ging in die Hocke und dachte an das unerotischste Bild, das mir einfiel, – Lilys Arschloch-Stiefvater, der in der Dusche Macarena tanzte – um meine plötzliche Erektion loszuwerden.

Als ich aufstehen konnte, war Miss Townsend an meiner Seite. „Ist hier alles in Ordnung?", fragte sie. Die Sorgenfalten auf ihrer Stirn bewiesen, dass Lilys Trick eher die Sorge und nicht das Misstrauen der Sekretärin geweckt hatte.

„Ja, alles bestens." Ich wischte den Staub von meinen Klamotten und lächelte Miss Townsend und Lily an. „Nichts passiert. Diese Wagen sind schwierig zu steuern. Zum Glück ist das nicht mein Job!" Ich nickte zu dem Postwagen.

Lily entschuldigte sich noch mehrmals, bevor sie fluchtartig verschwand. Ich kehrte an meinen Schreibtisch zurück und dachte über die Daten nach, die ich gesammelt hatte ... und definitiv nicht darüber, wie sich Lilys Hintern an meiner Leiste angefühlt hatte.

Wir hatten geplant, uns nach Feierabend mit dem Rest der Gang in einer Bar zu treffen, die nur wenige Blocks vom Büro entfernt war. Ich blieb ein paar Minuten länger, um den Eindruck eines engagierten Mitarbeiters zu erwecken, und ging dann schnell genug, um Lily auf halbem Weg zur Bar einzuholen. Sie grinste mich an, und ohne dass unsere Körper sich berührten, ließen dieses Lächeln und der Anblick ihrer vom Wind zerzausten Haare erneut ein Feuer der Lust in mir auflodern. Verdammt, ich hätte sie am liebsten an die Wand des Bankgebäudes gepresst, an dem wir vorbeigingen, und sie leidenschaftlich geküsst.

Eigentlich wollte ich mehr, als sie nur zu küssen, wenn ich ganz ehrlich zu mir war.

Ich schüttelte mich innerlich, als könnte ich die Teenagerhormone beruhigen, denen ich eigentlich schon vor sechs Jahren entwachsen war – oder vor siebenundzwanzig, wenn man meine körperlose Zeit mitzählte. Wäre es wirklich so schlimm, ihnen einfach nachzugeben? Ich wusste, dass ich mir keine Sorgen machen musste, dass Lily mehr von mir wollte, als ich ihr geben konnte. Sie hatte mich immer genau so akzeptiert, wie ich war, selbst als sie mich für eine Erfindung ihrer Fantasie gehalten hatte.

„Hast du etwas herausgefunden?“, fragte Lily, und ich richtete meine Aufmerksamkeit wieder auf die wichtigen Dinge.

„Ich weiß, wann Nolans Assistentin nicht an ihrem Schreibtisch ist. Jetzt muss ich nur noch in ihr Büro gehen und einen Blick in *seinen* Terminkalender werfen, wenn sie nicht da ist.“

Lily runzelte die Stirn. „Das klingt riskant."

Ich zuckte mit den Schultern. „Ich werde mir etwas einfallen lassen. Heute habe ich es doch auch ganz gut hinbekommen, oder?" Ich lächelte sie an. „Deine spontane Reaktion war brillant. Danke für deine Hilfe!"

Sie lachte. „Das war das *Einzige*, was mir in dem Moment einfiel. Hoffentlich halten sie mich jetzt nicht für einen schrecklichen Tollpatsch."

„Selbst wenn, so einen Ruf kann man sich zunutze machen."

Wir betraten die Bar. Es war warm und roch nach Alkohol. Die anderen drei Männer saßen in einer Sitzecke im vorderen Bereich. Leicht panisch starrten sie auf ein Handy in der Mitte des Tisches, das eine Sekunde später klingelte.

„Was ist los?", fragte ich, als ich an den Tisch trat.

Ruin deutete auf das Telefon, und sein Körper bebte vor Aufregung und Unsicherheit. „Das Handy von dem Kerl, der mich angegriffen hat. Es klingelt endlich."

„Dann geh ran!"

„Ich weiß nicht, was ich sagen soll." Ruin machte große Augen.

„Frag einfach, wer dran ist und was zum Teufel er von dir will", knurrte Nox.

„Nein." Ich hob die Hände, bevor das Ganze in einem totalen Desaster endete. „Das wäre zu offensichtlich. Bleib ruhig und vage. Sprich so wie diese Leute, die dir aufgelauert haben. Der Typ hatte eine etwas raue Stimme, oder? Versuche, wie er zu reden. Und jetzt nimm ab, bevor die Mailbox rangeht!"

Ruin drückte die Annehmen-Taste und hob das Handy an sein Ohr. „Hallo." Seine Stimme war so kratzig, dass man meinen könnte, er würde für die Rolle des neuen Batman vorsprechen.

Ich zuckte zusammen, doch die Person am anderen Ende

der Leitung schien eine so schlechte Verbindung zu haben, dass es für ihn nicht allzu seltsam klang. Ruin nickte. „Ja, ich habe nur eine kleine Pause gemacht.“

Oh, sicher, das klang wunderbar. Ich riss ihm das Telefon aus der Hand und stellte es auf Lautsprecher, damit ich hören konnte, was der andere sagte.

„... zum Teufel, warum machst du eine Pause? Dafür wirst du nicht bezahlt. Hast du dem Hunter-Jungen die Meinung gesagt oder nicht?“

Ruin warf mir einen weiteren flehenden Blick zu. Ich nickte kurz. „Äh, ja“, sagte er. „Er weiß jetzt, was gut für ihn ist. Er wird keinen Ärger mehr machen.“

„Wie sieht es mit dem letzten Bericht über die Bewegungen der Zielperson aus?“, schnauzte der Mann am anderen Ende.

„Nun, er geht zum Unterricht und verbringt Zeit mit seinen Freunden ...“

„Nicht *Hunter*. Das Mädchen, das er im Auge behalten soll.“

Ruin zog die Augenbrauen hoch und deutete wild auf Lily, als wäre uns nicht klar, wen der Kerl gemeint hatte. Dabei schien er zu vergessen, dass er sich noch mitten in einem Gespräch befand.

Ich zeigte mit dem Finger auf das Telefon und formte mit dem Mund die Worte: *Was will er?*

Ruin warf mir einen fragenden Blick zu, den ich erst verstand, als er die Worte aussprach, die er wohl von meinen Lippen abgelesen hatte. „Arschloch.“

„Wie bitte?“, fragte die Stimme am anderen Ende, und ich fasste mir an die Stirn.

„Das hat er gesagt“, improvisierte Ruin. „Dabei ist er selbst ein Arschloch. Jedenfalls hat sie nichts Interessantes gemacht.“

Ich unterdrückte ein Stöhnen. Bevor ich weitere

Anweisungen geben konnte, gab der Anrufer ein verärgertes Geräusch von sich. „Na gut." Er legte auf, ohne sich zu verabschieden.

Ruin strahlte uns an. „Das lief doch gar nicht so schlecht." Einen Augenblick später huschte ein Schatten über sein Gesicht. „Aber warum wollten diese Leute, dass Ansel Lily folgt?"

„Genau das hättest du fragen sollen." Ich bemühte mich, trotz meines Ärgers leise zu sprechen.

Bei den Schädelbrechern hatte es immer einen Platz für mich gegeben. Die Jungs wussten meine Talente und mein Wissen zu schätzen, und ich wusste es zu schätzen, dass ich die drei um mich hatte, um Pläne besser durchzusetzen, als ich es allein könnte. Trotzdem fragte ich mich manchmal, warum ich mir überhaupt die Mühe machte, mit jemandem zusammenzuarbeiten.

„Ist auch egal", sagte Nox bestimmt und schob Ruin das Handy zu. „Er wird bestimmt noch mal anrufen. Und beim nächsten Mal weiß Ruin, was er fragen muss. Also, zeigen wir es ihnen jetzt oder was?"

Ruin legte seinen Arm um Lily und gab ihr einen Kuss auf die Schläfe. „Sollten wir nicht ein wenig Zeit mit Lily verbringen, bevor wir abhauen? Sie musste sich den ganzen Tag mit diesen Büroleuten herumschlagen."

„Moment." Lily schaffte es, ihre Hände in die Hüften zu stemmen, ohne Ruins Arm wegzuschieben. „Wenn ihr loszieht, um mehr über den Kerl herauszufinden, der dich angegriffen hat, möchte ich mitkommen. Ich bin jetzt auch darin verwickelt. Ich sollte auch wissen, womit wir es zu tun haben."

Nox und Jett blickten zweifelnd drein, während in meiner Brust Bewunderung aufflackerte. Die Jungs waren manchmal etwas begriffsstutzig, aber über Lily konnte ich mich nicht beschweren. Sie war bereit, sich allem zu stellen, obwohl sie so viel durchgemacht hatte.

Ich legte meine Hand auf ihre Schulter. „Klingt gut. Du bist sowieso stärker als diese Arschlöcher."

Und ich war mir nicht sicher, ob ich sie wirklich länger aus den Augen lassen wollte als unbedingt nötig.

zehn

Lily

Der Helm, den Nox mir besorgt hatte, damit ich mit ihm auf seinem Motorrad mitfahren konnte, dämpfte das Dröhnen des Verkehrs um uns herum. Die Kakofonie verschmolz zu einer sanften Melodie, deren Rhythmus mit dem gleichmäßigen Pochen meines Herzens zu harmonieren schien. Meine Arme waren fest um Nox' Oberkörper geschlungen, weil ich Angst hatte, herunterzufallen. Außerdem genoss ich die Wärme, die durch seine neue Lederjacke in meine Brust sickerte.

Diese Jungs würden mir nie absichtlich wehtun, aber sie hatten nicht das beste Urteilsvermögen bewiesen, wenn es um Risikobewertung ging.

Ich war mir nicht sicher, wohin wir fuhren – und die ehemaligen Schädelbrecher vielleicht auch nicht. Plötzlich hob Nox die Hand und zeigte in eine Richtung, und die vier Jungs lenkten ihre Motorräder in eine Seitenstraße.

Wir waren in einem schäbigeren Teil der Stadt, in dem die Gebäude überwiegend aus schmutzigem Backstein und Beton bestanden statt aus poliertem Glas. Müll wurde vom Wind durch die Gegend geweht. Die Straßen waren schmaler, der Geruch von Autoabgasen stärker, und ein paar Blocks weiter schrie jemand laut genug, um Tote aufzuwecken.

Ich fragte mich, ob das eine wirksame Methode der Auferstehung war, nun da ich wusste, dass die Toten tatsächlich geweckt werden konnten.

In einer abgelegenen Seitenstraße lungerten ein paar Jungs in Kapuzenpullis und weiten Jeans herum. Einer von ihnen nahm einen Zug von einer Zigarette. Als wir auf sie zurasten, näherten sich zwei grell geschminkte Mädchen und begannen zu gestikulieren, als würden sie gleichermaßen mit den Händen wie mit dem Mund sprechen.

Nox kam mit einem quietschenden Reifen zum Stehen. Er und die anderen sprangen so schnell von ihren Maschinen, dass die Mädchen erblassten.

„Haut ab", schnauzte Nox, woraufhin sie mit klappernden Absätzen die Flucht ergriffen.

„Was soll der Scheiß, Mann?", protestierte einer der Kapuzenpulli-Typen, als die Schädelbrecher auf sie zugingen. „Wir wollten nur unsere Ware verkaufen."

„Was lässt euch glauben, dass uns eure Ware interessiert?", fragte Jett und versetzte dem Mann, der gesprochen hatte, einen so harten Schlag in die Magengrube, dass dieser mit dem Hintern gegen die Wand hinter ihm prallte.

Offensichtlich waren meine Jungs immer noch der Meinung, dass man erst zuschlagen und dann Fragen stellen sollte.

Ich blieb auf dem Motorrad sitzen, während die vier ihre Opfer ein wenig herumschubsten, eher wie Katzen, die mit

Mäusen spielen, als wie Tiger, die zum Angriff übergehen. Es war kein konkreter Rachefeldzug gegen diese Gruppe, zumindest noch nicht. Sie mischten sie nur ein wenig auf, wie Nox es wahrscheinlich ausgedrückt hätte.

Obwohl mir bei dem klatschenden Geräusch der Fäuste auf Fleisch übel wurde, schaute ich nicht weg. Ich wusste, worauf ich mich eingelassen hatte, als ich mich diesen Jungs angeschlossen hatte. Und ich hatte keinen Zweifel daran, dass die Jungs, die sie niederschlugen, das Gleiche mit jedem Schwächeren gemacht hätten, von dem sie etwas wollten.

Als die drei Drogendealer alle zusammengesackt und stöhnend an der Wand lehnten, baute sich Nox mit geballten Fäusten über ihnen auf. „Was wisst ihr über einen Anschlag, der vor zwei Jahrzehnten verübt wurde?", fragte er. „Ein paar Arschlöcher aus Mayfield haben die gesamte Führung der Schädelbrecher in Lovell Rise ausgeschaltet. Schon mal davon gehört?"

„Wer zum Teufel will das wissen?", brummte einer der Drogendealer.

„Der König von Konstantinopel", antwortete Kai sarkastisch. „Also spuckt lieber aus, was ihr gehört habt, sonst wird die königliche Garde euch in Stücke hacken."

Als die Dealer ihn nur verwirrt anstarrten, verdrehte Nox die Augen. „*Wir*, ihr Idioten. Wir können weitermachen, wenn wir eurem Gedächtnis noch ein wenig auf die Sprünge helfen müssen." Er hob drohend die Faust.

„Vor zwanzig Jahren war ich zwei", jammerte der zweite Typ. „Woher zum Teufel soll ich das wissen?"

Nox funkelte ihn an. „Auf der Straße wird geredet. Die Leute prahlen."

„Es war keiner von uns", erklärte der erste Dealer. „Ich habe noch nie von den Schädelbrechern gehört. Ihr …" Er verstummte abrupt und presste die Lippen zusammen.

„Was?", fragte Kai mit zusammengekniffenen Augen.

„Lutsch meinen Schwanz", schoss der Typ mit einem kurzen Anflug von Mut zurück.

Ruin wirbelte ein Messer in seiner Hand, das er einem von ihnen entrissen hatte, und grinste. „Es würde mir mehr Spaß machen, ihn abzuschneiden."

Sein Mut verflog. Alle drei Kerle kamen stolpernd auf die Beine und rannten die Straße hinunter.

Nox warf Kai einen Blick zu. „Glaubst du ihnen?"

Kai nickte. „Es wirkte nicht so, als hätten sie unseren Namen erkannt. Was auch immer der Kerl sagen wollte, es hatte nichts mit uns zu tun."

„Es hatte mit *etwas* zu tun", murmelte Jett.

Mit seinem üblichen Grinsen im Gesicht sprang Ruin auf. „Dann lasst uns herausfinden, was! In dieser Stadt gibt es eine Menge Schädel, die wir brechen können." Sein Lachen glich einem wahnsinnigen Kichern, aber bei ihm war es irgendwie niedlich.

Es wurde spät, die Sonne war fast untergegangen und die Schatten wurden lang. Wir brausten noch ein paar Minuten durch die Stadt, bis Nox ein Gebäude mit Gang-Symbolen entdeckte, das er sich ansehen wollte.

Wir betraten den Raum, der in bernsteinfarbenes Licht getaucht war. Möglicherweise war es absichtlich gedimmt worden, damit die abgenutzten Stellen auf den samtgepolsterten Stühlen und Bänken nicht sofort ins Auge fielen. Auf der anderen Seite des Raumes befand sich eine kleine Bühne, auf der eine Band leise Jazzklänge spielte. Es handelte sich um eine Art Restaurant mit kleinen schwarzen Tischen zwischen den Sitzplätzen. Offenbar speiste das Publikum, das diese Atmosphäre zu schätzen wusste, spät, denn zu dieser frühen Abendstunde waren nur wenige Tische besetzt.

Mein Körper begann automatisch im Takt der Musik zu wiegen. Nox strich mir mit den Fingern leicht über den

Rücken. „Du solltest ein Kampflied für uns komponieren“, scherzte er und führte uns in den hinteren Teil des Raumes, wo sich eine schmale Tür neben der Bühne befand.

Als wir dort ankamen, trat eine Frau auf die Bühne. Unter ihrer Make-up-Schicht könnte sie mittleren Alters sein, doch in dem schummrigen Licht sah sie alterslos aus. Ihr hauchdünnes weißes Kleid ließ sie beinahe ätherisch erscheinen. Sie beugte sich zu einem Mikrofon auf einem Ständer inmitten der Musiker und begann zu singen.

Es war eine andere Sprache – Spanisch, dachte ich, oder vielleicht Portugiesisch. Obwohl ich die Worte nicht verstand, trafen mich die Emotionen, die darin mitschwangen, mitten ins Herz. Die Frau setzte ihre Stimme genauso als Instrument ein wie die Männer der Band ihre Gitarre, ihr Keyboard und ihr Saxofon. Die Unterhaltungen im Raum verstummten. Die Härchen an meinen Unterarmen stellten sich auf.

Wir huschten durch die Tür in die hinteren Räume. Das Lied folgte uns und drang leise durch die Wände, und das Gefühl in meinem Herzen verwandelte sich in Schmerz.

Wenn ich ehrlich zu mir selbst war, wusste ich, dass meine ideale Zukunft nicht darin bestand, Jahr für Jahr in einem Büro Akten durchzugehen oder zwischen Paaren und Familien zu vermitteln, damit sie sich ein besseres Leben aufbauen konnten. Natürlich wollte ich Menschen helfen, aber mehr als alles andere wollte ich sie so berühren, wie es diese Frau da draußen mit dem einfachen Klang ihrer Stimme konnte. In meiner Kehle kribbelte der Drang, in ihren Gesang einzustimmen.

War das überhaupt möglich? Seit ich aus der Psychiatrie entlassen worden war, hatte ich nicht mehr gesungen. Nur ganz kurz, als Nox und ich Sex hatten. Ich hatte nicht das Gefühl gehabt, als hätte ich es verdient, mich an Musik zu erfreuen. Er hatte mich daran erinnert, dass ich mich nicht von den Urteilen anderer Menschen unterkriegen lassen durfte. Ich wusste jetzt, dass ich Marisol nicht wirklich verletzt hatte. Ich hatte damals zumindest geglaubt, sie zu verteidigen. Warum sollte ich mich selbst bestrafen?

Warum sollte ich nicht meine Träume leben?

Dies war jedoch offensichtlich kein guter Zeitpunkt, um Karrierepläne zu schmieden.

Die Jungs stürmten vor mir in einen großen Raum, der nach Nikotin stank. In der hinteren Ecke stand ein alter Schreibtisch aus Stahl. Den größten Teil des restlichen Raumes nahm ein langer Holztisch mit Bänken auf beiden Seiten ein. Fünf Männer saßen darum herum. Einige mit Bierflaschen, andere mit ihren Handys in der Hand. Ihrem Tonfall nach zu urteilen, stritten sie sich gerade über eine Entscheidung, als wir hereinplatzten. Als sie uns sahen, sprangen sie sofort auf.

„Wer zum Teufel seid ihr?", knurrte einer der Männer.

„Euer schlimmster Albtraum", erwiderte Nox und stürzte sich auf ihn. „Es liegt an dir, wie schnell du aufwachst."

Ich blieb an der Tür stehen, und mein Puls raste, als meine vier Männer in Aktion traten. Diesmal waren sie in der Unterzahl und die Kerle hier waren eindeutig erfahrener als die Drogendealer, die sie vorhin fertiggemacht hatten. Die Männer wichen den meisten Schlägen aus, und einer von ihnen vollführte ein Manöver, wodurch Kai nach hinten stolperte und seine Brille festhielt, damit sie nicht herunterfiel.

Ein paar andere zogen Waffen. Mit seiner geisterhaften Kraft schlug Nox einem der Männer seine Pistole weg, ohne die Hand des Mannes zu berühren. Der Mann erschrak und blinzelte, bevor der ehemalige Bandenführer ihn zu Boden warf und auf seinen Hals trat. Jett schaffte es, einem anderen Mann einen elektrischen Schlag zu versetzen, der durch den Arm des Gegners schoss, wodurch sich seine Finger verkrampften und er seine Waffe fallen ließ. Derjenige, der auf Ruin zielte, wurde jedoch von niemandem aufgehalten.

Das inzwischen vertraute Summen ertönte in mir und breitete sich im Handumdrehen in meinem ganzen Körper aus. „Ruin!", schrie ich, und im selben Moment schoss ein Schwall Bier aus einer Flasche auf dem Tisch.

Die Flüssigkeit traf den Kerl in die Augen. Als sich seine Lippen vor Überraschung öffneten, schoss ein weiterer Spritzer direkt in seinen Mund. Spuckend und prustend rieb er sich verzweifelt die Augen, und Kai stürmte auf ihn zu, um ihm die Waffe aus der Hand zu reißen.

Ruin schien es nicht zu stören, dass es noch ein paar Männer gab, die noch nicht kampfunfähig waren. Er schloss mich in eine triumphierende Umarmung. „Das ist unsere Frau. Du bist die Beste." Dann ließ er mich los, drehte sich um und schlug einem Mann, der gerade auf ihn losgegangen war, mit der Faust ins Gesicht. „Und niemand wird mich vom Gegenteil überzeugen", fügte er hinzu.

Ein seltsam benommenes Lächeln breitete sich auf dem Gesicht des Mannes aus, als er durch den Schlag ins Wanken geriet. „Du hast recht", sagte er. „Sie ist ziemlich beeindruckend. Das seid ihr eigentlich alle."

Ruin warf ihm einen amüsierten, aber verwirrten Blick zu. „Danke! Schön, dass du das einsiehst." Er blickte auf seine Faust und schlug dann auf einen anderen der noch stehenden Männer ein. Dieses Mal hörte ich ein leises elektrisches Zischen beim Aufprall. „Ihr solltet euch vor uns verneigen", erklärte Ruin. „Jeder, der sich mit uns anlegt, wird sich vor Angst in die Hose machen."

Obwohl er den Mann nicht einmal besonders hart getroffen zu haben schien, sackte sein Gegner auf dem Boden zusammen. Zitternd schlang er die Arme um seinen Körper. „Bitte, lasst uns einfach in Ruhe. Wir werden alles machen, was ihr wollt, aber hört auf, uns wehzutun!"

Ein Strahlen breitete sich auf Ruins Gesicht aus, und er wirbelte mit einem Jubelschrei herum. „Ich glaube, ich habe meine besondere Kraft gefunden!"

„Er überträgt seine Freude auf sie", murmelte Jett.

Ruins neu entdeckte Fähigkeit führte eine Wende herbei. Allerdings schien er seine gesamte Kraft bei seinen ersten beiden Zielpersonen aufgebraucht zu haben. Seine nächsten Versuche hatten nicht mehr die gleiche Wirkung, doch die Kollegen der ersten beiden waren durch die bizarren Reaktionen ihrer Kumpels so verwirrt, dass sie ins Wanken gerieten.

In ein oder zwei Minuten lagen die übrigen Gegner der ehemaligen Schädelbrecher in einem Haufen neben dem Schreibtisch. Ruin erklärte sich selbst zum König des Berges und setzte sich darauf, wobei er jeden, der sich zu rühren begann, mit Stößen und Tritten traktierte. Mit regem Interesse beobachtete er, wie die anderen drei sich den beiden näherten, die er manipuliert hatte. Einer von ihnen lächelte immer wieder albern, während der andere vor Angst an der Wand kauerte.

„Wir wollen nur wissen, was ihr über einen Angriff auf die Schädelbrecher vor zwanzig Jahren wisst." Nox starrte sie finster an. „So wie ihr ausseht, wart ihr damals schon lange aus den Windeln raus."

„Schädelbrecher, Schädelbrecher", murmelte der fröhliche Typ vor sich hin. „Was für ein toller Name. Den habe ich noch nie gehört."

„Ich würde es euch sagen, wenn ich etwas wüsste", wimmerte der verängstigte Kerl. „Bitte, ich habe noch nie etwas von ihnen gehört."

„Kennst du jemanden, der es wissen könnte?", fragte Kai und trat mit verschränkten Armen vor.

Der Kerl erschauderte. „Das Skeleton Corps vielleicht.

Die mischen fast überall mit. Aber selbst die sind nicht so furchteinflößend wie ihr."

Jemand in dem Haufen unter Ruin stieß ein Zischen aus, als hätte sein Kollege einen Fehler gemacht. Nox warf Kai einen Blick zu. „Warum hat uns noch niemand etwas über das Skeleton Corps gesagt, wenn sie so wichtig sind?"

Kai zuckte mit den Schultern. „Wir haben nicht danach gefragt."

„Wo können wir sie finden?" Ich wollte zum Punkt kommen, bevor noch mehr Waffen gezogen wurden. Ich glaubte nicht, dass die einzige verbliebene Bierflasche ausreichen würde, um jemanden zu retten.

„Überall … an allen möglichen Orten." Der verängstigte Mann zuckte zusammen. „Sie verlegen ihr Hauptquartier ständig."

„Wenn ihr sie finden wollt, müsst ihr nur auf der Straße fragen", sagte der fröhliche Mann gut gelaunt.

„Toll." Jett rümpfte die Nase. „Ich frage mich, wie lange der Zustand dieser beiden noch anhalten wird."

„Das ist nicht unser Problem." Nox machte auf dem Absatz kehrt. „Wir haben von diesen Trotteln bekommen, was wir brauchen."

Ruin kletterte seinen menschlichen Berg hinunter, um sich uns anzuschließen. Auf dem Weg durch das Lokal ergriff Nox meine Hand.

„Du warst *unglaublich* da drin", sagte er. „Ich wusste nicht, dass du mit Bier das Gleiche anstellen kannst wie mit Wasser."

Ein Kichern entfuhr mir. „Ich auch nicht. Aber es besteht eben *hauptsächlich* aus Wasser."

„Holen wir uns ein paar Bierchen", schlug Ruin vor. „Lily hat einen Toast verdient."

Ein triumphierendes Kribbeln regte sich in meiner Brust.

Ich hatte Kai bei seinem Plan geholfen, heute an Nolan Gauntt heranzukommen, und heute Abend hatte ich einem meiner Leute das Leben gerettet. Ich war Lily Strom, verdammt noch mal, und ich würde keinen weiteren Angriff dulden.

Mein Triumph verdiente mehr als einen Toast.

Als mein Blick auf eine Apotheke am Ende der Straße fiel, hatte ich einen Geistesblitz. „Ich muss etwas besorgen.“

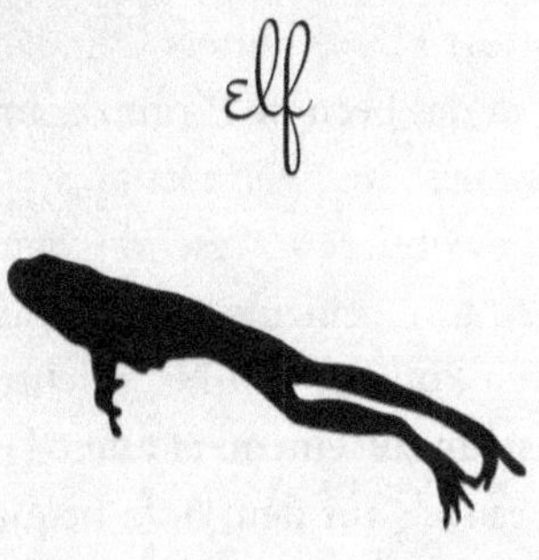

elf

Lily

Ich blickte in den gesprungenen Spiegel in meiner Wohnung und fuhr mit den Fingern durch mein welliges Haar. Einige von ihnen sahen jetzt aus wie echte Meereswellen. Ich hatte mir gestern Abend blaue Strähnchen gefärbt, die sich stärker von meinem flachsblonden Haar abhoben als erwartet. Ich sah aus wie … eine Meerjungfrau. Als könnte ich tatsächlich mit wässriger Magie aus dem Sumpf gekommen sein.

Wie eine Sirene, wie Nox mich immer nannte.

Bei der Erinnerung an das erste Mal, als er es mit einer heiseren, hungrigen Stimme gesagt hatte, pulsierte Hitze in meinem Unterleib. Daran hatte ich nicht gedacht, als ich die Farbe gekauft hatte. Ich hatte lediglich nach einem sichtbaren Weg gesucht, die Kraft zu manifestieren, die mich jetzt durchströmte. Ich wollte mehr zu der Frau werden, die ich sein könnte, so wie die Jungs etwas von ihrem früheren

Aussehen zurückgewonnen hatte. Jedes Mal, wenn ich in den Spiegel sah, erinnerte ich mich daran, wozu ich fähig war.

Ich strich mir die Haare hinters Ohr, lächelte mir kurz zu und ging zurück in das beengte Wohnzimmer.

Im Moment war es weniger beengt, weil nur zwei meiner vier neuen Mitbewohner anwesend waren. Kai und Jett waren unterwegs, um „einzukaufen", was bei ihnen alles Mögliche bedeuten konnte, von Nachrichtenmagazinen über Malutensilien bis hin zu einem Haufen Lebensmittel. Ruin und Nox hatten es sich auf dem Sofa bequem gemacht. Nox war auf den Bildschirm seines Handys konzentriert. Auch wenn er sich inzwischen mit dem modernen Gerät angefreundet hatte, schien er die Vielzahl der Funktionen immer noch eher lästig als nützlich zu finden.

„Es gibt da einen Ort, den wir uns ansehen sollten", wandte er sich an Ruin. „Und zwar schnell, bevor ihn sich jemand anderes schnappt." Er richtete seinen Blick auf mich. „Jetzt, da wir uns auf Rache vorbereiten, wäre es besser, wenn wir ein temporäres Clubhaus hätten, von dem aus wir operieren können. Ich möchte nicht, dass irgendwelche verärgerten Schläger hier auftauchen."

„Ich dachte, ihr wolltet euer altes Haus zurück", sagte ich und erinnerte mich an den Dishes for Dollars-Laden, auf den er mich aufmerksam gemacht hatte. Er war jetzt dort, wo sich früher das Clubhaus der Schädelbrecher befunden hatte. Die Jungs hatten diesen Billigladen als persönliche Beleidigung aufgefasst.

Nox nickte. „Ja. Aber das wird noch eine Weile dauern, und wir müssen die Rechnung mit den Mistkerlen begleichen, die uns erledigt haben, bevor sie erfahren, dass wir wieder in der Stadt sind." Er ließ seine Knöchel knacken und sein wildes Grinsen löste erneut ein berauschendes Kribbeln in mir aus.

„Und für Lily werden wir auch eine bessere Wohnung suchen", fügte Ruin hinzu und strahlte mich an. „Eine schönere. Du hast doch überlegt, nach Mayfield zu ziehen, oder?"

„Im Moment erscheint mir das einfacher als der Versuch, Lovell Rise dazu zu bringen, mich wieder zu mögen."

Nox schnaubte. „Sie sollten sich Sorgen machen, ob *du* sie magst."

Ich warf ihm einen unheilvollen Blick zu. „Es macht immer noch keinen Spaß, das ‚Psychomädchen' zu sein, auch wenn es mir mittlerweile nicht mehr so viel ausmacht. Außerdem wäre es ein Neuanfang für Marisol und mich." Und wenn ich eine Karriere im Musikbereich anstreben wollte, wäre das in einer größeren Stadt auch einfacher, oder?

Diesen Teil hatte ich den Jungs noch nicht erzählt. Die Idee fühlte sich zu zerbrechlich an, um sie laut auszusprechen.

„Wir können uns definitiv auf die Suche nach einer neuen Bleibe machen." Ruin sprang auf die Füße.

„Das Gebäude von heute Abend ist eher Clubhaus-Material", sagte Nox. „Aber ich werde auch eine Wohnung finden. Ich glaube, Kai hat sich schon Angebote angesehen." Er stand auf und winkte Ruin zu. „Komm schon. Der Typ hat gesagt, dass wir uns umsehen können, solange wir bis zehn Uhr draußen sind." Dann machte er eine Geste in meine Richtung und schenkte mir ein warmes Lächeln. „Du kannst mitkommen, wenn du willst. Nachdem du dich gestern Abend an der Rangelei beteiligt hast, gehörst du praktisch zur Bande."

Das Gefühl der Erleichterung und des Stolzes, das mich durchströmte, war stärker, als ich erwartet hatte. Ich hatte mich davor gefürchtet, in der schäbigen Wohnung allein gelassen zu werden. Dabei hatte ich nie vorgehabt, sie jemals mit jemandem zu teilen, geschweige denn mit vier halb toten Gangstern. Sie waren mir ans Herz gewachsen.

Und möglicherweise sehnte ich mich schon länger nach freundlicher Gesellschaft, als ich mir eingestehen wollte.

Ich war mir nach wie vor nicht sicher, welche Rolle ich in der Bandenschlacht letzte Nacht gespielt hatte, aber es hatte sich gut angefühlt, meine Männer beschützen zu können, nachdem sie das schon so oft für mich getan hatten – wenn auch nicht immer so, wie ich es mir gewünscht hätte. Ich wollte kein erbärmliches Wesen sein, das sie auf Schritt und Tritt verteidigen mussten. Die neue Lily, die sich nicht darum scherte, vernünftig oder höflich zu Menschen zu sein, die sie schlecht behandelten, konnte sich mit den ehemaligen Schädelbrechern messen.

Vielleicht würde ich am Ende selbst den einen oder anderen Schädel einschlagen, wenn es jemand verdiente.

Ich hatte meine Bluse gegen einen lässigeren Pullover getauscht, meine Strumpfhose ausgezogen und nur meinen Rock anbehalten. Als ich den Jungs die Gasse entlangfolgte, kitzelte die Abendbrise meine nackten Beine. Nox' Blick verweilte einen Moment auf meinen Waden, bevor er auf Fred deutete. „Wir nehmen dein Auto. Es ist besser, wenn der Besitzer nicht weiß, an wen genau er vermietet." Er zwinkerte mir zu.

Ich machte mich auf den Weg über die Autobahn nach Mayfield und schlängelte mich dann durch die Straßen, wobei ich Nox' etwas planlosen Anweisungen folgte. Er drehte sein Handy immer wieder herum, während er auf die Karte schaute, was nicht besonders vertrauenerweckend war. Ich hatte den Eindruck, dass wir im Kreis um unser Ziel herumfuhren. Und zwar fünfmal. Wie ein Hund, der sich zum Schlafen niederließ, bevor wir tatsächlich vor dem Gebäude anhielten.

Es war ein schmales Lokal zwischen einem Sushi- und

einem Brunch-Restaurant mit einer Fensterfront, an der die Jalousien heruntergelassen waren. Ich schenkte dem Kronensymbol, das auf das verblasste Schild gesprüht war, keine große Beachtung, bis Nox den Code in die Schlüsselbox eingegeben hatte und wir den Hauptraum betraten.

Die Vormieter hatten sich mit ihrem Mittelalter-Thema voll ausgetobt. Auf den staubigen Holzstühlen und -tischen waren falsche Wappen abgebildet. An den Wänden hingen Rüstungen, Äxte, Piken und überraschend scharf aussehende Breitschwerter. Auf der anderen Seite nahm ein größerer Tisch die gesamte Breite des Raumes ein, der vermutlich für besondere Veranstaltungen gedacht war und an dessen Kopfende sich ein echter, glänzender, goldfarbener Thron befand.

„Das ist fantastisch!", schwärmte Ruin, während er durch den Raum ging. Er nahm ein Schwert von der Wand und schwang es lachend durch die Luft. „Hier sollte uns besser niemand angreifen. Gehört das ganze Zeug dazu?"

„Ja." Nox schritt zum Banketttisch im hinteren Teil. „Die Vormieter wollten ihren Sachen nicht mitnehmen, also gehört alles uns, wenn wir es wollen." Er blieb vor dem Thron stehen. „Perfekt für einen König."

Während ich darauf zuging, sah ich mich im Raum um und bemerkte all die zusätzlichen Details, die zur Atmosphäre beitrugen, wie die Wahrsagerkugel auf einem mit Samt drapierten Ständer in einer Ecke und eine sich aufbäumende Messingpferdestatue neben dem Eingang zur Küche. Ich konnte mich nicht entscheiden, ob das alles schrecklich kitschig oder beeindruckend war.

„Ich weiß, dass ihr die Stadt beherrschen wollt", sagte ich, „aber findest du das nicht ein bisschen zu offensichtlich?"

Nox schnaubte. „Zu offensichtlich gibt es nicht. Wir

nennen uns nicht die Schädelbrecher, weil wir unsere Feinde sanft anstupsen wollen."

Okay, das leuchtete ein.

Er schlenderte zu dem Flipperautomaten mit King-Arthur-Design an der Seite. Er rieb sich erwartungsvoll die Hände, doch als er an den Hebeln zog, leuchtete nichts auf und es ertönte kein Geräusch. Auch als Nox gegen den Automaten schlug, tat sich nichts.

„Vielleicht musst du ihn aus- und wieder einstecken?", riet ich. Das war der Standard-Ratschlag des technischen Supports für alle elektronischen Geräte.

Murmelnd ging er neben dem unteren Teil in die Hocke.

Ruin nahm meine Hand und zog mich zum Thron. Er legte sein Schwert auf den Tisch und hob mich auf den Sitz. Das Holz war angenehm glatt und bequem, und der Sitz war so hoch, dass meine Füße über dem Boden baumelten.

Ruin ließ seine Hand auf meinem Knie liegen und grinste mich an. „Wenn wir die Könige der Stadt sind, dann ist Lily unsere Königin." Ein verschmitztes Funkeln blitzte in seinen haselnussbraunen Augen auf. „Und wir sollten ihr entsprechend huldigen."

Er kniete sich vor mich hin, legte seine Hände um eine Wade und hob sie an, um mir einen Kuss aufs Schienbein zu drücken. Hitze breitete sich in meinem Bein aus, und meine Wangen erröteten. „Ähm, bist du sicher, dass das eine gute Idee ist?", fragte ich.

Ruin küsste die Innenseite meines Knies, was eine besonders empfindliche Stelle sein musste, da sich mein Inneres zusammenzog. Als Nox mitbekam, was auf dieser Seite des Raumes passierte, ließ er von dem Flipper ab.

Mit einem lüsternen Blick kam er auf die andere Seite des Throns. „Ich denke, es ist ein guter Anfang, aber mir fallen viele Ideen ein, die noch besser sind."

„Das war nicht ganz das, was ich meinte", protestierte ich

halbherzig, bevor er seinen Mund auf meine Lippen presste und jegliche Proteste zum Verstummen brachte.

Ich war nicht gerade eine Expertin in Sachen Sex. Vor diesen Jungs hatte ich nur zwei Partner gehabt, allerdings nicht gleichzeitig. Die Münder der beiden auf mir zu spüren, löste ein Aufflackern von Verlangen aus, das sich zwischen meinen Beinen sammelte.

Mir gefiel unsere verrückte Situation, oder? Warum sollte ich nicht jedes bisschen dieser Verrücktheit genießen?

Nox lehnte sich zurück und ließ seine heißen Lippen an meinem Kiefer entlang bis zu meiner Halsbeuge gleiten. „Wir haben uns noch gar nicht richtig für deinen Einsatz gestern Abend bedankt, Sirene. Wenn dies der neue Treffpunkt der Schädelbrecher werden soll, dann müssen wir ihn definitiv mit der Frau einweihen, die unsere Geister am Leben erhalten und uns zurückgebracht hat."

Ruin summte an meinem Bein. Mittlerweile war er dazu übergegangen, die Seite meines anderen Knies zu küssen. Seine Hände glitten unter meinen Rock, und seine Fingerspitzen streichelten über meine Schenkel. „Wir haben Zeit, oder?", fragte er Nox. „Keine Unterbrechungen? Ich möchte, dass unser erstes Mal mit unserem Engelsfisch unvergesslich wird."

Nox kicherte. „Der Besitzer sagte, wir könnten uns bis zehn Uhr umsehen. Wir haben noch ein paar Stunden. Und ich habe die Tür abgeschlossen." Er knabberte an meinem Hals, bevor mich ein etwas stärkerer Biss vor Schmerz und Lust aufstöhnen ließ. „Braves Mädchen. Wir können ihr zeigen, was für eine Königin sie ist."

Ein ganz und gar nicht königliches, bedürftiges Wimmern drang aus meiner Kehle. Ruin reagierte darauf, indem er mich an sich zog und mir gleichzeitig mein Höschen herunterriss. Er schob meinen Rock hoch und vergrub sein Gesicht zwischen meinen Beinen.

Der erste Schlag seiner Zunge löste einen so erregenden Ruck aus, dass ich nach Luft schnappte. Nox schluckte das Geräusch, indem er seine Lippen auf meinen Mund presste. Während er mich verschlang, widmete Ruin sich meinem Kitzler.

Ich fuhr mit meinen Fingern durch ihr Haar. Eine Hand glitt durch Nox' kurze Stacheln, die andere durch Ruins zerzauste Locken. Ich nahm nichts mehr von meiner Umgebung wahr. Mein Bewusstsein beschränkte sich auf die Hitze ihrer Körper neben meinem und die Glückseligkeit, die durch meine Nerven strömte.

Wenn es das bedeutete, die Königin der Schädelbrecher zu sein, dann sollte mein Name in die verdammte Tür eingraviert werden.

Ich wand mich unter Ruins geschicktem Mund. Er saugte so fest an meinem Kitzler, dass ich stöhnte, dann ließ er seine Zunge direkt in meine Muschi gleiten.

Nox küsste mich erneut, bevor er sich mit einem wilden Grinsen zurücklehnte. „Ich liebe es, zu sehen, wie du wild wirst. Du kannst noch mehr vertragen, nicht wahr, Sirene?"

Als er meine Brüste streichelte, konnte ich nur nach Luft schnappen, um meine Zustimmung zu signalisieren. Ich griff nach seinem Shirt und zog ihn für einen weiteren Kuss an mich heran. Ein zustimmendes Brummen drang aus seiner Brust. „So ist es gut. Du kannst mich so grob anfassen, wie du willst. Deine Berührungen bringen mich zum Glühen, Baby."

„So verdammt köstlich", murmelte Ruin und fuhr mit seinen Zähnen über meinen Kitzler. Ich schrie an Nox' Mund, und mein Körper zitterte. Nox' fordernder Kuss, sein Daumen, der über meinen harten Nippel strich, und Ruins Finger, die in mich eindrangen, während seine Zunge meine Mitte liebkoste, vereinigten sich zu einem Strudel der Lust in mir.

Ich spürte, wie meine Lust aus mir herauslief und Ruin sie aufleckte. Nox küsste meine Wange und meinen Kiefer, während er bewundernd vor sich hin murmelte. Dann warf er Ruin einen Blick mit halb geschlossenen Augen zu. „Ich denke, wir sollten ihr etwas wirklich Besonderes schenken und die Wunder unseres neuen Hauptquartiers voll ausnutzen."

Ich war zu benommen von meinem Orgasmus, um dem anschließenden stummen Austausch zu folgen. Das Nächste, woran ich mich erinnere, war, dass Ruin einen Schritt zurücktrat und Nox mich auf eine der breiten hölzernen Armlehnen des Throns hob, sodass ich rittlings auf der Kante saß.

Ruin griff nach dem Schwert, das er auf dem Tisch liegen gelassen hatte, und schwang es durch die Luft. Er blickte von dem Schwert zu mir und legte dann den Kopf schief. Sorge blitzte in seinen Augen auf. „Wir wissen nicht, wer es sonst noch angefasst hat."

Nox warf ihm zwei Kondompackungen zu. „Gut, dass ich noch welche habe. Zieh es über."

„Was …?", fragte ich verwirrt. Nox' Handflächen wanderten über meine Brüste, während er sich von hinten an mich drückte. Die Reibung und der Schwindel, der mit seiner Berührung einherging, ließen alle Worte aus meinem Kopf verschwinden.

„Das fühlt sich gut an, oder?", murmelte er und küsste wieder meinen Hals und dann meine Schulter. „Wir werden dafür sorgen, dass du dich noch besser fühlst. So wie es noch nie jemand zuvor getan hat. Vertrau uns. Wir kümmern uns um dich."

Ich vertraute ihnen tatsächlich, wie mir mit einem leichten Anflug von Erstaunen bewusst wurde. Irgendwann in den letzten Wochen hatten sich meine Gefühle ihnen gegenüber von misstrauisch zu freundlich bis hin zu absolut hingebungsvoll gewandelt, ohne dass ich es richtig bemerkt hatte.

Ich war sicher in ihren Händen. Mehr als sicher. Ich war eine willenlose Marionette und hatte nichts dagegen mich meinen Puppenspielern hinzugeben.

Ruin hatte eines der Kondome geöffnet und es über den Schwertgriff gezogen. Soweit ich das anhand der wenigen Exemplare beurteilen konnte, die mir begegnet waren, war der Griff nicht viel größer als ein Durchschnittspenis, allerdings verjüngte er sich in Richtung der Parierstange und war am Knauf abgerundet, der etwas breiter war als alles, was ich bisher in mir aufgenommen hatte.

Meine Lunge flatterte nervös, als er das Schwert auf mich zubewegte. Doch er versuchte nicht, den Griff direkt in mich zu stoßen. Stattdessen rieb er das abgerundete Ende über meine glitschige Mitte, benetzte es mit meiner Erregung und drehte es an meinem Kitzler. Die kühle Oberfläche erwärmte sich, während ich kleine Schauer der Lust zwischen meinen Beinen verspürte. Ruin beobachtete aufmerksam meine Reaktion.

Nox streichelte weiter meine Brust und markierte meinen Hals mit seinem Mund. „Bist du bereit, Baby?", fragte er, und meine Hüften drängten sich wie von selbst dem Schwert entgegen. Nox stieß ein leises Lachen aus. „So ist es gut. Ich kann es kaum erwarten, dich darauf reiten zu sehen." Er neigte den Kopf zu Ruin. „Schön langsam."

Grinsend führte Ruin das runde Ende in mich ein. Mein Kanal dehnte sich, um es mit einem berauschenden Brennen aufzunehmen, und mein Atem stockte vor Lust. Ein Stöhnen entwich mir, als er es tiefer in mich hineinschob, während seine freie Hand gleichzeitig meinen Schenkel massierte.

Ich fickte ein Schwert. Ich war Lily Strom, die auf einer tödlichen Waffe kam, und es fühlte sich absolut fantastisch an.

Stöhnend klammerte ich mich an Nox und beugte mich gleichzeitig zu Ruin. Er küsste mich, während er begann, den Griff in mich zu stoßen. Sein heißer Mund brannte auf meinem. Dann traf die Wölbung die empfindlichste Stelle in mir, und die Welle der Glückseligkeit überflutete mich erneut.

Meine tastende Hand glitt über Ruins muskulöse Brust und hinunter zu der Beule in seiner Jeans. Ihm stockte der Atem, während unsere Münder noch immer miteinander verschmolzen waren. Meine Muschi schrie nach Erlösung, doch plötzlich reichte der Metallschaft zwischen meinen Beinen nicht mehr aus.

Ich löste meine Lippen von seinen. „Ich will *dich*", sagte ich bestimmt und drückte zur Betonung auf seine Leiste. Seit dem ersten Morgen, als er sich in mein Bett geschlichen hatte und wir miteinander herumgemacht hatten, wollte ich unbedingt wissen, wie es sich wohl anfühlen würde. Ich vermutete, dass Ruin die Art von Mann war, der eine Frau ruinieren konnte. Ich konnte mir nicht vorstellen, wie seine Mischung aus Enthusiasmus und Hingabe jemals übertroffen werden könnte.

Ruin stieß einen erstickten Laut aus und warf das Schwert mitsamt dem Kondom beiseite. Während ich mich an seinem Hosenschlitz zu schaffen machte, drehte er mich auf der Armlehne des Throns, sodass ich nach vorne statt zur Seite blickte. Als ich meine Hand in seine Boxershorts schob, drückte er sich gegen meine Hand.

„So ist es gut", sagte Nox mit nur einem Hauch von Neid. „Kümmere dich um ihn. Sieh nur, wie hart er schon für dich ist."

Ruin öffnete seine halb geschlossenen Augenlider, um seinen Boss entschlossen anzusehen. „Du kümmerst dich weiter um Lily", verkündete er. Offenbar hatte er entschieden, dass er jetzt auch Befehle erteilen durfte. „Sie soll alles bekommen, was wir beide ihr geben können.“

„Da kann ich nicht widersprechen“, murmelte Nox und knabberte an meinem Ohrläppchen, während seine Hände über meinen Oberkörper wanderten. Er ließ eine zwischen meine Schenkel gleiten und atmete scharf ein, als er meine Feuchtigkeit spürte. Dann spreizte er meine Beine noch weiter für seinen Freund.

Ich ließ mich in seine Umarmung sinken und neigte meinen Kopf, um ihn zu küssen, während ich Ruin an sich zog. Meine Finger umschlossen die Erektion des rothaarigen Mannes und begannen, sie zu streicheln.

Stöhnend packte Ruin meine Hüften und zerrte mich zur Kante der hölzernen Armlehne. Er riss ein weiteres Kondom auf, streifte es über und drang mit einer sanften Bewegung in mich ein.

„Scheiße“, murmelte er atemlos, als er vollständig in mir versunken war. Mein Kanal pochte um ihn herum, gierig nach mehr. Ich legte einen Arm um ihn und löste meinen Mund von Nox, um stattdessen Ruin zu küssen.

Unsere Münder kollidierten in einer Mischung aus rauen Atemzügen und duellierenden Zungen. Ruin zog sich halb zurück, bevor er tiefer in mich hineinstieß. Ein leises Heulen drang aus meiner Kehle, als sich das berauschende Gefühl in mir auf den Rest meines Körpers ausbreitete.

„Das ist das Paradies“, murmelte er zwischen eifrigen Küssen und sog jeden meiner Laute in sich auf. „Du bist der Himmel, den ich brauche, Engelsfisch.“

Ich keuchte, als er noch tiefer eindrang, und umklammerte Ruin. Gleichzeitig wandte ich mich wieder Nox zu, da ich meinen anderen Liebhaber nicht vernachlässigen wollte. Der Boss der Schädelbrecher kniff in meine Nippel, was elektrische Lustschocks auslöste. Dann küsste er mich so heftig, dass mir schwindelig wurde.

Doch das war immer noch nicht genug. Ich wollte sie *beide*. Und zwar ganz. Ich wollte spüren, dass wir alle gemeinsam in dieser Sache stecken.

Während Ruins schnelle Stöße ein glückseliges Kribbeln in mir auslösten, brachte ich genug Konzentration auf, um nach Nox' Jeans zu greifen. Auch er war hart, sein Schwanz drückte gegen seine Hose. Als meine Fingerknöchel ihn streiften, stieß er ein Knurren aus.

„Oh, Baby, mach weiter", murmelte er.

„Ich könnte etwas noch Besseres machen", keuchte ich.

Leidenschaft loderte in seinen Augen auf, als er meinen Blick auffing und sich neben mir auf den Thron setzte. „Willst du das, Sirene?" Er fuhr sich mit der Hand über den Schritt und leckte sich die Lippen. „Ich wette, du schaffst das. Du willst versuchen, uns beide zu nehmen, oder?"

Statt zu antworten, zerrte ich an seiner Jeans. Er öffnete den Reißverschluss und befreite seinen Schwanz. Als er mit zitternden Atemzügen mit der Spitze seiner Erektion über meine Lippen strich, leckte ich mit meiner Zunge darüber.

„Oh, *verdammt*, ja", stöhnte Nox. „Das ist so gut. Du bist verdammt perfekt."

Ich antwortete, indem ich meine Lippen öffnete und ihn in meinen Mund zog. Er griff in mein Haar, drängte mich aber nicht dazu, schneller zu blasen oder ihn tiefer in mich aufzunehmen.

Mit einem zufriedenen Knurren stieß Ruin schneller in mich hinein. Das ekstatische Brennen unserer Verbindung durchzuckte meine Adern. Ich umschloss Nox fest mit meinen Lippen, während ich gleichzeitig meine Zunge kreisen ließ. Nox stieß in mich hinein und passte sich dem Rhythmus meines Mundes an.

In diesem Moment kam es mir nicht einmal verrückt vor. Es fühlte sich wie die Krönung der Zuneigung und

Leidenschaft an, mit der sie mich von Anfang an überschüttet hatten.

Ich war jetzt eine von ihnen, und wir konnten gemeinsam eine wunderschöne Symphonie körperlicher Glückseligkeit erschaffen. Das Stöhnen, Keuchen und Brummen bildeten eine beschwingte Melodie. Ich erreichte immer neue Höhen der Ekstase, bis …

Ein weiterer Orgasmus explodierte in mir, und ein Hagel aus Sternschnuppen vertrieb alle Gedanken aus meinem Kopf. Instinktiv saugte ich kräftig an Nox, der sich fluchend in meinem Mund entleerte.

„Du bist so kostbar", murmelte Ruin und stieß ein paar weitere Male begeistert in mich hinein. „Unsere Waterlily. Oh, Lily." Mit einem halb erstickten Schrei versteifte er sich, als seine eigene Erlösung über ihn hinwegschwappte.

Nox sank neben mich und küsste mich, noch bevor ich sein Sperma ganz geschluckt hatte. Sein Geschmack auf meinen Lippen schien ihm nichts auszumachen – vielleicht machte das den Kuss für ihn sogar noch heißer. Er drückte eine weitere Hand an meine Schläfe und legte seinen Arm um meine Schultern. „Unsere Königin. Du hättest nichts Besseres tun können, um dir den Titel zu verdienen."

Ich kicherte, und Ruin umarmte mich ebenfalls, als er in mir erschlaffte. In diesem Moment war es schwer vorstellbar, warum jemand *keine* Bande halbgeisterhafter Liebhaber wollen sollte.

„Das ist also das neue Clubhaus?", fragte ich.

Nox lachte. „Ich denke schon. Jetzt müssen wir nur noch ein Zuhause für *dich* finden."

zwölf

Lily

Als ich den Umschlag mit der Aufschrift *VERTRAULICH* entdeckte, der an Nolan Gauntt adressiert war, schob ich ihn sofort in das Versteck zwischen zwei Regalen, das ich bereits zuvor ausgespäht hatte. Wenn mein Vorgesetzter ihn sah, würde er mir auftragen, ihn sofort hochzubringen. Doch zu seinem Pech hatte die effiziente Ausführung meiner Arbeit keine so hohe Priorität wie das Sammeln von Informationen über den Mann in der Führungsetage.

Kai hatte herausgefunden, wann Nolans Assistentin heute für eine halbe Stunde nicht an ihrem Schreibtisch sein würde. Ich hatte keine Ahnung, was der Big Boss in dieser Zeit tun würde, doch zumindest hatte ich eine Ausrede, um in sein Stockwerk zu gehen und mich kurz am Schreibtisch der Assistentin aufzuhalten. Auch wenn ich nicht über Kais

Manipulationsfähigkeiten verfügte oder so schnell lesen konnte wie er, war ich durchaus in der Lage, mir ein oder zwei Dinge zusammenzureimen.

Zumindest hoffte ich das.

Ich war die Königin der Schädelbrecher, rief ich mir in Erinnerung, während ich einen Stapel Umschläge sortierte, die angekommen waren, und Pakete mit Etiketten versah, die heute Nachmittag verschickt werden sollten. Ich hatte gestern Abend zwei mächtige Gangster gebändigt. Ich trug die Macht des Sumpfes in mir.

Ich war eine Naturgewalt, und die Gauntts und alle anderen würden den Tag bereuen, an dem sie sich mit meiner Schwester angelegt hatten.

Mein Vorgesetzter war ein blasser Mann namens Rupert, der durch den Raum marschierte und einen leisen Seufzer ausstieß, als er in meine Richtung blickte. Das tat er schon, seit er gestern Morgen die blauen Strähnen in meinen Haaren gesehen hatte. Da *sein* gelbbraunes Haar wie verblichenes, vertrocknetes Sumpfgras aussah, war ich nicht der Meinung, dass es ihm zustand, mich zu kritisieren. Ich beruhigte meinen Ärger, indem ich mir einen kleinen Reiher vorstellte, der in den gekämmten Strähnen herumstakste und nach imaginären Insekten pickte.

„Achte darauf, dass du die Etiketten gerade aufklebst", schnauzte er mich eine Minute später an. „Wir haben ein Image zu wahren."

Ich starrte auf das Paket, auf das ich gerade die Postanschrift geklebt hatte, und konnte nicht verstehen, wie es noch gerader werden könnte. Hatte er ein Lineal im Arsch stecken, das ihn so pedantisch machte?

„Ich werde darauf achten", antwortete ich und widerstand dem Drang, mit den Zähnen zu knirschen.

Als er seine Kaffeetasse aufhob, kribbelte ein leises

Summen in meiner Brust. Ich ließ ein wenig davon heraus und ließ einen kleinen Spritzer aus seiner Tasse schießen, sodass es plausibel schien, dass er es aus Versehen auf seinen Hemdkragen verschüttet hatte.

Ein Schauder lief mir über den Rücken, als es funktionierte. Rupert eilte brummend davon, um den Fleck mit einem feuchten Tuch wegzuwischen.

Anscheinend konnte ich alle Flüssigkeiten beherrschen. Zumindest wenn sie hauptsächlich aus Wasser bestanden. Obwohl Wasser allein schon ziemlich praktisch war. In jedem modernen Gebäude gab es Wasserleitungen. Genauso wie unter jeder Straße in der Stadt.

Und die Frösche schienen keine Probleme mit weiten Entfernungen zu haben. Ein leises Quaken drang an mein Ohr, und ich bückte mich neben dem Tisch, wo einer meiner grünen Freunde auf einer Plastikkiste saß.

„Geh nach Hause", flüsterte ich ihm zu. „Hier gibt es keine Fliegen." Ich hatte nicht vor, hier mit einer Froscharmee auf jemanden loszugehen. Irgendwie glaubte ich nicht, dass die hohen Tiere bei Thrivewell sich so leicht einschüchtern ließen wie Peyton.

Zu meinem Glück verabschiedete sich Rupert ein paar Minuten vor der geplanten Abwesenheit von Nolan Gauntts Assistentin in die Mittagspause. Ich holte den wertvollen Umschlag aus seinem Versteck, warf ein paar weitere kürzlich eingetroffene Poststücke in einen Beutel, damit es nicht so aussah, als würde ich nur seinetwegen nach oben gehen, und machte mich auf den Weg zum Aufzug.

Ich musste an der Frau auf Kais Etage vorbei, die den exklusiveren Aufzug bewachte. Doch ich hatte Kai meine Pläne bereits per Nachricht mitgeteilt, und er stand gerade an ihrem Schreibtisch und wechselte ein paar schnelle Worte mit ihr, als ich vorbeirauschte.

Ich hielt ihr den Umschlag hin. „Vertrauliche Post für Mr. Gauntt.“

Die Sekretärin der Assistentin war so abgelenkt, dass sie mich nicht allzu genau ansah. Wobei sie ohnehin keinen Grund hätte, mich aufzuhalten. *Wir müssen es uns nicht schwerer machen, als es sein muss,* hatte Kai gesagt. Sie winkte mich zum Aufzug und tippte einen Code ein, der die Tür öffnete.

Die verspiegelten Türen schlossen sich, und die Metallbox brachte mich nach oben, zu dem Mann, der vor sieben Jahren die Katastrophe ausgelöst hatte, die zu meinem Leben geworden war.

Tatsächlich arbeiteten vier Gauntts in dem Gebäude. Die Büros von Nolan und Marie waren auf beiden Seiten des obersten Stockwerks. Direkt darunter befanden sich die seines Sohnes und seiner Frau. Mir war nicht bekannt, welche Positionen sie durch Vetternwirtschaft erlangt hatten. Als ich in den weitläufigen Flur mit den hohen Decken im Penthouse-Stockwerk trat, wurde mir klar, dass die Anordnung der Büros ein kleines Problem darstellte.

Nolans Assistentin hatte ihren Posten verlassen, aber Maries Assistent saß immer noch an seinem Schreibtisch am anderen Ende. Angesichts der palastartigen Ausmaße des Flurs bedeutete das zwar, dass er mindestens zehn Meter von mir entfernt war, als ich vor Nolans Büro zum Stehen kam, doch er war nicht blind. Wenn ich anfing, auf dem Schreibtisch der Assistentin herumzuschnüffeln, würde er es bemerken.

Ich klopfte mit dem Umschlag auf den Schreibtisch und blickte mich um, als würde ich nach Gauntts Assistentin Ausschau halten, während Nervosität in mir aufstieg, weil ich befürchtete, dass mir der andere Assistent sagen würde, dass er sich um den Brief kümmern würde. Konnte ich darauf bestehen, dass ich ihn direkt an Gauntt oder seine Sekretärin aushändigen musste?

Doch wie es schien, scherte sich Maries Assistent einen Dreck um die Angelegenheiten des Ehemanns seiner Chefin. Ich stand etwa eine Minute lang da, ohne dass der Mann ein Wort sagte. Dann klingelte sein Telefon, und er huschte in Maries Büro. Auf einmal war ich allein.

Mein Puls raste. Ich eilte um den Schreibtisch herum und ließ meinen Blick über die Gegenstände schweifen, die ich bereits bemerkt hatte. Statt eines physischen Terminkalenders stand hier ein Computer, dessen Monitor derzeit im Ruhemodus war. Ansonsten waren da nur Stifte und eine Box mit Taschentüchern, die mir wahrscheinlich keine Informationen liefern würden.

„Wach auf, wach auf", sang ich leise und tippte auf die Leertaste. Zum Glück schaltete sich der Monitor ein. Leider erschien auch ein Passwortfeld.

Ich starrte es finster an, als könnte ich dadurch die richtige Zeichenkombination hineinprojizieren. „Ich könnte deine Schaltkreise nassmachen", murmelte ich, doch der Computer zeigte sich unbeeindruckt von meiner Drohung. Ich beschloss, eine andere Richtung einzuschlagen, anstatt weiter zu versuchen, das Gerät zur Kooperation zu nötigen.

Ich entdeckte eine Postkarte, die halb unter der Taschentuchbox steckte, und zog sie heraus. Es war eine Hochglanz-Ankündigung für ein Benefiz-Dinner – in einem Restaurant mit Kristallleuchtern und reichlich Wein, wie auf der einen Seite zu sehen war. Die Signatur stammte von einer noblen Unternehmensvereinigung mit dem Akronym BLEC. Vielleicht war es besser, dass nicht klar war, wofür das stand.

Auf jeden Fall fand das Benefizdinner in zwei Wochen an einem Mittwoch statt. Am unteren Rand der Karte stand in ordentlicher Schrift: *Wir freuen uns, Nolan und Marie dort zu sehen!* Ich wusste nicht, ob sie dort hingehen würden, doch der Absender schien sich ziemlich sicher zu sein, und die Assistentin hatte die Karte beiseitegelegt. Ich machte mit meinem Handy ein Foto davon, bevor ich sie wieder zurück an ihren Platz legte.

Das Einzige, was noch übrig war, war der halb volle Mülleimer, der größtenteils hinter einer Ecke des Schreibtisches versteckt war. Ich ging daneben in die Hocke und begann mit angewiderter Miene darin herumzuwühlen. Verzweifelte Zeiten erfordern verzweifelte Maßnahmen und so.

„Was hast du für mich?", murmelte ich dem Metallbehälter mit den zerknüllten Papieren und Zellophanverpackungen zu. „Sei gut zu mir, ja?"

Trotz des hohen Ansehens, das Nolans Verwaltungsassistentin in diesem schicken Bürogebäude genoss, hatte sie definitiv einen etwas anspruchslosen Geschmack. Ganz unten im Mülleimer fand ich eine abgerissene Eintrittskarte für ein Kino mit drei X im Namen und eine Verpackung von … Pokémon-Karten?

Als ich gerade nach einer weiteren Postkarte greifen wollte, die wie eine Einladung aussah, wurde die Klinke der Bürotür nach unten gedrückt. Mir schlug das Herz bis zum Hals.

Ich sprang vom Mülleimer weg und strich über meinen Rock, als könnten sich darauf Erreger für Geschlechtskrankheiten befinden, bevor ich mich ermahnte, Ruhe zu bewahren. Der Umschlag in meiner Hand war gewissermaßen meine Daseinsberechtigung.

Der Mann, der durch die Tür kam, sah mich an. Er war nicht Nolan Gauntt, es sei denn, er hatte sich seit den Fotos, die Kai mir gezeigt hatte, einer Gesichtsoperation unterzogen. Offensichtlich war er jedoch wichtig genug, um ein persönliches Treffen mit dem Big Boss zu haben.

Ich wedelte mit dem Umschlag und tat mein Bestes,

meine Panik als Nervosität zu tarnen. „Ich bin neu in der Poststelle. Da war ein Brief für Mr. Gauntt. Ich glaube, er ist wichtig. Aber seine Assistentin ist nicht da. Ich war mir nicht sicher, ob ich klopfen sollte …"

Meine Wangen brannten, was zu meiner Rolle der schüchternen Neuen passte. Ebenso wie die Tatsache, dass mir der Umschlag versehentlich aus der Hand glitt und ich ihn mit zitternden Fingern aufheben musste. Wenn ich so weitermachte, würden sie mich feuern, weil ich die Koordination eines Kleinkindes hatte.

„Ist Mr. Gauntt noch beschäftigt?", fügte ich hinzu, während mein Herz mit einer berauschenden Mischung aus Hoffnung und Schrecken pochte. „Kann ich ihn reinbringen?"

Würde ich meinem theoretischen Feind ins Gesicht blicken können? *Wollte* ich das überhaupt? Plötzlich hatte ich Angst, dass Nolan meine Maske durchschauen und meine wahren Absichten erkennen könnte.

Und was wäre, wenn das so wäre? *Er* war derjenige, der in diesem Szenario im Unrecht war.

Mit einem Anflug trotzigen Selbstvertrauens straffte ich die Schultern, doch der Mann schüttelte den Kopf. „Das halte ich für keine gute Idee. Ich werde ihn ihm geben. Er sollte nicht länger herumliegen, wenn er wichtig ist."

Bevor ich widersprechen konnte, hatte der Fremde mir bereits den Umschlag aus der Hand gerissen. Ich brachte noch ein „Oh!" heraus, bevor er wieder im Büro verschwunden war und die Tür fest hinter sich zugeschlagen hatte. Ich erhaschte nur einen kurzen Blick auf den dicken, purpurroten Teppichboden und die glänzende Goldverzierung auf der Tapete.

Nolan Gauntt war also ein Protz. Nicht gerade eine Überraschung, wenn man sich die Chefetage ansah. Da ich keine Ausrede hatte, mich noch länger hier aufzuhalten, schlich ich zum Aufzug zurück. Doch ich ging nicht mit leeren Händen.

In ein paar Wochen würden dieses Büro und das Büro am Ende des Flurs leer sein, wenn die Gauntts beim Benefizdinner waren. Vielleicht konnte ich mir mit Kais Hilfe Zutritt zum Allerheiligsten des Bösewichts verschaffen.

dreizehn

Jett

Als ich das dreistöckige Gebäude betrachtete, dessen beigefarbener Türrahmen sich von den kastanienbraunen Ziegeln abhob, wurde mir schwer ums Herz.

„Kai sagte, es sei das Beste, das er gefunden hat", erklärte ich Lily mit finsterer Miene. Der Typ kannte sich mit vielen Dingen aus, aber ästhetische Analysen waren nicht seine Stärke. „Wenn es uns nicht zusagt, kann er bestimmt noch andere Optionen finden."

„Lass uns hochgehen und uns die Wohnung ansehen", meinte Lily und stieß mich mit dem Ellbogen an.

Ich tat mein Bestes, um keine Reaktion zu zeigen, doch innerlich verkrampfte ich mich angesichts des Hitzeschwalls, der mit ihrer Nähe einherging. Ich *musste* mich anspannen, um meinen Arm nicht um sie zu legen und sie an mich zu ziehen. Das Letzte, was sie in diesem Moment brauchte, war noch einen von uns, der ihr an die Wäsche wollte.

Nicht, dass ich Nox und Ruin schlechte Absichten unterstellte. Sie hatte Bedürfnisse, und es gab keinen Grund, warum sie diese nicht gemeinsam befriedigen sollten. Das war um einiges besser, als mir vorzustellen, dass sie mit irgendeinem Widerling herummachte, den wir nicht kannten. Aber sie hatte schon die beiden – und womöglich auch Kai, wenn er lange genug aufhörte, Datenvergleiche durchzuführen, um einen Annäherungsversuch zu unternehmen – also konnte ich ihr in diesem Bereich nichts bieten, was sie nicht bereits hatte.

Ich war rundum glücklich, wenn sie mich einfach inspirierte, auch wenn ich die Lust ignorieren musste, die manchmal damit einherging.

Die Maklerin stand an der Tür und verlagerte ihr Gewicht von einem Fuß auf den anderen. Sie bestand aus braunen, schwarzen und marineblauen Formen, von denen viele lang und eckig waren. „Ja. Sie sollten sich die Räumlichkeiten wirklich ansehen." Also gingen wir hinein.

Natürlich gab es keinen Aufzug, sodass wir die Treppe hinaufstiegen. Das Treppenhaus, das früher einmal viktorianisch gewesen sein mochte, war im Laufe der Zeit in ein Sammelsurium aus Art-Déco-Details und modernen Elementen verwandelt worden. Ich schaffte es, nicht zusammenzuzucken, als wir den Flur mit dem olivgrünen Teppich und den zitronengelben Wänden betraten. Als die Maklerin eine Tür am Ende des Flurs aufschloss, machte ich mich bereit.

Die Tür schwang weit auf, und ich erstarrte für eine Sekunde. Blinzelnd betrachtete ich den hellen, luftigen Raum, der das komplette Gegenteil von dem war, was ich erwartet hatte.

Lilys helles Haar glänzte im Sonnenlicht, das durch die

beiden breiten Fenster des Hauptraums strömte. Der Boden knarrte leise unter ihren Füßen. Es war echtes Parkett, kein modernes, hochglanzpoliertes Material. Man konnte die Geschichte der Bäume in den Knoten und Wirbeln der Maserung sehen – und die Geschichte der früheren Bewohner in den Schrammen und Kratzern auf der Oberfläche.

Offenbar waren die Wohnungen nicht so regelmäßig renoviert worden wie die allgemein zugänglichen Bereiche des Gebäudes. In diesem Raum war der Art-Déco-Stil in Form von geometrischen Verzierungen der Sockelleisten und der Zierleisten an der Decke erkennbar, wenn auch nur auf subtile Weise. Die Wände waren weiß wie ein unbeschriebenes Blatt Papier. Es juckte mir in den Fingern, Farbe darauf zu spritzen und zu sehen, was wir aus dem Raum machen konnten.

Er war nicht groß. Lily ging mit wenigen Schritten vom Wohnbereich zu der Stelle, wo Platz für einen kleinen Esstisch war. Die Küche war etwa so groß wie ein begehbarer Kleiderschrank und nur durch eine halbe Wand vom Rest des Zimmers getrennt. Trotzdem war allein das Wohnzimmer doppelt so groß wie ihr modriges Kellerapartment.

„Es handelt sich um eine Eckwohnung mit drei Schlafzimmern", erklärte die Maklerin mit ihrer lebhaften, leicht verzweifelt klingenden Stimme. „Sie sind alle schön und gemütlich. Und da die Wohnung im obersten Stockwerk liegt, müssen Sie sich keine Sorgen wegen Lärm von den Nachbarn über ihnen machen."

Einer der Gründe, warum Kai sich für diese Wohnung entschieden hatte, war der Preis. Obwohl uns für Lily nichts zu teuer war, hatte sie darauf bestanden, so viel wie möglich selbst zu bezahlen, und wir wollten nicht, dass sie zu viel Geld für Miete ausgeben musste. Die Gegend befand sich mitten in einer Gentrifizierungswelle und wurde langsam zu schick und teuer für einkommensschwache Familien, die hier vielleicht früher einmal Wohnungen bekommen hätten. Dieses Gebäude konnte jedoch offensichtlich nicht mit den schicken modernen Bauten ringsherum mithalten.

Zweifellos würden die Eigentümer das Gebäude in ein paar Jahren kernsanieren, wenn sie das Geld dafür aufbringen konnten. Bis dahin mussten wir genug sparen, um ihnen das gesamte Gebäude abzukaufen – falls Lily weiterhin hier wohnen wollte.

Im Moment sah es auf jeden Fall danach aus. Mit leuchtenden Augen und einem Lächeln auf den Lippen schwebte sie von einem Zimmer ins nächste. Genau so wollte ich sie malen. Wobei ich sie eigentlich auf jede erdenkliche Weise malen wollte. Sie hätte mich selbst dann inspiriert, wenn sie mit herausgestreckter Zunge auf dem Kopf gestanden hätte.

Ich wusste genug über Immobilien, um zu erkennen, dass „gemütlich" normalerweise „winzig" bedeutete. Doch tatsächlich war jedes der Schlafzimmer groß genug, dass ein Doppelbett und eine Kommode, vielleicht sogar ein kleiner Sessel oder ein Schminktisch hineinpassten. Im dritten gab es ein eingebautes Schrankbett, das sich auf Knopfdruck aus der Wand klappen ließ.

„Das nehmen wir", sagte ich zu Lily. „Marisol und du solltet richtige Betten haben."

Lily zog eine Augenbraue hoch. „Ihr vier auf dem Ding? Das wird recht kuschelig."

Ein unwillkürliches Lächeln huschte über meine Lippen. „Wir können auch Feldbetten aufstellen", erklärte ich. „Ich möchte nicht, dass Ruin mir ins Gesicht schlägt. Außerdem werden wir nicht die ganze Zeit hier sein. Wir werden auch ein paar Ausziehsofas im neuen Clubhaus haben."

Außerdem würde vermutlich einer der Jungs bei Lily

schlafen, wenn wir *hier* waren. Ruin hatte sich das schon teilweise zur Gewohnheit gemacht.

Mir schoss ein Bild durch den Kopf, wie ich auf dieser Matratze lag und sie sich an *mich* schmiegte. Mein Schwanz zuckte und ich drehte mich weg und schaute von der Tür aus in den Hauptraum.

Die Maklerin war zur Tür gegangen, um uns etwas Privatsphäre zu geben. Lily trat neben mich.

„Die Wohnung ist schön", sagte sie leise. „Sie wäre perfekt. Doch ich weiß nicht, wie lange ich diesen Job bei Thrivewell haben werde und was für einen Job ich danach finden kann."

„Sie ist günstig", antwortete ich. „Alle wollen die schickeren Wohnungen. Ihr Verlust ist dein Gewinn. Außerdem werden wir bald genug Geld haben, um dich zu unterstützen, falls es nötig sein sollte."

„Ich weiß. Aber ihr solltet das nicht tun müssen. *Ich* muss mich um Marisol kümmern. Sie ist *meine* Schwester."

Die Entschlossenheit in ihrer Stimme löste ein anderes Gefühl in mir aus. Erinnerungen daran, wie ich von *meiner* Familie behandelt worden war, kamen hoch: die harten Worte und noch härteren Fäuste meiner Eltern. Ich hatte gelernt, dass man Familienbande überleben und überwinden musste. Man konnte sich nicht darauf verlassen, dass man Hilfe von seiner Familie bekam, wenn man sie brauchte.

Möglicherweise hatte Lily die gleiche Lektion von ihren Arschloch-Eltern gelernt. Trotzdem hatte sie sich die Liebenswürdigkeit bewahrt, die sie schon als kleines Mädchen gehabt hatte.

„Wir sind für *dich* da ", versicherte ich ihr mit einer plötzlichen Entschlossenheit, die mich selbst überraschte. Wir waren mehr ihre Familie als die Idioten, mit denen sie verwandt war. Wir waren mehr für sie da gewesen als ihre

Mom und ihr Stiefvater. „Egal, wobei du Hilfe brauchst, du kannst auf uns zählen."

„Ich weiß. Es ist nur …" Sie biss sich auf die Lippe. So stark Lily auch war, in bestimmten Momenten kam ihre innere Zerbrechlichkeit an die Oberfläche, und ich wollte nichts lieber, als mit schwingenden Fäusten auf jeden loszugehen, der sie zum Vorschein brachte.

„Was?", fragte ich und mein Tonfall wurde unweigerlich schroffer.

Sie blickte zu Boden und ließ ihre Finger über den Türrahmen gleiten. „Ich habe nachgedacht … Ich möchte mehr mit Musik machen. Ich habe schon immer gerne gesungen. Wenn es eine Möglichkeit gäbe, das beruflich zu machen … Aber ich weiß, dass es nicht einfach ist, mit Kunst Geld zu verdienen. Vielleicht ist es eine dumme Idee."

Mein Herz schwoll an und obwohl ich mir vorgenommen hatte, Körperkontakt zu vermeiden, ergriff ich ihren Arm. „Das musst du versuchen. Deine Stimme …" Ich hatte sie seit Jahren nicht mehr singen hören, doch der zarte Klang ihrer Melodien war mir im Gedächtnis geblieben. Ich könnte wetten, dass sie auch jetzt noch in meine eigene Kunst einflossen. Sie hatte es immer verstanden, die Klänge um sie herum in etwas Schönes zu verwandeln und es durch harmonische Melodien zum Ausdruck zu bringen.

Die Allgemeinheit konnte sich verdammt glücklich schätzen, wenn sie an ihrem Talent teilhaben durfte.

„Wenn man so etwas in sich trägt, muss man es herauslassen", fuhr ich fort. „Ich wäre sehr unglücklich, wenn ich nicht malen würde." Zugegebenermaßen war ich die meiste Zeit trotzdem unglücklich, doch ohne das Ventil wäre es noch schlimmer. „Versuche es und schau, wohin es dich führt. Du kannst auch einen Nebenjob annehmen, während du dich ausprobierst."

Auf mein nachdrückliches Drängen hin kehrte Lilys

Lächeln zurück, wenn auch schüchterner als zuvor. In ihren nächsten Worten schwang ein neckischer Unterton mit. „So wie du."

Ich zuckte mit den Schultern. „Hey, das Zertrümmern von Schädeln ist eher ein Hobby als ein Beruf, doch ich kann nicht leugnen, dass es Geld einbringt." Solange ich meine künstlerischen Neigungen nicht *zu sehr* überhandnehmen ließ …

Ich dachte an die Zeit, in der ich mich zu sehr meinen künstlerischen Ambitionen hingegeben hatte, und ein Anflug von Schuld stieg in mir auf. Ich unterdrückte das Gefühl und bemühte mich, keine Miene zu verziehen. Lily hatte damit nichts zu tun gehabt, und ich wollte sie nicht damit belasten.

Amüsiert schüttelte sie den Kopf und ging zurück in den Hauptraum. Im selben Moment ertönte auf meinem Handy das dämliche, dramatische klassische Lied, das der Vorbesitzer meines Körpers einprogrammiert hatte und das jeden Anruf wie ein episches Ereignis klingen ließ. Ich verzog das Gesicht und ging ins Schlafzimmer, wobei ich die Tür hinter mir schloss, um ungestört zu sein.

Auf dem Display stand *Dad*, also nahm ich an, dass ich heute von einer anderen Familie hören würde. Mit dieser Familie wollte ich noch weniger zu tun haben als mit meiner eigenen. Leider war es unvermeidlich, dass wir uns irgendwann mit den Eltern befassen mussten, auch wenn einige der Jungs auf dem Campus und nicht zu Hause gelebt hatten. Ich musste den Verwandten etwas geben, damit sie keine Vermisstenanzeige aufgaben, und mir damit noch mehr Ärger machten.

Nach allem, was ich bisher über den Typen herausgefunden hatte, dessen Körper ich übernommen hatte, würde es mich nicht überraschen, wenn er seiner Familie wöchentliche Berichte geschickt hatte. Vermutlich mit einer Übersicht über die jüngsten Schwankungen seines

Notendurchschnitts und die Anzahl der Professoren, denen er in den Arsch gekrochen war. Das konnten sie ab jetzt vergessen. Dieser Vince existierte nicht mehr.

„Hallo", antwortete ich so ruhig wie möglich.

„Vincent!", sagte der Mann am anderen Ende mit dieser steifen Art von Begeisterung, wenn Menschen versuchten, so zu tun, als wären sie glücklich, obwohl sie eigentlich stinksauer waren. „Du hast unseren Familien-Video-Chat verpasst. Deine Mutter macht sich Sorgen um dich."

Im Gegensatz zu dem Mann, der mich angerufen hatte? Ich schluckte meine sarkastische Bemerkung hinunter und sagte: „Der Unterricht hat mich ziemlich auf Trab gehalten. Hausarbeiten, Zusatzaufgaben, Gruppenpräsentationen, Bandproben, du weißt schon." Gab es noch andere studiumsbezogene Begriffe, die ich hinzufügen konnte? Ich hatte mit Ach und Krach meinen Highschool-Abschluss gemacht.

„Bandproben?", fragte Vince' Dad, bevor er das Thema fallen ließ. „Du hast eine Verantwortung gegenüber der Familie. Ich hoffe, du lässt dich davon nicht ablenken. Wir haben eine Vereinbarung ..."

Sein überlegener Tonfall ließ Ärger in mir aufsteigen. „Hör zu", unterbrach ich ihn, „ich bin einundzwanzig und damit offiziell erwachsen. Ich entscheide selbst, was meine Verantwortlichkeiten sind. Ich bin sicher, du wirst sehr stolz auf meine Errungenschaften sein."

„Moment mal. So kannst du nicht mit mir reden ..."

„Komisch, denn ich habe es gerade getan. Ich werde anrufen oder am Familienchat teilnehmen, wenn mir danach ist. Lasst mich in der Zwischenzeit mein Ding machen."

Damit legte ich auf.

Es war vielleicht nicht der taktvollste Abgang, doch wenn ich noch länger in der Leitung geblieben wäre, hätte ich vielleicht angefangen, im Detail zu beschreiben, wie er mich am Arsch lecken konnte, und das wäre noch schlimmer gewesen.

Das Telefon klingelte erneut. Ich lehnte den Anruf ab und schlug knurrend mit der Hand gegen die Wand.

Bei dem Aufprall durchzuckte die geisterhafte elektrische Energie meinen Arm. Die Wand unter meinen Fingern flackerte … und plötzlich war die Wand blau statt weiß.

Ich zog meine Hand weg und blinzelte. Die gesamte Wand hatte ihre Farbe geändert. Einfach so. Ich schaute mich um, um mich zu vergewissern, dass die anderen Wände immer noch weiß waren und mir meine Augen keinen Streich spielten. Doch dem war nicht so. Verdammte Scheiße.

War das meine besondere Interpretation unserer übernatürlichen Energien? Nox konnte Menschen aus der Ferne niederschlagen, Ruin konnte seine Gefühle auf sie übertragen und ich konnte Räume umgestalten?

Womöglich war das gar nicht so schlecht.

Ich bewegte meine Finger, während ich überlegte, was ich noch verändern könnte, als ich Schritte auf dem Flur hörte. Die Maklerin kam auf klappernden Absätzen zurück. Scheiße. Ich nahm an, dass sie meine neue Farbgestaltung nicht gutheißen würde. Vor allem, da wir noch nicht einmal einen Vertrag unterschrieben hatten.

Meine Nerven lagen blank, und ich schlug mit der Hand gegen die Wand. Einen Augenblick später war sie wieder weiß, gerade als die Maklerin die Tür öffnete. Falls da noch ein leichter Blaustich war, bemerkte die Frau es nicht, weil sie zu sehr damit beschäftigt war, mich böse anzustarren.

„Ich weiß nicht, was Sie da tun, aber ich wäre Ihnen dankbar, wenn Sie den Putz nicht beschädigen würden."

Ich hob entschuldigend die Hände. „Verzeihung! Ich wollte nur sichergehen, dass das Mauerwerk solide ist."

Sie warf mir immer wieder Blicke zu, während ich zurück

zu Lily ging. Die Maklerin räusperte sich. „Wir erwarten bestimmte Verhaltensstandards: Es gibt Lärmschutzbestimmungen, und die Wohnung sollte in einem ähnlichen Zustand hinterlassen werden, wie sie vorgefunden wurde."

„Natürlich", antwortete Lily und blickte sich erneut um. Mir war klar, dass sie die Wohnung nehmen würde. Sie sah mich mit einer hochgezogenen Augenbraue an. „Ich kann meine Freunde in Schach halten."

Ich würde mich definitiv an diesen Wänden austoben, sobald sie in unserem Besitz wären. Vielleicht könnte dieses neu entdeckte Talent auch bei einem anderen Projekt nützlich sein, über das ich mit den Jungs gesprochen hatte …

Lily bekam einen Vertrag zum Unterschreiben, versprach, am Abend die Kaution zu bezahlen, und ging so beschwingt zurück auf die Straße, wie ich sie seit ihrer Kindheit nicht mehr gesehen hatte. „Das könnte gut werden", sagte sie. „Das könnte *wirklich* gut werden. Ich hoffe, Marisol gefällt die Wohnung."

„Ganz bestimmt", versicherte ich ihr. „Sogar ein Loch im Boden wäre besser, als noch länger bei euren Eltern zu bleiben."

Sie lächelte mich an, und ich spürte wieder dieses Flattern in meiner Brust, das ich noch nie zuvor gespürt hatte. Als wir um die Ecke bogen, wurden wir von den anderen Jungs umringt, die ihre Aufgaben offenbar bereits erledigt hatten.

„Hat sie dir gefallen?", fragte Ruin und schloss Lily in eine feste Umarmung. Kai sagte nichts, aber seine Augen leuchteten wachsam. Schließlich war er derjenige, der die Wohnung ausgesucht hatte.

„Sie ist großartig", antwortete Lily. „Ich werde sie nehmen. Und es klang so, als würde sie mir gehören, sobald ich die Kaution hinterlege."

„Das übernehmen wir", verkündete Nox. Und bevor sie protestieren konnte, fügte er hinzu: „Das ist unsere Wiedergutmachung dafür, dass du unseretwegen deinen anderen Job verloren hast. Keine Widerrede. Das sind wir dir schuldig. Außerdem übernehmen wir alle Kosten, die durch die Kündigung deines Mietvertrags für die Kellerwohnung entstehen. Wie schnell kannst du einziehen?"

„In zwei Wochen", sagte Kai. „Ich habe gezielt nach Unterkünften gesucht, die schnell verfügbar sind."

Ein strahlendes Lächeln huschte über Lilys Gesicht. Wir sonnten uns ein paar Sekunden darin, bevor ich mich an Nox wandte. „Hast du das andere Thema geregelt?"

„Ja." Er warf mir eine Pistole zu, die ich hinten in meine Jeans steckte. Eine Anspannung, die ich vorher nicht bemerkt hatte, fiel von mir ab.

Auch wenn ich es immer vorgezogen hatte, mit meinen Händen zu arbeiten, konnte es nicht schaden, eine Waffe zu haben. Kraft und Schnelligkeit fielen beim Abfeuern einer Kugel kaum ins Gewicht. Nachdem die letzte Bande, die wir nach Informationen befragt hatten, uns mit Schusswaffen und Fäusten attackiert hatte, war uns klar geworden, dass es an der Zeit war, neue Kontakte auf dem Schwarzmarkt zu knüpfen.

„Und wir haben mehr über das Skeleton Corps herausgefunden", erklärte Ruin fröhlich.

Kai verdrehte die Augen. „Allerdings nichts Gutes. Als wir herumfragten, war schnell offensichtlich, dass sich niemand mit ihnen anlegen will. Die Leute haben sich schon allein bei der Erwähnung ihres Namens in die Hose gemacht. Diese Typen haben viel Einfluss in der Stadt."

„Und sie hatten genug Angst vor *uns*, um uns auszuschalten", fügte Ruin hinzu, in dem Versuch, selbst dieses düstere Ereignis in ein positives Licht zu rücken.

„Der Kerl, der uns von ihnen erzählt hat, hat nicht

gesagt, dass sie uns ausgeschaltet haben“, erinnerte Nox ihn. „Nur, dass sie am ehesten wissen, wer es getan hat. Doch wenn sie es waren, haben wir dieses Mal mehrere Asse im Ärmel.“ Ein übermütiges Grinsen breitete sich in seinem Gesicht aus, und er musterte uns der Reihe nach. „Sind wir bereit, es den Arschlöchern heimzuzahlen, die uns getötet haben, egal, welche Steine sie uns in den Weg legen?“

Mein Magen verkrampfte sich erneut, doch ich antwortete, ohne eine Sekunde zu zögern. „Verdammt, ja.“

Vielleicht war diese Gang groß genug, um uns alle noch einmal zu vernichten, Geisterkräfte hin oder her. Ich hatte bereits ein Leben verloren und drei weitere durch meine Dummheit beendet. Wenn einer von uns unterging, dann ich.

Zumindest würde ich beim zweiten Mal in dem Wissen sterben, dass meine Freunde diesen Arschlöchern das Grinsen aus dem Gesicht schießen würden.

vierzehn

Lily

Rupert stürmte mit einem schweren Fall von Montagsdepression in die Poststelle. Er stampfte hin und her, klebte Etiketten auf die ausgehenden Pakete, als hätten sie einen Welpen getreten, und riss dem Büroangestellten fast den Kopf ab, der eine Nachricht überbringen wollte.

„Soll das ein Scherz sein?", fragte er mit hervorquellenden Augen, bevor er sich aufrichtete, als könnte eine gute Körperhaltung seinen unprofessionellen Ton wiedergutmachen. Sein Blick schweifte durch den Raum zu mir, wo ich die Post in die Wagen für die verschiedenen Stockwerke sortierte. Er senkte die Stimme, sprach aber nicht leise genug, dass ich ihn nicht mehr verstehen konnte. „Warum sollten sie mit ihr sprechen wollen? Da muss ein Fehler vorliegen."

Der Mann, mit dem er sprach, schüttelte den Kopf und

murmelte eine leise Antwort. Rupert stieß einen seiner typischen Seufzer aus, und ich stellte mir vor, wie der Mini-Reiher auf seinem Kopf einen riesigen Haufen machte. Dann wandte sich mein Vorgesetzter an mich.

„Miss Strom, Sie sollen in Nolan Gauntts Büro kommen. Offenbar möchte Mr. Gauntt etwas mit Ihnen besprechen."

Ich erstarrte, und der Umschlag, den ich in der Hand hielt, rutschte mir aus den Fingern und fiel in die bereits sortierte Post in dem Wagen vor mir. Okay, vielleicht konnte ich ihm keinen Vorwurf wegen seiner Skepsis machen, denn ich war selbst völlig verwirrt.

„Ich?", fragte ich, als wäre noch eine andere Miss Strom im Raum, die ich vorher nicht bemerkt hatte. „Warum?"

„Das ist eine sehr gute Frage", murmelte Rupert. Der Bote war bereits geflüchtet. Mein Vorgesetzter musterte mich, als hätte ich die ganze Sache eingefädelt, um seine Autorität zu untergraben, und ich kam zu dem Schluss, dass ich mich am besten so schnell wie möglich aus dem Staub machen sollte.

„Jetzt gleich?", fragte ich.

Er nickte scharf. „Dalli, dalli! Er hält das gesamte Unternehmen am Laufen. Ich bin sicher, er hat keine Zeit, auf eine langsame Postangestellte zu warten."

Ich hatte keine Ahnung, warum Nolan Gauntt überhaupt mit jemandem von der Poststelle sprechen wollte. Als ich in den Flur zu den Aufzügen eilte, begann mein Puls zu rasen.

Hatten Nolan oder seine Assistentin gemerkt, dass ich herumgeschnüffelt hatte? Womöglich gab es versteckte Sicherheitskameras im Flur, oder der Besucher, dem ich den Umschlag gegeben hatte, hatte mehr gesehen, als mir bewusst war? Wollte er mich zur Rede stellen?

Oder hatte Harmon Kitteridge geredet und sie hatten gemerkt, dass ich den Job unter Vorgabe falscher Tatsachen bekommen hatte. Womöglich hatte Kais Erpressungsmaterial als Drohung nicht ausgereicht.

Bedeutete es, dass Nolan wusste, wer *ich* war? Hielt er mich einfach für die Schwester eines Mädchens, dem er vor Jahren etwas Ungebührliches angetan hatte, oder hatte er vor Kurzem eine Rolle im Leben meiner Familie gespielt? Wade schien Nolan für bedeutsam zu halten, obwohl er dafür eigentlich keinen Beweis erbracht hatte. Und es klang nicht so, als hätte Marisol den Mann seit dem Vorfall gesehen, der mich vor sieben Jahren aus der Fassung gebracht hatte.

Meine Finger strichen über die Kontur meines Telefons im Außenfach meiner Handtasche. Ich hatte das Bedürfnis, Kai eine Nachricht zu schreiben und ihm zu erzählen, was los war. Wie ein Wanderer, der sich in die unbekannte Wildnis aufmachte und eine Botschaft hinterlassen wollte, falls er nicht zurückkehrte. Ich war mir nur nicht sicher, ob der ehemalige Gangster die Füße stillhalten würde, während ich mich in die Höhle des Löwen wagte. Womöglich würde er hereinplatzen oder einen Aufruhr veranstalten, um mich aus dem Büro herauszuholen, und ich war mir nicht sicher, ob das eine gute Idee war.

Seit mein Stiefvater seinen Namen gesagt hatte, wollte ich herausfinden, was es mit Nolan Gauntt auf sich hatte. Deswegen hatte ich mich überhaupt für diese Stelle beworben. Jetzt wollte der Mann mit mir sprechen. Wie konnte ich mir diese Gelegenheit entgehen lassen, selbst wenn sie meine Kündigung zur Folge haben könnte?

Wenn er sauer auf mich war, konnte Kai sowieso nichts daran ändern. Der brillante Gangster war vielleicht in der Lage, Menschen basierend auf ihren Gedanken und Gefühlen zu lesen und zu manipulieren, doch er konnte sie nicht dazu bringen, etwas völlig anderes zu denken. Wenn wir Ruin hierherbringen könnten, wäre er vielleicht in der Lage, mit seiner Macht über Gefühle …

Nein, irgendwann würde die Wirkung nachlassen und dann wäre ich wieder da, wo ich angefangen hatte. Das Einzige, was ich tun konnte, war, dieser Konfrontation ins Auge zu sehen.

Es dauerte etwa ein Jahrhundert, bis der Aufzug die Poststelle im Untergeschoss erreichte, und dann noch ein Jahrhundert, um in den fünfzehnten Stock zu gelangen, wo ich umsteigen musste. Ich strich meinen Rock glatt und überprüfte, ob meine Bluse und meine Strickjacke krümel- und fleckenfrei waren, aber die Sekretärin der Chefassistenten musterte mich trotzdem stirnrunzelnd, bevor sie mich zum exklusiven Aufzug zu den oberen Etagen weiterwinkte.

Als ich im obersten Stockwerk ausstieg, erhob sich die Frau, deren Schreibtisch ich vor ein paar Tagen durchsucht hatte, und ging zur Tür von Nolans Büro. „Miss Strom ist hier", sagte sie und bedeutete mir, an ihr vorbei in den Raum zu gehen.

Ich trat auf den dicken, purpurroten Teppich. Die Goldverzierung, die mir an der Tapete aufgefallen war, hob sich schimmernd vor dem nachtblauen Hintergrund ab. Der Raum wirkte jedoch nicht dunkel, da die Decke hoch und mit Kristallleuchtern ausgestattet war. Durch die Fenster auf der anderen Seite des riesigen Büros strömte noch mehr Licht herein.

Vor dem antiken Mahagonischreibtisch an den hinteren Fenstern standen nicht nur eine, sondern zwei Personen. Als ich auf sie zuging, erkannte ich, dass es die beiden von den Bildern waren, auf die Kai bei seiner Recherche gestoßen war.

Auf der linken Seite stand der Mann, den ich erwartet hatte, obwohl er in natura noch imposanter war. Nolan Gauntt musste fast so groß sein wie Nox. Selbst in seinem fortgeschrittenen Alter hatte er die Statur eines Linebackers.

Er war breitschultrig und hatte eine muskulöse Brust. Sein glattes, silbriges Haar war noch mit ein paar blonden Strähnen durchzogen. Sein Kinn war glatt rasiert. Er musterte mich aufmerksam, während ich mich näherte, und sein Blick fühlte sich oberflächlich und gleichzeitig durchdringend an.

Rechts stand seine Frau. Marie Gauntt war fast einen Kopf kleiner als ihr Mann, doch ihre Frisur machte einen Großteil dieses Unterschieds wett. Ihr Haar war zu einem ordentlichen, farblosen Kegel auf ihrem Kopf aufgetürmt, der die Textur von Zuckerwatte hatte. Ihre dünnen Lippen waren zu einem Schmollmund verzogen, und trotz ihrer zierlichen Statur war ihre Präsenz nicht weniger einschüchternd. Das sanfte Grau ihres Business-Anzugs bildete einen starken Kontrast zu den harten Kanten ihres Gesichts und Körpers.

Es war leicht zu erkennen, dass beide in ihrer Jugend absolut umwerfend gewesen waren. Sie waren immer noch wahnsinnig attraktiv, doch der distanzierte Glanz in ihren Augen brachte meine Nerven zum Zittern. Es war, als würden sie jede meiner Bewegungen studieren, ohne sich wirklich dafür zu interessieren, was ich tatsächlich tat.

„Miss Strom", sagte Nolan mit einem kühlen Bariton, kurz bevor ich nahe genug war, um das Gefühl zu haben, *ich* müsste das Eis brechen. Ich blieb stehen, als er fortfuhr. „Wie schön, dass Sie kommen konnten. Ich bin Nolan Gauntt und das ist meine Frau Marie. Wir leiten Thrivewell gemeinsam."

„Wir legen Wert darauf, uns mit unseren neuen Mitarbeitern zu unterhalten", fügte Marie hinzu. Ihre Stimme war leise und trocken.

„Oh", antwortete ich und suchte nach den passenden Worten. „Das ist nett von Ihnen."

Vielleicht wäre ich weniger verunsichert, wenn ich mir bizarre Tiere vorstellen könnte, die auf ihren Köpfen herumtrampelten, doch meine Gedanken gerieten ins Stocken, als ich versuchte, mir auch nur einen Rüssel oder einen Huf vorzustellen. Es war, als wäre die Anwesenheit der Gauntts so überwältigend, dass selbst meine Vorstellungskraft nicht dagegen ankam.

Haben sie alle neuen Mitarbeiter durch dieses Büro laufen lassen, während sie sie wie Beute angestarrt hatten, für die sie die beste Schrotflinte auswählen wollten? Kai hatte keine derartigen Gespräche erwähnt, und ich hätte gedacht, dass sie jemanden auf seiner Ebene hinzuziehen würden, bevor sie eine beliebige Poststellenmitarbeiterin hierher beorderten.

Sie waren wieder still geworden und betrachteten mich nur. Warteten sie auf eine bestimmte Reaktion?

Sie wussten, wer ich war. Daran hatte ich jetzt keinen Zweifel mehr. Warum sonst diese ganze Inszenierung? Doch natürlich würden sie das nicht zugeben. Genauso wenig wie die Tatsache, dass sie etwas mit meiner Schwester zu tun hatten. Was hätten sie davon, so viele Karten auf den Tisch zu legen?

Ich trat von einem Fuß auf den anderen. „Geht es um etwas Bestimmtes?", fragte ich. „Ich glaube, ich habe mich in der Poststelle gut eingelebt. Mir gefällt die Arbeit hier."

„Ah, nun, Sie haben erst angefangen, oder?", fragte Marie freundlich, doch in ihren Worten schwang eine unmissverständliche Drohung mit.

„Ja", antwortete ich zögerlich. „Das ist meine zweite Woche."

Nolan nickte düster und wedelte mit der Hand, als würde er einen Käfer von seinem Anzugrevers wischen. „Wir hatten einige Bedenken, da Sie keine Erfahrung mit Büroarbeit haben. Hier in der Hauptgeschäftsstelle kann es manchmal etwas heftig zugehen."

„Oh." Ich war heute unglaublich wortgewandt. Mit

einem tiefen Atemzug erinnerte ich mich daran, dass der Mann vor mir zwar wichtig aussehen mochte, aber anscheinend kleine Kinder belästigen musste, um sich groß zu fühlen. Hinter seiner Fassade steckte ein Widerling.

„Ich bin sicher, dass ich zurechtkommen werde", fuhr ich fort und hob mein Kinn. Ich war im Moment nicht in der Lage, ihn herauszufordern, doch ich wollte auch nicht, dass sie mich für schwach hielten.

Es wäre praktisch gewesen, wenn einer von ihnen etwas über ihre Verbindung zu meiner Familie verraten hätte, doch sie hatten mich nicht einmal mit meinem Vornamen angesprochen. Marie klopfte mit den Fingernägeln auf die Tischplatte. „Ich bin mir nicht sicher, ob man die Situation richtig einschätzen kann, wenn man es nicht selbst erlebt hat. Deshalb waren wir der Meinung, dass wir Ihnen die Möglichkeit bieten sollten, sich auf eine Weise einzuarbeiten, die eher Ihrem Tempo entspricht."

Mir wurde flau im Magen. „Was meinen Sie damit?" Wurde ich am Ende doch gefeuert? Bisher hatte keiner von ihnen meine Herumschnüffelei oder meinen angeblichen Patenonkel erwähnt – doch konnte ich wirklich hoffen, dass sie nichts davon wussten?

Nolan wies mit seinem Arm auf die Welt jenseits des Büros. „Wir haben ein kleineres Büro in Bedard. Da Sie aus Lovell Rise kommen, hätten Sie einen kürzeren Arbeitsweg, und dort geht es etwas langsamer zu. Die durchlaufende Kommunikation ist weniger dringend, und es wird jemand für die Poststelle gesucht. Die Bezahlung bliebe natürlich gleich, entsprechend Ihren Einstellungsbedingungen."

„Oh", sagte ich erneut und widerstand dem Drang, die Arme um meinen Körper zu schlingen. Sie versuchten, mich loszuwerden, und zwar auf möglichst freundliche Art und Weise.

Sie wollten nicht mit mir im selben Gebäude arbeiten.

Mit diesem Angebot wollten sie mich aus dem Weg schaffen, ohne mir einen Grund zur Beschwerde zu geben. Wer könnte schon etwas gegen die gleiche Bezahlung für einen einfacheren Job sagen?

Doch in der Ausführung, wie „heftig" es im Unternehmen zugehen konnte, schwang eine Drohung mit. Nolan brachte es auf den Punkt. Er verschränkte die Arme vor der Brust und sah mich noch eindringlicher mit seinen ausdruckslosen blauen Augen an. „Ich möchte nicht, dass eine Mitarbeiterin wegen Überlastung ausbrennt. Wir haben nur Ihr Bestes im Sinn."

Ich schluckte schwer. Ja, ganz bestimmt.

Wie würden sie wohl reagieren, wenn ich mich ihnen widersetzte? Ich machte mir keine Sorgen um mich selbst, aber wenn Marisol für meine Weigerung bezahlen würde … Wie konnte ich *sie* einem Risiko aussetzen, nur weil ich einen Plan nicht so gut durchdacht hatte, wie ich es hätte tun sollen?

Vielleicht könnte ich die Gauntts von dem anderen Büro aus ausspionieren? Kai würde weiterhin hier alles im Auge behalten … Ich glaubte nicht, dass sie ihn mit mir in Verbindung brachten.

Der Gedanke wurde so verlockend, dass ich den Mund öffnete, um zuzustimmen. Meine Finger krümmten sich in meinen Handflächen, und ein plötzlicher Anflug von Wut stieg in mir auf – vor allem auf mich selbst.

Ich hatte schon einmal versucht, wegzulaufen. Ich hatte alles getan, was ich konnte, um meinen Mobbern auf dem College zu entkommen, was lediglich dazu geführt hatte, dass sie mich noch mehr drangsaliert hatten. Sie hatten erst von mir abgelassen, als ich mich gewehrt hatte.

Ein Satz, den Ruin gestern gesagt hatte, kam mir in den Sinn. Natürlich war er von seinem typischen Optimismus geprägt, aber gleichzeitig hatte er nicht unrecht.

Und sie hatten genug Angst vor uns, *um uns auszuschalten.*

Er hatte vom Skeleton Corps gesprochen, doch es passte genauso gut auf diese Situation. Wären die Gauntts nicht besorgt, was ich herausfinden könnte, wenn ich hier arbeitete, würden sie mich wohl kaum an einen anderen Standort versetzen. Allein die Tatsache, dass sie zum Angriff übergegangen waren, bedeutete, dass sie etwas zu verbergen hatten.

Mein Entschluss festigte sich. Ich war hierhergekommen, um die Geheimnisse um meine Schwester und mich aufzudecken, und ich würde nicht einfach den Schwanz einziehen, nur weil ein paar mächtigere Mobber beschlossen hatten, dass sie in meinem Leben das Sagen haben sollten.

„Tatsächlich", sagte ich und bemühte mich trotz meiner Nervosität um eine ruhige Stimme, „habe ich gerade eine Kaution für eine Wohnung hier in Mayfield hinterlegt. Und ich habe in der Vergangenheit schon viele Situationen unter hohem Druck gemeistert, wenn auch nicht in einem Büro." Sie wussten nicht einmal die Hälfte davon. „Ich würde wirklich gerne hierbleiben und mich beweisen. Wenn Sie Probleme mit meiner Arbeit haben, würde ich eine Versetzung verstehen, doch im Moment hoffe ich, dass Sie mir eine Chance geben."

Ich lächelte sie bestimmt an, beinahe herausfordernd. Würden sie auf die Versetzung bestehen und damit zeigen, wie viel ihnen daran lag?

Sie musterten mich noch ein paar Sekunden länger, während mein Herz in meinen Ohren pochte. Nolan neigte den Kopf zur Seite. Marie zog ihren Ellbogen in einer seltsamen Geste an, die ich nicht verstand. Dann seufzten sie fast unisono.

„Ich denke, das ist fair", sagte Marie.

„Wir werden genau beobachten, wie Sie hier

zurechtkommen“, erklärte Nolan. „Es ist keine Schande, sich allmählich hochzuarbeiten.“

Ich bemühte mich, so heiter zu klingen wie Ruin. „Ich weiß. Aber ich glaube wirklich, dass ich der Herausforderung gewachsen bin. Ich werde Sie nicht enttäuschen.“

Vielleicht war das etwas dick aufgetragen, aber Nolan nickte. „Ich weiß Ihr Engagement zu schätzen.“ Sein Tonfall deutete darauf hin, dass er das überhaupt nicht tat. „Wir werden Sie nicht länger von Ihrer Arbeit abhalten.“

Ich drehte mich um und eilte mit einem engen Gefühl in der Brust zurück durch den weitläufigen Raum.

Diese kleine Schlacht hatte ich gewonnen. Jetzt hoffte ich, dass es sich gelohnt hatte, zu kämpfen.

<h1 style="text-align:center">fünfzehn</h1>

Lily

Zuerst war alles einfach nur dunkel. Wohin ich auch schaute, war Finsternis und ich hatte das beunruhigende Gefühl, im Wasser zu treiben.

Dunkelheit wogte um mich herum, und die Strömungen wurden schneller und stärker und zerrten an meinen Gliedmaßen. Sie zogen mich in die noch dichtere Schwärze hinab, die mich vollständig zu verschlingen drohte.

Ich öffnete meinen Mund, um zu schreien, und noch mehr flüssige Dunkelheit strömte in meine Kehle, sodass ich würgen musste. Meine Lunge füllte sich mit Wasser. Ich konnte weder atmen noch sprechen, und ich sank, fiel und wurde immer weiter nach unten gezogen, während die letzten Lichtschimmer über mir erloschen …

Ich schrak aus dem Albtraum hoch und stieß einen keuchenden Schrei aus, während meine Lunge immer noch nach Luft rang. Ruin schlang die Arme um mich.

„Hey“, sagte er leise und sanft. „Ist schon gut, Waterlily. Ich bin bei dir.“

Bevor ich mich von meiner panischen Benommenheit erholt hatte, stürmten drei weitere Gestalten in mein schummriges Schlafzimmer.

„Geht es ihr gut?“, fragte Nox.

„Was ist passiert?“ Kai rückte seine Brille zurecht.

„Wenn ihr hier jemand etwas angetan hat ...“, sagte Jett düster und schlug mit der Faust in seine andere Hand.

Jetzt ertrank ich in Besorgnis.

„Mir geht es gut“, murmelte ich und wischte mir mit der Hand über die Augen. „Es war nur ein böser Traum. Ihr müsst niemanden verprügeln, es sei denn, ihr habt eine geisterhafte Methode, mein Unterbewusstsein zu schlagen.“

Kai legte den Kopf schief, als würde er über die Logistik dieses Manövers nachdenken.

Nox blickte finster drein, und sein Kiefer verkrampfte sich. „Bist du sicher? Es war kein böser Traum über etwas Scheußliches, das dir jemand angetan hat?“

Ich warf ihm einen strengen Blick zu. „Ich bin mir absolut sicher, dass ihr niemandem den Schädel einschlagen müsst, um meinen unterbrochenen Schlaf zu rächen. Apropos, ich würde gerne weiterschlafen, wenn das möglich ist.“

„Wir sollten alle noch ein wenig schlafen“, warf Ruin fröhlich ein. „Mit besseren Träumen.“

Die anderen Jungs schwankten einen Moment lang unentschlossen auf ihren Füßen, zweifellos immer noch auf der Suche nach einer Möglichkeit, mich vor den Produkten meines Geistes zu schützen. Dann gingen sie alle wieder hinaus.

Ruin blieb und kuschelte sich in dem schmalen Bett an mich. Ich legte meinen Kopf auf seine Schulter und atmete seinen warmen, moschusartigen Geruch ein. „Wie lange bist du schon hier?"

In den letzten Tagen hatte er sich immer früher in mein Zimmer geschlichen. Dabei gelang es ihm stets, sich an mich zu kuscheln, ohne mich aufzuwecken. Ich war mir nicht sicher, ob er nicht vielleicht doch eine riesige Hauskatze in Menschengestalt war.

Der Eindruck wurde nur noch verstärkt, als er sich mit einem schnurrenden Summen an mein Haar schmiegte. „Erst vor einer halben Stunde. Es ist schwer, allein zu schlafen, wenn ich weiß, dass du hier bist. Aber ich möchte dich nicht bedrängen." Er seufzte. „Es wird perfekt sein, wenn du ein richtig großes Bett hast."

„Ich schätze, dann werde ich dich nie wieder los", murmelte ich, ohne mich wirklich zu beschweren.

„Nein!", erklärte Ruin fröhlich und rückte ein wenig zur Seite, sodass ich etwas mehr Platz auf der Matratze hatte und er mit dem Rücken an der Wand lag. Er fuhr mir mit den Fingern durchs Haar. „Was *hast* du geträumt? Ich sorge dafür, dass dein Unterbewusstsein nicht mehr daran denkt."

Meine Lippen verzogen sich unweigerlich zu einem Lächeln. „Ich bin mir nicht sicher, ob das funktionieren wird. Es war …" Ich dachte an die erstickende, würgende Dunkelheit zurück und mein Puls beschleunigte sich erneut. Ich schluckte schwer. „Ich wäre beinahe ertrunken. So wie damals im Sumpf."

Seltsamerweise hatte ich bisher nie Albträume von diesem Moment gehabt, obwohl ich dem Tod noch nie so nahe gekommen war. Man sollte meinen, es sei meine traumatischste Erinnerung. Doch dank meines Sturzes ins kalte Sumpfwasser hatte ich vier neue Freunde gefunden, die ich für Produkte meiner Fantasie gehalten hatte. Zum ersten Mal in meinem Leben war ich nicht allein, sondern hatte Leute, die auf meiner Seite waren. Auf eine merkwürdige Art und Weise hatte meine Nahtoderfahrung mein Leben *verbessert*.

Warum also ließ mein Gehirn die schlimmsten Momente dieses Ereignisses vierzehn Jahre später wieder auf mich einstürzen?

Unbehagen kroch mir durch Mark und Bein. Meine Geister hatten mir damals geholfen, mich selbst zu retten. Sie waren an meiner Seite gewesen, während Wade und meine Mom mich wie Abfall behandelt hatten. Doch jetzt …

Ich musste daran denken, wie imposant Nolan und Marie Gauntt in ihrer kalten, herrschaftlichen Autorität gewirkt hatten. Sie kontrollierten ein komplettes Firmenimperium. Sie hatten mehr Vermögen auf ihren Bankkonten als alle Menschen im gesamten Landkreis zusammen. Konnten ein bisschen wässrige Magie und vier ehemalige Gangster, die gerade erst wieder auf die Beine kamen, es wirklich mit ihnen aufnehmen?

Meine Jungs hatten mich auf Schritt und Tritt beschützt, seit sie wieder Körper hatten. Und ich hatte sie möglicherweise in einen Krieg hineingezogen, der tausendmal gefährlicher war als alles, was sie bisher erlebt hatten.

Ich schob diese Gedanken beiseite und kuschelte mich in Ruins Umarmung. Seine Arme schlossen sich fester um mich. „Wir werden dem Sumpf in den Arsch treten, bevor wir zulassen, dass er dich wieder in seine Tiefen zieht", versicherte er mir, doch dieses Mal konnte ich mir kein Lächeln abringen.

Die Gauntts mochten mächtig sein, aber sie waren immer noch nur Menschen, erinnerte ich mich. Wenn ich Beweise dafür fand, dass sie meiner Schwester und womöglich auch anderen Kindern etwas angetan haben, sollten ihre Firmen und Bankkonten keine Rolle spielen. Ich musste dranbleiben. Auch wenn ich im Moment keine Ahnung hatte, wie ich an diese Beweise kommen sollte.

Vielleicht würde es helfen, wenn ich mir sicher wäre, dass der Rest meines Plans solide war. Ich hatte Marisol versprochen, dass ich mich von nun an um sie kümmern würde, doch ich hatte noch kein Machtwort bei den Leuten gesprochen, die sich als ihre derzeitigen Erziehungsberechtigten betrachteten. Wenn Nolan und Marie es auf uns abgesehen hatten, war es besser, wenn sie bei mir war als bei unseren beschissenen Eltern, oder? Wade würde sie wahrscheinlich vor die Tür setzen, bevor Nolan das überhaupt von ihm verlangte.

Der Gedanke verfolgte mich den Rest meiner unruhigen Nacht und bei meiner Morgendusche. Als ich das Badezimmer verließ, wankte meine Überzeugung nur ein wenig.

„Ich fahre vor der Arbeit noch beim Haus meiner Eltern vorbei, um sicherzugehen, dass Marisol mitkommen kann, sobald ich die neue Wohnung habe."

Ruin hob den Kopf. „Wir kommen mit, falls deine Mom und dieser Idiot Ärger machen."

Die anderen nickten zustimmend, doch ich schüttelte den Kopf. „Nein, es ist besser, wenn ich mich allein um meine Familie kümmere. Vorerst. Wenn es Probleme gibt, melde ich mich. Doch ich denke nicht, dass das passieren wird."

Wade war angesichts meiner Kräfte eingeknickt, und ich hatte ihn nur ein paar Mal nass gespritzt. So wütend ich auch auf Mom und ihn war, ich sah keinen Grund, ihnen die Knochen zu brechen, wenn es nicht unbedingt nötig war.

Nox klatschte in die Hände. „Wir müssen heute Morgen etwas erledigen. Aber bitte schreib uns, wenn du uns brauchst."

Ich frühstückte im Auto, während Fred vor sich

hinbrummte, als würde er es vorziehen, mit mir zu frühstücken. Ich wollte so viel Zeit wie möglich für diese Konfrontation haben, bevor ich zur Arbeit musste. Es würde nicht gut aussehen, wenn ich am Tag nach meinem Gespräch mit meinen Chefs zu spät kam.

Als ich die Straße entlangfuhr, die zum Haus führte, war ich erleichtert, dass Wades Auto nicht in der Einfahrt stand. Um ihn hatte ich mich schon gekümmert. Außerdem hatte er Marisol nichts zu sagen, da er keine von uns adoptiert hatte. Er hatte nur über meine Mom ein gewisses Mitspracherecht. Sie war diejenige, mit der ich mich auseinandersetzen musste.

Ich musste nicht anklopfen, denn sobald ich geparkt hatte und aus dem Auto gestiegen war, schwang die Tür auf und Mom erschien auf der Vordertreppe.

Sie war bereits ein Schatten ihres Selbst gewesen, als ich in die Psychiatrie eingeliefert wurde und schien seitdem noch mehr verblasst zu sein. Wie eine Fotokopie einer Fotokopie. Auf alten Fotos von ihr war ihr Haar glänzend golden wie das von Marisol. Jetzt war es grau und sah aus wie das Spülwasser vom Vortag. Es fiel fein und schlaff über ihre Schultern. Die Falten um ihren Mund sprachen dafür, wie oft sie sich für Wade ein Lächeln abrang, doch als sie mich sah, verfinsterte sich ihre Miene. Sogar ihre Haut schien ergraut zu sein. Ihr früherer pfirsichfarbener Teint hatte einen ausgewaschenen beigefarbenen Ton angenommen.

„Was machst du hier?", fragte sie.

Trotz ihrer nervösen Abwehrhaltung befahl sie mir nicht, zu gehen. Ich nahm an, dass Wade ihr von unserem letzten Gespräch berichtet hatte. Allerdings war ich mir nicht sicher, wie viel sie über die Einzelheiten meines Ausrasters wusste. Laut Wade hatte er Mom angewiesen, zu gehen, als ich ausgeflippt war. Wusste sie überhaupt, wie viel Angst ich ihrem Mann danach eingejagt hatte?

Möglicherweise würde sie es bald erfahren. Allein ihr Anblick löste das Summen in meiner Brust aus, als meine innere Abwehr hochfuhr. Ich straffte meine Schultern.

„Ich möchte mit meiner Schwester sprechen", sagte ich. „Sie wird bald bei mir einziehen. Ich werde mich von nun an um sie kümmern."

Mom blinzelte mich an und öffnete und schloss ihren Mund ein paar Mal, bevor sie Worte fand. „Wovon redest du? Sie kann nicht bei dir wohnen."

„Doch, wenn sie einverstanden ist", antwortete ich. *Und ich kann dafür sorgen, dass du es erlaubst, wenn du versuchst, mich aufzuhalten.* Doch ich glaubte nicht, dass es so weit kommen würde. Ich senkte meine Stimme, für den Fall, dass Marisol zuhörte. „Ich weiß, dass du sie ohnehin lieber los wärst. Du wolltest uns *nie* bei dir haben, nachdem du Wade kennengelernt hast. Also werde ich dieses ‚Problem' für uns alle lösen."

Moms hagerer Kiefer zuckte. Von dem schütteren Rasen hinter uns ertönte ein leises Plätschern. Wir drehten uns beide um und sahen eine Gruppe von Fröschen auf uns zuhüpfen.

Es war definitiv keine Armee, wie ich sie vor Wochen in der Uni-Toilette auf Peyton losgelassen hatte. Nur etwa zwei oder drei Dutzend der glatten grünen Tiere sprangen über den Rasen. Ein paar Meter von uns entfernt blieben sie hocken, als würden sie abwarten, ob sie gebraucht wurden. Einige gaben ein fragendes Quaken von sich.

Ich warf meiner Mutter einen Blick zu. Sie betrachtete die Frösche, bevor sie zu mir aufsah. Der leicht hysterische Glanz in ihren Augen verriet mir, dass ihr nicht entgangen war, dass ich möglicherweise über Kräfte verfügte, die über die normalen Fähigkeiten einer Frau hinausgingen. Ich hatte die Frösche nicht absichtlich herbeigerufen, doch jetzt, wo sie da waren, hatte ich nichts gegen moralische Unterstützung einzuwenden.

Offenbar hatte ich den Sumpf auf meiner Seite.

Und dann – vielleicht weil sie wusste, dass Wade bereits einen Rückzieher gemacht und sie sich in den letzten fünfzehn Jahren auf ihn gestützt hatte – knickte Mom ein. Ihre Schultern sackten herab und sie zog sich an den Türrahmen zurück. „Macht, was ihr wollt. Ich kann euch offensichtlich nicht kontrollieren. Kommt nur nicht zu uns, wenn es nicht so läuft, wie ihr es euch vorgestellt habt."

Als hätte ich jemals gedacht, dass sie oder Wade mir helfen würden, egal in welcher Situation. Ich bezweifelte, dass einer von ihnen mich auch nur anpissen würde, wenn ich in Flammen stand.

Ich ging an ihr vorbei ins Haus und stieg die Treppe hinauf. Marisol raschelte in ihrem Zimmer herum, die Tür stand offen. Ich sah, wie sie ihren Schulrucksack schloss und sich aufrichtete. In ihren Augen schimmerte ein wilder, besorgter, aber erwartungsvoller Glanz.

„Ist das wirklich wahr?", fragte sie. „Ich kann bei dir wohnen?"

Ich grinste sie an, und die Anspannung in meiner Brust ließ nach. „Ja. Ich habe schon eine neue Wohnung gefunden. In Mayfield, wo ich jetzt arbeite. In weniger als zwei Wochen kann ich einziehen. Wir müssen uns nur überlegen, ob du hierher pendeln wirst, oder ob du auf eine Schule in der Nähe ... "

„Ich werde die Schule wechseln", erklärte Marisol, bevor ich den Satz beenden konnte. „An der Highschool hier gefällt es mir sowieso nicht. Es gibt keine Kurse, die mich interessieren."

Sie zupfte an einer ihrer geflochtenen Haarsträhnen und wirkte plötzlich unbeholfen. Mein Blick schweifte durch das Zimmer und ich erinnerte mich an die Zeichnungen, mit denen es früher dekoriert war. „Hast du keinen Kunstunterricht mehr?"

Meine Schwester zuckte mit den Schultern. „Nicht wirklich. Es geht hauptsächlich um Kunstgeschichte und theoretisches Zeug."

„Du hast schon eine Weile nicht mehr gezeichnet."

„Ich weiß. Es kam mir irgendwie … albern vor."

Ein Schmerz durchzuckte mich, und ich streckte eine Hand aus und drückte ihre Schulter. „Ich finde es nicht albern. Ich vermisse deine furzenden Einhörner und die witzigen Drachen. Die Menschen zum Lächeln zu bringen, ist ziemlich wichtig."

„Ja, vielleicht."

Marisols Stimme war so leise, dass ich am liebsten jemanden verprügelt hätte – wer auch immer ihre Liebe zum Zeichnen herabgewürdigt hatte. Offensichtlich würde es nicht ausreichen, sie bei mir einziehen zu lassen. Sie war Moms und Wades Missbilligung sieben Jahre lang ausgesetzt gewesen. Es könnte ein langer Prozess des Wiederaufbaus werden.

War ich selbst stabil genug, um sie wieder auf den richtigen Weg zu bringen?

Ein leises Hupen drang durch das Schlafzimmerfenster. Ein paar Sekunden später ertönte es erneut. Ich folgte Marisol zum Fenster.

In einer der weiter entfernten Gassen hinter den verwilderten Feldern, die einen Großteil der Außenbezirke der Stadt ausmachten, standen vier Gestalten mit Motorrädern um ein Auto herum. Sie mussten uns am Fenster entdeckt haben, denn einer von ihnen winkte energisch, während mir ein anderer mit einer subtileren Handbewegung bedeutete, hinunterzukommen.

„Wer sind *die*?", fragte Marisol mit hochgezogenen Augenbrauen.

Das war eine komplizierte Frage. „Freunde von mir", antwortete ich. „Sie passen auf uns auf. Du wirst sie kennenlernen, wenn du eingezogen bist." Und nachdem ich mit den ehemaligen Schädelbrechern ein ernstes Gespräch über akzeptable Gesprächsthemen in Bezug auf meine kleine Schwester geführt hatte.

„Ich sollte besser fragen, was sie wollen. Und du musst zur Schule", sagte ich und umarmte Marisol kurz. „Denk einfach daran, dass du hier bald rauskommst."

Da Mom sich nicht die Mühe machte, sich zu verabschieden, ging ich ohne ein weiteres Wort zu meinem Auto und fuhr Fred zu der Gasse, wo die Jungs warteten. Als ich ausstieg, um zu fragen, warum sie hier waren, wurde mir flau im Magen.

Das Auto, um das sie herumstanden, sah aus wie Fred. Nur dass es nicht schrottreif war. Das kastenförmige Äußere wies nicht die geringste Spur von Rost auf, der blaue Lack glänzte wie frisch poliert, und in der Stoßstange war keine einzige Delle. Auch der Rückspiegel auf der Fahrerseite war nicht nach unten gebogen.

„Was ist das?", fragte ich blinzelnd, als könnte es sich um eine Halluzination handeln.

Mit einem breiten Grinsen tätschelte Nox die Motorhaube. „Dein neues Fahrzeug. Wir haben dir doch gesagt, dass wir dir eins besorgen würden. Aber da du so an dem alten Schrotthaufen hängst, hielten wir es für eine gute Idee, dir dasselbe Modell zu besorgen. Wenn wir es geschafft haben, die Körper von vier Vollidioten zu übernehmen, die völlig anders sind als wir, können wir sicherlich auch die Seele deines Schrotthaufens auf dieses Auto übertragen."

In meiner Kehle bildete sich ein Kloß vor ehrfürchtiger Dankbarkeit. Ich hatte keine Ahnung, wie sie diesen Wagen gefunden hatten – sogar in der exakt gleichen Farbe. Außerdem könnte es ein neuer Fred sein, oder? Fred 2.0, derselbe alte Geist in einem aufgemotzten Körper. Wie Nox gesagt hatte, warum sollte das nicht möglich sein?

Ich machte einen Schritt darauf zu und fuhr mit meinen Fingerspitzen über die makellose Motorhaube. Die Jungs beobachteten mich mit ihren unterschiedlichen Gesichtsausdrücken der Begeisterung, und ich wusste nicht, was ich sagen sollte.

„Es ist perfekt", stieß ich hervor. „Vielen Dank."

Das war es wirklich. Und ein Teil von mir konnte nicht ganz glauben, dass ich die Hingabe verdient hatte, die in dieses Geschenk geflossen war.

sechzehn

Ruin

Lily kam gerade von der Arbeit nach Hause, als ich ihre Wohnung verließ. Ich sah sie, bevor sie mich bemerkte. Sie stieg aus ihrem neuen Auto und strich mit den Fingern über den Rahmen. Ein kleines, entzücktes Lächeln umspielte ihre Lippen.

Ihr Lächeln entfachte auch in mir einen Funken Freude. Als wir ihr das Auto heute Morgen gezeigt hatten, hatte sie etwas niedergeschlagen gewirkt, doch es schien ihr tatsächlich zu gefallen. Ich war mir nicht sicher, warum sie gezögert hatte, es anzunehmen, doch alles, was zählte, war, dass sie jetzt glücklich war.

Ich lief zu ihr hinüber, umarmte sie und drückte ihr einen Kuss auf die empfindliche Stelle hinter ihrem Ohr. Lily stieß einen freudig überraschten Seufzer aus und entspannte sich in meiner Umarmung. „Hallo. Willst du, dass ich einen Herzinfarkt bekomme?"

„Du bist einfach unwiderstehlich." Ich lehnte mich gerade so weit zurück, dass ich ihre Hand nehmen und sie mit mir ziehen konnte. „Ich wollte etwas zu Essen besorgen. Kommst du mit?"

Sie neigte den Kopf zum Auto. „Wir könnten fahren."

„Nein, es gibt viele gute Restaurants in der Nähe, und ich möchte mir ein wenig die Beine vertreten." Seit ich in diesen Körper geschlüpft war, verspürte ich einen ständigen Bewegungsdrang.

Inzwischen hatte ich herausgefunden, wie man Musik herunterladen konnte, und ich hätte meine Kopfhörer aufgesetzt und einen lauten Rocksong aufgedreht, bis meine Ohren dröhnten, doch Lily hörte ich viel lieber zu. Sie trug noch die glänzenden hohen Absätze vom Büro statt ihrer üblichen Turnschuhe, und selbst das Klacken ihrer Absätze auf dem Bürgersteig faszinierte mich.

Da ich direkt neben ihr ging, konnte ich jedes Geräusch mit perfekter Klarheit hören. In meinem körperlosen Zustand hatte ich alles nur verschwommen und unscharf wahrgenommen. Es war wirklich ein Wunder.

Ich nahm ihre Hand und schwang sie durch die Luft. Lily schüttelte entnervt den Kopf, aber sie hielt mich nicht auf, also nahm ich an, dass ihr mein Enthusiasmus nicht allzu viel ausmachte. Früher hatte sie meine Witze und begeisterten Beobachtungen geliebt … Doch das war, bevor sie so viel durchgemacht hatte. Ich konnte nachvollziehen, dass sie ernster und angespannter geworden war.

Je länger sie bei uns war, desto mehr schien sie zu begreifen, dass sie das nicht sein musste. Alles würde gut werden. Sie würde sich nie wieder Sorgen machen müssen.

Mit diesem optimistischen Gedanken im Kopf bogen wir um eine Ecke und steuerten auf ein paar meiner Lieblingsrestaurants an der Hauptstraße zu. Während ich gerade abwog, ob ich mehr Appetit auf Thai oder Barbecue-

Hähnchen hatte, stürmten zwei kräftige Männer über die Straße und rempelten mich an.

Und zwar nicht nur mich. Einer der Männer stieß mit seiner Schulter gegen Lily, und in mir flammte ein Beschützerinstinkt auf, der nicht aufgekommen wäre, wenn nur ich angegriffen worden wäre. Ich wirbelte herum, und eine defensive Energie durchzuckte mich. Nur deshalb bemerkte ich das Messer in der Hand des Mannes, einen Augenblick, bevor er es auf mich richtete.

Es war ein *gezielter* Angriff. Er hätte mir die Klinge zwischen die Rippen ins Herz gestoßen, hätte meine plötzliche Bewegung ihn nicht aus dem Konzept gebracht. Mein Arm schnellte nach oben und traf mit voller Wucht seine Hand, sodass das Messer lediglich die Luft durchschnitt.

Eine noch stärkere Wut durchzuckte mich. Ich schlug dem Mann mit der Faust gegen den Kopf und riss Lily hinter mich, um sie abzuschirmen. Der Mann taumelte, holte aber gleichzeitig zu einem weiteren Schlag gegen uns aus. Lily stieß einen Schrei aus und ich knurrte. Ich trat meinem Angreifer in den Bauch, und durch meine Adern strömte elektrische Energie, die von der Welle wilder Emotionen ausgelöst wurde.

Dann ging auch der andere Mann mich los und griff nach meiner Kehle. Ich stieß ihn zur Seite und drehte mich um, um zu sehen, wie der erste Mann die Zähne fletschte und knurrte. Sein Gesicht war vor Wut verzerrt.

Oh. Hoppla. Ich hatte meine neue Fähigkeit vergessen, meine Gefühle auf die Menschen in meiner Umgebung zu übertragen. Ihn mit derselben Wut anzustecken, die ich empfand, war vermutlich keine gute Strategie gewesen.

Ich wollte mich auf ihn stürzen und seine mörderische Wut beenden, bevor er sie voll entfesselte, doch er drehte sich zu seinem Begleiter um anstatt zu mir. Er schwang das

Messer durch die Luft und schnitt dem anderen Kerl in die Wange.

Huch. Es schien, als hätte ich das Ziel meiner Wut zusammen mit dem Gefühl selbst übertragen. Vielleicht war das doch kein schlechter Zug gewesen.

„Was zum Teufel? Bist du irre?", spuckte der zweite Mann und hob abwehrend die Arme. Sein Kollege stürmte mit einem wortlosen Schrei auf ihn zu.

Mit einem verängstigten Jaulen rannte der zweite Mann die Straße hinunter. Der Mann mit dem Messer stürzte hinter ihm her und stieß dabei Schlachtrufe aus, die aus einem Bürgerkriegsfilm stammen könnten. Immer noch blind vor Wut und mit rasendem Herzen nahm ich die Verfolgung auf.

Auch wenn der eine Kerl im Moment in meinem Sinne handelte, mussten beide dafür bezahlen, dass sie Lily und mich angegriffen hatten. Wir mussten wissen, wer zum Teufel sie waren. Gehörten sie zu diesen aufgeblasenen Skeleton-Typen? Ging es wieder um Ansel?

Kai würde wollen, dass ich diesen Typen die Informationen aus den Rippen prügelte, und ich hatte nichts dagegen, ein paar Schläge auszuteilen.

Weiter vorne sprang der erste Mann in ein Auto und der Motor heulte auf, während der zweite die Tür aufriss. Der Mann mit dem Messer hing noch halb heraus, als das Auto bereits die Straße entlangraste. Flüche und Schläge drangen aus dem Inneren. Doch der Wagen fuhr zu schnell, als dass ich sie hätte einholen können. Dann bogen sie um eine Kurve und verschwanden aus meinem Blickfeld.

Mein Herz pochte vor dem Drang, sie zu verfolgen. Gleichzeitig durchfuhr mich ein Schauer bei dem Gedanken an Lily und wie ich sie zurückgelassen hatte. Was, wenn ein anderer Mistkerl auf sie losging?

Ich wirbelte herum und rannte zurück zu der Gasse, in

der wir angegriffen worden waren. Lily stand am Eingang und war größtenteils im Schatten verborgen. Sie schaute auf ihren Arm hinunter. Als ich sie erreichte, fiel mein Blick auf den roten Streifen, der durch den Ärmel ihres Pullovers schimmerte, und Wut flackerte erneut in mir auf.

„Er hat dir wehgetan!", stellte ich fest und packte sie am Handgelenk. Das Messer hatte direkt durch den Stoff in ihr Fleisch geschnitten. Als ich den Schnitt betrachtete, sickerte noch mehr Blut heraus.

Ich biss die Zähne zusammen. Das Messer war für mich bestimmt gewesen. Ich hatte die Männer nicht schnell genug ausgeschaltet … Ich hatte sie überhaupt nicht ausgeschaltet. Und Lily war verletzt.

Für eine Sekunde fühlte ich mich innerlich zerrissen: Die eine Hälfte von mir wollte dem Fluchtauto hinterherjagen und den Arschlöchern die Schädel einschlagen, die andere Hälfte wollte den Schaden beheben, der meiner Frau zugefügt worden war. Sie stand blutend vor mir.

Der zweite Drang siegte. Ich riss den Ärmel von der Schulternaht meines Shirts ab.

„So schlimm ist es nicht", versicherte Lily mir, doch mir entging der Schmerz in ihrer Stimme nicht. „Ich glaube nicht, dass der Schnitt allzu tief ist."

„Ich werde diesen Mistkerl zerstückeln", versprach ich und wickelte meinen Ärmel wie einen Verband um ihren Unterarm.

Doch wie sollte ich dieses Versprechen halten? Ich wusste nicht einmal, woher diese Arschlöcher gekommen waren, geschweige denn, wo sie jetzt waren. Ich wollte Lily sagen, dass alles gut werden würde, obwohl ich selbst nicht wirklich daran glaubte.

Ich fuhr mir mit der Hand durch die Haare und schritt von einem Ende der schmalen Gasse zum anderen. Sobald ich mit der Spitze meines Schuhs gegen eine Wand stieß, drehte ich mich um. Hin und her, wie einer von Nox’ Flipperbällen. Ich war so aufgewühlt, dass ich mir sicher war, dass ich diese Wände zum Einsturz bringen würde, wenn ich jetzt dagegen schlagen würde.

Wahrscheinlich direkt über Lilys Kopf. *Davon* hätte niemand etwas. Ein frustriertes Stöhnen drang aus meiner Kehle.

„Hey“, sagte Lily. „Ruin, es ist alles in Ordnung. Ich glaube, die Blutung hat bereits aufgehört. Und dir geht es gut, oder? Diese Arschlöcher wollten dich umbringen.“ Wut schwang in ihrer Stimme mit. „Ich hätte eine Welle aus Abwasser heraufbeschwören sollen, um sie umzustoßen. Aber ich war wie erstarrt vor Schreck …“

„Es ist nicht deine Schuld“, unterbrach ich sie, während ich immer noch wie ein Pingpongball auf und ab lief. „Ich hätte es merken müssen … Ich hätte sie schneller ausschalten müssen … Ich hätte sie nicht *entkommen* lassen dürfen. Scheiße!“

„Es ist auch nicht deine Schuld“, erklärte Lily mit besorgter Miene. Sie machte sich Sorgen um *mich*! Dabei war sie diejenige, die verletzt worden war.

Ich musste mich zusammenreißen und die positive Einstellung finden, die mich durch so vieles im Leben gebracht hatte. Doch es schien mir nicht zu gelingen, und das steigerte meine Wut auf mich selbst.

„Hör auf!“, sagte Lily. „Bleib stehen und rede mit mir. Solche Vorfälle gab es schon öfter. Vor ein paar Wochen hat dir ein Typ eine Waffe an den Kopf gehalten. Ich wurde fast von einem Steg gestoßen. Was ist daran anders?“

Ich wusste es nicht genau, aber ich wurde langsamer und kam zum Stehen, als ihre Bitte bei mir ankam. Sie ergriff meinen Arm, und ich beugte meinen Kopf über ihren, während ich versuchte, die Gedanken zu sortieren, die in meinem Kopf umherschwirrten.

„Sie haben dir wehgetan", sagte ich, „und ich habe sie nicht einmal dafür bezahlen lassen. Und jetzt kann ich dich nicht einmal aufmuntern, weil ich mich selbst nicht aufmuntern kann. Das ist das Einzige, worin ich normalerweise wirklich gut bin. Glücklich sein und andere glücklich machen. Wenn ich das nicht kann, mache ich alles nur noch schlimmer."

Selbst wenn ich Menschen aufmuntern könnte, würde das die Welt nicht davon abhalten, zur Hölle zu fahren. Als Lily noch ein kleines Mädchen war, hatte ich ihr ihren Tag auf jede erdenkliche Weise versüßt, und trotzdem war alles schrecklich schiefgelaufen. Ich hatte ihr versprochen, für sie da zu sein, und die Mistkerle in ihrem Leben hatten es trotzdem geschafft, sie von uns zu trennen. All die Hoffnung, die ich ihr gemacht hatte, war eine *Lüge* gewesen.

Lily schlang ihre Arme um mich und schmiegte ihren Kopf an meine Schulter. „Du machst es nicht noch schlimmer. Und du musst nicht immer glücklich sein. Das muss niemand."

„Nur so kann ich sicherstellen, dass mich niemand runterziehen kann", sagte ich. „Auf diese Weise verhindere ich, dass die Jungs den Mut verlieren und du traurig wirst. Aber ... Du magst es nicht mehr wirklich, oder? Also funktioniert es nicht einmal."

Lily umarmte mich fester. „Doch", erklärte sie nachdrücklich. „Es tut mir leid, falls ich es nicht gezeigt habe. Ich weiß nicht immer, wie ich darauf reagieren soll, dass du alles so positiv siehst. Und vielleicht werde ich deswegen manchmal etwas mürrisch, aber das bedeutet nicht, dass es mich stört. Ich mag dich so, wie du bist. Ich finde es schön, dass du immer das Gute siehst und mich auf die positiven Dinge des Lebens aufmerksam machst. Okay?"

Allmählich ließ der Druck in mir nach. Ich atmete Lilys wässrigen Blumenduft ein und stieß einen schweren Seufzer aus. Ein Anflug von Leichtigkeit stieg in mir auf, und ein Lächeln umspielte meine Lippen. „Du magst mich.“

Lily schnaubte amüsiert. „Als wäre *das* nicht offensichtlich. Sonst würde ich wohl kaum zulassen, dass du mir die Hälfte meines Betts wegnimmst.“

„Ein Viertel“, widersprach ich. „Ich lasse dir viel mehr als die Hälfte.“

„Vielleicht ein Drittel“, lenkte sie leicht grimmig ein, doch mir entging die Zuneigung nicht, die in ihrer Stimme mitschwang. „Du kannst mich nicht vor allem beschützen, Ruin. Das kann niemand von euch. Ich wünschte, ich könnte *euch* besser beschützen. Aber das ist alles neu für uns, und wir müssen versuchen, so gut wie möglich damit klarzukommen. Und das ist einfacher, wenn du weiterhin das Positive siehst. Zumindest denke ich das.“

„Okay.“ Das Licht in mir erhellte sich zu einem Schein, der meine gesamte Brust erfüllte. Ich zog mich zurück, um Lily zu küssen, und freute mich über den zufriedenen Laut, der ihren Lippen entwich. Dann knurrte mein Magen.

Lily lachte und stieß mir einen Finger in den Bauch. „Wir sollten besser etwas zum Abendessen besorgen.“ Sie warf einen Blick auf mein zerrissenes Shirt. „Möglicherweise werden uns die Leute komisch anschauen.“

Ich zuckte mit den Schultern und spürte die kühle Luft auf meinem entblößten Arm kaum. „Das ist ein neuer Trend“, verkündete ich.

„Wenn jemand das zu einem Trend machen kann, dann du“, murmelte Lily lächelnd.

Ich hakte mich bei ihr unter und beugte mich zu ihr, um ihr etwas ins Ohr zu flüstern, während ich sie zurück auf den Bürgersteig führte. „Wir holen Essen und wenn wir in deiner Wohnung sind, werde ich *dich* vernaschen.“

Eine erregende Röte kroch auf Lilys Wangen, und ich würde sie am liebsten sofort zum Stöhnen bringen, doch ich durfte mich hier draußen nicht ablenken lassen. Die Mistkerle, die es auf mich abgesehen hatten, waren immer noch auf freiem Fuß.

Wenn ich sie noch einmal zu Gesicht bekäme, würde ich sie so lange bezahlen lassen, bis sie vom Bürgersteig gekratzt werden mussten. Und dann würde ich sie noch ein bisschen mehr töten, aus reinem Vergnügen.

siebzehn

Lily

Das erste Anzeichen dafür, dass bei der Arbeit etwas nicht stimmte, war der Umschlag mit der Aufschrift *DRINGEND*, der mitten auf dem Packtisch lag, als ich nach einem Gang durch das Gebäude mit meinem Wagen zurück in die Poststelle kam. Rupert stand mit verschränkten Armen davor.

„Warum haben Sie den nicht mitgenommen?", fragte er. „Der sollte schon vor einer Stunde bei Horace Sanders sein!"

Ich starrte auf den besagten Umschlag, den ich, soweit ich mich erinnern konnte, noch nie gesehen hatte. „Der war vor einer Stunde noch nicht da."

Rupert stieß einen Seufzer aus. Langsam fand ich, dass er sie als sein Markenzeichen schützen lassen sollte. „Natürlich war er vor einer Stunde schon da. Laut Zustellungsnachweis wurde er heute Morgen um zehn Uhr zugestellt."

„Nun, er war nicht *hier* …"

„Schluss mit den Ausreden", fuhr er mich an. „Sie haben offensichtlich nicht richtig aufgepasst, und er ist unter der anderen Post untergegangen. Bringen Sie ihn sofort zu Mr. Sanders!"

Ich stellte mir vor, wie der Reiher so fest auf seinem Kopf pickte, dass sein Schädel zersplitterte, während ich nach dem Umschlag griff und in den fünften Stock eilte, um ihn abzuliefern.

Ich hätte annehmen können, dass mir tatsächlich ein Fehler unterlaufen war, weil ich nach dem Angriff auf Ruin letzte Nacht noch ein wenig durch den Wind war. Die Schnittwunde war verbunden und unter dem Ärmel meiner Arbeitsbluse versteckt. Doch direkt nach meiner Mittagspause passierte es erneut. Als ich nach meiner hastigen Mahlzeit in die Poststelle zurückkehrte, entdeckte ich ein kleines Päckchen auf einem der Regale. Auf dem Etikett stand in großen Lettern: *Bis Mittag abzuliefern.*

Es war fast ein Uhr.

Ich hatte doch nicht auch dieses Paket übersehen? Vor allem nicht, nachdem ich wegen meines vorherigen Versehens besonders aufmerksam gewesen war. Ich hatte beinahe den Eindruck, dass es mich verhöhnte …

Doch es war niemand da, mit dem ich darüber sprechen könnte, da Rupert in der Mittagspause war. Murmelnd griff ich nach dem Paket. „Ich hoffe, du bist mit dir zufrieden." Eilig machte ich mich auf den Weg in den elften Stock. Die Frau, der ich die Schachtel überreichte, nahm sie mit finsterer Miene entgegen.

Dann kam mir auf einmal ein Gedanke in den Sinn und ich erstarrte.

Die Gauntts wollten nicht, dass ich hier zurechtkam, oder? Sie hatten eindeutig gehofft, mich loswerden zu können. Und da ich nicht direkt darauf eingegangen war, hatten sie möglicherweise beschlossen, die Sache zu erzwingen.

Jemand hatte die Post manipuliert, um mich inkompetent aussehen zu lassen. Und leider hatten sie Erfolg damit.

Ich hatte keine Zeit, mich mit diesem Problem zu befassen, sonst würde ich bei den Aufgaben in Verzug geraten, die ich bewältigen konnte. Die Gauntts hatten nicht gelogen, als sie gesagt hatten, dass es hier hektisch zuging. Mehrere Minuten lang suchte ich die Poststelle nach versteckten Briefen, Paketen oder verdammten Geheimgängen ab. Als ich nicht sofort fündig wurde, musste ich mich wieder der alltäglichen Postsortierung widmen. Mehrere glänzende, laminierte Umschläge mussten innerhalb einer Stunde hier raus sein.

Während ich damit beschäftigt war, kam Rupert zurück und warf mir einen leicht verärgerten Blick zu, als würde ich meine Arbeit nicht richtig machen. Er kramte einige Minuten lang herum, bevor er sich mit einem kleinen Postwagen auf den Weg machte.

Half er den Gauntts dabei, mich aus der Firma zu drängen? Er schien jedenfalls nicht besonders glücklich darüber zu sein, dass ich hier war, doch das hatte er mich schon vor meinem Gespräch mit den Gauntts spüren lassen.

Ich hatte keine Ahnung, ob er mich auf ihre Anweisung hin aktiv sabotierte oder einfach nur ein Miesepeter war, weil er meinen Modegeschmack nicht billigte.

Nachdem ich den Poststapel abgearbeitet hatte, kam ein schlanker Mann herein. Sein nach vorne gekämmtes braunes Haar war so glatt, dass man sie als Lineal hätte verwenden können. Er marschierte weiter auf meinen Tisch zu.

„Ich bin der Verwaltungsassistent von Casper Dodds. Ihm sollte heute Morgen ein wichtiges Paket zugestellt werden, doch es wurde nicht an seinen Schreibtisch gebracht. Die Anweisungen hätten eigentlich *klar* sein müssen.“

Ein kalter Schauer lief mir den Rücken hinunter. Ich wusste, dass Dodds zu den hohen Tieren gehörte, die ihre Büros in den oberen Stockwerken hatten. Ich war diesem Verwaltungsassistenten noch nie begegnet, weil seine gesamte Kommunikation über die Sekretärin der Assistenten lief.

Vage deutete ich auf die Regale und leeren Wagen um mich herum. „Die gesamte eingehende Post wurde bereits im Gebäude verteilt. Das sind die ausgehenden Sendungen. Ich kann nichts ausliefern, was nicht angekommen ist.“

Der Assistent hob sein Kinn, um sich größer zu machen, obwohl wir gleich groß waren. „Wir haben eine Bestätigung des Absenders, dass die Sendung verschickt wurde, und eine Bestätigung des Zustelldienstes, dass sie in diesem Gebäude angekommen ist. Ich hoffe, Sie wollen damit nicht sagen, dass Sie sie *verloren* haben.“

„Nein, nein, natürlich nicht“, erwiderte ich schnell. Ich konnte die Firmeninhaber definitiv nicht beschuldigen, es versteckt zu haben, um eine Postangestellte schlecht dastehen zu lassen.

Mit zusammengebissenen Zähnen bückte ich mich, um nachzusehen, ob Pakete unter die Tische oder Regale gerutscht waren. Wäre es nicht schön, eine so einfache Erklärung zu finden? Leider fand ich nichts außer ein paar Papierfetzen, die der Hausmeister zusammenfegen würde, und eine abgenutzte Stelle im Linoleum, wo Rupert immer auf und ab ging.

Oh, und einen Frosch. Er hüpfte von der anderen Seite des Tisches auf mich zu, als hätte ich mich gebückt, um mit ihm zu plaudern. Einfach großartig,

„Ich *warte*“, sagte der Verwaltungsassistent eisig. „Es hängt viel davon ab, dass Mr. Dodds dieses Paket rechtzeitig erhält. Wenn Sie das vermasselt haben, muss ich die Angelegenheit melden."

Mist. Das könnte für die großen Bosse Grund genug sein, um mich rauszuschmeißen. Ich befeuchtete meine Lippen, während ich nach einer Antwort suchte. Was zum Teufel könnte in diesem Paket sein, das so wichtig war? Eine Schriftrolle mit den Geheimnissen des ewigen Lebens?

Diesbezüglich könnten die Schädelbrecher vielleicht helfen.

Der Frosch hüpfte weiter. Leider hatte er keine vermisste Sendung dabei. Er hüpfte nur herum und ließ mich verrückt aussehen.

Ich hielt inne und dachte nach. Ein kleines Lächeln huschte über meine Lippen.

Heimlich hob ich den Frosch auf und setzte ihn auf meine Schulter, sodass es der Assistent nicht sehen konnte. Dann richtete ich mich wieder auf, ohne ihn zu beachten.

„Es tut mir leid", sagte ich ruhig. „Mein Vorgesetzter sollte bald zurück sein. Möglicherweise hat er das Paket bei seiner letzten Lieferung mitgenommen. In der Zwischenzeit …"

Der Blick des Assistenten war auf meine Schulter gerichtet. Oder besser gesagt, auf die freundliche Amphibie, die gerade auf meiner Schulter saß. Seine Augen wurden groß. „Warum haben Sie einen *Frosch* auf der Schulter?"

Ich blinzelte ihn stirnrunzelnd an, als wüsste ich nicht, was er meinte. „Wie bitte?"

Er deutete auf meine Schulter. „Da sitzt ein Frosch auf Ihrer Schulter! Wo kommt der her? Was soll das hier werden?"

Ich warf einen Blick über meine Schulter und tat mein Bestes, so zu tun, als würde ich nur den Stoff meines Pullovers sehen. Dann warf ich dem Assistenten einen noch verwirrteren Blick zu. „Das Gleiche könnte ich *Sie* fragen.

Ich habe nichts auf meiner Schulter. Wieso sollte da ein Frosch sein?"

Ich schien überzeugend genug gewesen zu sein, denn der Mann verzog das Gesicht und rieb sich die Augen. „Es sitzt *genau dort*", sagte er und winkte mich noch forscher heran, als wollte er meinen schleimigen Begleiter anstupsen.

Ich konnte nicht zulassen, dass er ihn berührte und spürte, dass er wirklich da war. Ich zuckte zusammen, als hätte ich Angst, er würde mich schlagen, und der Frosch sprang davon. Hoffentlich irgendwohin, wo ihn niemand sehen konnte. Die andere Folge meiner Reaktion war, dass die Finger des Assistenten über meine Brust statt über meine Schulter strichen.

Er zog seine Hand zurück, als hätte er sich verbrannt. „Wow!", sagte ich mit hochgezogenen Augenbrauen und gab mir Mühe, so empört wie möglich zu klingen. „Sie kommen hierher, bedrohen meinen Job und versuchen dann, mich zu begrapschen?"

Sein Gesicht erstarrte zu einem Ausdruck des Entsetzens. „Es war ein Unfall – der Frosch ..." Sein Blick huschte suchend umher, um das kleine grüne Tier zu finden.

Ich stemmte meine Hände in die Hüften. „Das ist eine ziemlich verrückte Entschuldigung dafür, dass Sie mich betatscht haben. Und was soll das mit dem Frosch?"

„Verrückt", murmelte er vor sich hin und schüttelte den Kopf, als könnte er den Gedanken dadurch loswerden. „Er war *da* ..."

„Klar", spottete ich. „Als würde ich nicht merken, wenn ein verdammter *Frosch* auf mir säße. Ich glaube, ich sollte mich bei der Personalabteilung beschweren."

Der Mann wurde blass. Er hob die Hände und wich vor mir zurück. Seine vorherige Arroganz war auf einen Schlag verschwunden. „Nein. Das ist nicht nötig. Ich habe nur ...

Es war ein anstrengender Tag ... Ich versichere Ihnen, dass ich Sie nicht berühren wollte."

Er drehte sich um und hastete aus der Poststelle, ohne ein weiteres Wort über dieses besondere Paket zu verlieren. Wahrscheinlich machte er sich mehr Sorgen darüber, was in seinem Kopf vor sich ging als über den Inhalt dieser angeblich wichtigen Sendung. Ich stieß einen triumphierenden Seufzer aus. Ich musste dieses Paket finden, bevor jemand anderes auftauchte und danach fragte.

Ich legte den Stapel mit den Umschlägen in den Bereich für ausgehende Post und schaute mich um. Die Poststelle führte nicht direkt nach draußen. Die Lieferwagen parkten an einem Eingang auf der Rückseite des Gebäudes, wo die Sendungen ausgeladen wurden. Anschließend wurden sie hierhergebracht und die ausgehenden Sendungen abgeholt.

Auf diesem kurzen Weg konnte alles, was hereinkam, abgefangen werden, entweder von den Mitarbeitern selbst oder von einem Dritten, der vorgab, die Vorgänge zu überwachen.

Ich eilte in den Flur und zu den Hintertüren. Draußen war nichts zu sehen, außer einem Stück düsterem Asphalt mit einer derzeit leeren Fahrspur und Reihen von Autos, die weiter vom Gebäude entfernt geparkt waren. Keine wertvollen Pakete.

Ich ging zurück ins Gebäude und ließ meinen Blick über den Flur schweifen. Zwischen der Tür und der Poststelle befand sich ein weiterer Raum – ein Materialraum, den ich nur einmal betreten hatte, um einen neuen Stift zu holen. Das meiste Material für die Poststelle befand sich in direkter Reichweite.

Ich öffnete die Tür und ertastete den Lichtschalter, um den schummrigen Raum zu erleuchten. Die Regale waren voller Kisten mit Kugelschreibern, Bleistiften und Textmarkern sowie Unmengen an Drucker- und

Kopierpapier, Ersatztastaturen und Computermäusen ... Unter einem dieser Regale war ein Karton, der nicht so aussah, als würde er dorthin gehören.

Ich kniete mich hin und zog ihn hervor. Ja, tatsächlich! Er war an Casper Dodds adressiert, mit dem Vermerk *dringend*. Jemand hatte ihn hier versteckt, wahrscheinlich, um ihn später in der Poststelle zu platzieren, um den Anschein zu erwecken, dass er schon die ganze Zeit dort gewesen war und ich ihn in meiner Inkompetenz übersehen hatte.

So viel dazu, ihr Trottel, dachte ich, während ich mir vorstellte, wie ich das Paket Nolan Gauntt vors Gesicht hielt. Dann eilte ich los, um es dem vorgesehenen Empfänger zu übergeben, als wäre es eine Schachtel voller Schwänze.

Diesen Versuch, mich loszuwerden, hatte ich vereitelt, doch es war unwahrscheinlich, dass es der Letzte war. Wie weit würden sie beim nächsten Mal gehen?

achtzehn

Lily

Eigentlich hatte ich den Jungs gesagt, dass ich nicht wollte, dass sie in meiner Wohnung mit ihren Superkräften experimentieren, vor allem jetzt, wo ich die Kaution für die Wohnung bald zurückfordern musste. Da ihre übernatürlichen Fähigkeiten mit elektrischen Stromstößen einhergingen und meine nur Frösche in den Garten lockten oder Dinge nassmachte, war ich mit mir selbst nicht ganz so streng, wenn es ums Üben ging.

Und wenn ich es tat, während sie unterwegs waren, um sich um ihre Gangsterangelegenheiten zu kümmern, konnten sie mir meine Heuchelei nicht vorwerfen.

Da ich die Rohre in der Wohnung nicht zum Platzen bringen wollte und es für meine Kontrolle ohnehin besser war, mit subtilen Effekten zu arbeiten, stellte ich ein paar Wasserflaschen und mehrere leere Tassen auf den Tisch. Mein Ziel bestand darin, zu versuchen, das Wasser aus den

Flaschen in die Tassen zu bekommen, ohne dabei etwas zu verschütten. Außerdem wollte ich trainieren, das Wasser zwischen den Flaschen hin- und herspringen zu lassen und meine Kräfte auf mehr als eine Flasche gleichzeitig zu wirken.

Sollte ich irgendwann gegen die Gauntts antreten müssen, sollte ich meine Sumpfmagie möglichst effektiv einsetzen können. Ich wollte nicht, dass auch nur die geringste Chance bestand, dass etwas schiefging. Und je mehr ich damit deutlich machen konnte, dass die Kraft von mir ausging und nicht nur Rohre in ungünstigen Momenten platzten, desto besser.

Wie schon unten im Sumpf war das Schwierige daran, mich genug aufzuregen, um das Summen der Macht in mir zu aktivieren. Ich konnte immer noch nichts erreichen, indem ich den Tisch finster anstarrte. Ich holte tief Luft und dachte an den Arsch, der in die Poststelle gestürmt war, um mich zu kritisieren – und an die Gauntts, die darauf aus waren, mich völlig inkompetent wirken zu lassen.

Meine Hände ballten sich zu Fäusten, und mein Kiefer verkrampfte sich. Wut hallte in genau der richtigen Harmonie durch meine Brust.

„Auf gar keinen Fall", teilte ich der Flasche mit, die Nolan Gauntt repräsentierte, weil sie etwas aufgeblasener aussah als die anderen. Dieser anmaßende Arsch. „So wirst du mich nicht los!"

Ich konzentrierte mich auf den flüssigen Inhalt und rief ihn im Stillen zu mir. Allerdings nicht in einem plötzlichen Schwall, sondern langsam und bedächtig.

Ein unsteter Wasserstrahl stieg aus dem Flaschenhals empor. Ein paar Spritzer landeten auf der Tischplatte und bildeten kleine Pfützen, bis auf einmal ein dünner Strahl herausschoss und mich im Gesicht traf.

Ich prustete, und der Rest des Wassers platschte auf den Tisch, wobei ein Großteil seitlich hinunterlief.

Ich verfluchte Nolan – sowohl den echten als auch die Flaschenversion – und alles, was mit Wasser zu tun hatte, wischte die Sauerei mit einem Geschirrtuch auf und straffte die Schultern, um es noch einmal zu versuchen. Dieses Mal war ich zumindest schon so wütend, dass ich gar nicht erst an die Idioten dachte, gegen die ich meine Fähigkeiten einsetzen wollte.

Nach mehreren Versuchen und einigen weiteren Gesichtsduschen gelang es mir schließlich, die gesamte restliche Flüssigkeit aus einer Flasche in einen der Becher zu bekommen. Anschließend leerte ich zwei Flaschen gleichzeitig, indem ich meine Konzentration abwechselnd auf die eine und die andere richtete, wenn ein Strahl ins Wackeln geriet.

Ich war etwa bei der Hälfte, als es an der Wohnungstür klopfte.

Ich zuckte zusammen und Wasser spritzte in alle Richtungen: Es landete auf den Küchenschränken, der Arbeitsplatte und dem Kühlschrank, regnete auf den Boden und spritzte mir über die Brust, als hätten mehrere Wassergötter auf meinen Ruf reagiert.

„Lily?" Marisols Stimme drang durch die Tür. „Bist du zu Hause?"

Mein Puls raste. Ich griff nach dem Geschirrtuch, das leider nur geringfügig weniger nass war als ich, und tupfte die durchnässten Stellen auf meinem Oberteil ab, während ich zur Tür eilte. „Ich bin hier. Ist alles in Ordnung?"

Ich öffnete die Tür vielleicht etwas hektischer als nötig. Meine kleine Schwester spähte zu mir herein, den Rucksack lässig über eine Schulter geworfen und mit einem Ausdruck jugendlicher Belustigung im Gesicht. Ich bemerkte, dass mir Wasser von den Haaren über die Arme lief. Im Grunde sah ich aus, als käme ich gerade aus der Dusche, nachdem ich mich vollständig bekleidet unter den Wasserstrahl gestellt hatte.

„Geht es *dir* gut?", fragte Marisol.

„Ja, ja", sagte ich und suchte nach einer Erklärung. „Ich habe nur … den Abwasch gemacht. Mir ist ein Topf in die Spüle gefallen, und dabei bin ich nass geworden. Keine große Sache. Das trocknet wieder."

Marisol nickte langsam. „Okay. Ich habe deine Adresse auf einem Dokument gefunden, das zu Hause herumlag. Ich glaube, es war ein Dokument von der Klinik, das sie Mom geschickt haben, als du entlassen wurdest. Da wir sowieso bald zusammenwohnen werden, dachte ich, es wäre in Ordnung, wenn ich eine Weile hierbleibe? Ich kann nicht das ganze Wochenende im Buchladen stöbern, und zu Hause …" Sie verzog das Gesicht.

Ein Stich der Trauer durchfuhr mich, weil meine Schwester ein so viel besseres Leben verdient hatte. Ich winkte sie an mir vorbei in die Wohnung. „Natürlich. Ich …" Ich folgte ihr mit meinem Blick und schämte mich ein wenig für die Unterkunft, die ich ihr bot.

Nicht, dass ich nicht gewusst hätte, wie beschissen diese Wohnung war oder in was für ein Chaos sie sich verwandelt hatte, seit die Jungs im Grunde genommen hier eingezogen waren. Doch ich hatte sie mir schon eine Weile nicht mehr wirklich *angesehen*. Nicht aus der Perspektive von jemandem, der nicht meine ganze Hintergrundgeschichte kannte.

Eine Wasserlache breitete sich immer noch über den Tisch aus und tropfte in eine Pfütze auf dem Boden. Flaschen und Gläser standen wie durchsichtige Inseln in ihrer Mitte. Im Wohnbereich hatten die Jungs ihre Snacks weggeräumt, dabei aber ein paar Chipstüten und einige Verpackungen auf den schäbigen Möbeln übersehen. Hinter dem Futon lagen die nicht aufgeblasenen Matratzen und Schlafsäcke auf einem Haufen.

Der Futon selbst war mit Kais neuester Ausbeute an Nachrichtenmagazinen aus der Bibliothek bedeckt, während die Kisten, die als Beistelltische dienten, zu Ausstellungsflächen für Jetts Lieblingskunstwerke geworden waren. Eines davon beinhaltete meine umgedrehten Salz- und Pfefferstreuer, auf denen eine Taschentuchbox und ein leerer Take-away-Behälter aus einem Chinarestaurant balancierten. Auf der anderen Kiste befand sich ein bemaltes Blatt Papier, das so gefaltet war, dass es aufrecht stand, was nicht weiter schlimm wäre, wenn ich nicht plötzlich sicher gewesen wäre, dass einige der dunkleren Streifen Blut und keine Farbe waren.

Und die Wohnung roch. Ich nahm nicht an, dass sie stank, aber es roch nach Leder, Alkohol und Moschus, was definitiv nicht der Fall gewesen war, bevor vier ehemalige Gangster eingezogen waren.

Nach ein paar Schritten blieb Marisol stehen und sah sich um. Sie rümpfte kurz die Nase, und ihre Haltung war angespannt. Ich hatte den Eindruck, dass sie ihre Entscheidung, hierzubleiben, noch einmal überdachte.

„Die letzten Wochen waren ziemlich verrückt", sagte ich schnell. *Und das meine ich wörtlich.* „Ich hatte unerwartete Gäste zu Besuch. Aber die neue Wohnung, die ich in Mayfield gefunden habe, ist viel größer und schöner als diese. Sie wird dir gefallen! Und wir werden uns so schnell wie möglich bessere Möbel besorgen." Die Jungs würden sich wahrscheinlich freiwillig melden, um eine komplette Pinterest-Renovierung zu finanzieren, doch ich wollte mich so wenig wie möglich auf ihre Großzügigkeit verlassen – und auf die fragwürdigen Methoden, mit denen diese Großzügigkeit finanziert wurde.

„Okay", sagte Marisol erneut. Diesmal klang sie definitiv zögerlicher. Ein Kloß bildete sich in meinem Hals. Sie blickte sich um und umklammerte den Riemen ihres Rucksacks ein wenig fester. „Kann ich mich setzen?“

Die Frage war berechtigt, denn auf den Stühlen am Küchentisch waren überall Pfützen, und Kais Zeitschriften hatten die besten Plätze auf dem Futon eingenommen. Ich eilte hinüber und legte sie auf den Boden, was mir zwar keine Pluspunkte für Ordnung einbrachte, aber zumindest wurde dadurch ein Sitzplatz frei.

„Bitteschön“, sagte ich. „Möchtest du etwas trinken? Oder einen Snack? Ich habe bestimmt etwas da.“ Hoffentlich hatten die Jungs den Kühlschrank nicht geplündert, bevor sie gegangen waren.

Ich betete, dass sie nicht hereinplatzten, solange Marisol da war. Ich wollte sie erst auf diesen Wahnsinn vorbereiten.

„Nein, danke“, antwortete Marisol. Wahrscheinlich hatte sie Angst, etwas zu essen, das hier gelagert worden war.

Ich überlegte, was ich sagen könnte, um die Situation zu verbessern. Schließlich konnte ich ihr schlecht erzählen, dass ich mit übernatürlichen Fähigkeiten experimentiert hatte oder meine vermeintlich imaginären Jugendfreunde unerwartet hier aufgetaucht waren und einen etwas seltsamen Sinn für Anstand hatten. Doch vielleicht wusste sie ja bereits von meinen Fähigkeiten? Ich war mir nicht sicher, wie viel sie gesehen hatte, als ich vor all den Jahren ausgeflippt war.

Es gab immer noch zu viele Dinge, an die ich mich nicht erinnerte.

Das Muttermal an meinem Unterarm begann zu jucken und ich kratzte mich, während ich mich auf die andere Seite des Futons setzte.

Marisol betrachtete Jetts Gemälde. Angesichts ihres Interesses für bildende Kunst war das wohl nicht überraschend, doch ich hatte kein gutes Gefühl dabei, dass sie es sich so genau ansah. Wahrscheinlich war ihr die seltsame Farbe dieser besonderen Streifen aufgefallen. Und hatte er auch etwas Saft von Ruins Zitronen hineingemischt?

„Das ist irgendwie cool", sagte Marisol. „Hast du es gemalt?"

Ich konnte ihr keinen Vorwurf für die Skepsis in ihrer Stimme machen. Als wir als Kinder gemeinsam gemalt hatten, hatten meine Versuche, die gleichen Fabelwesen wie sie zu zeichnen, in der Regel ausgesehen wie Zentauren oder Nymphen, die von einem Panzer überfahren und anschließend von Geiern angeknabbert worden waren.

„Nein", sagte ich. „Das war einer meiner Gäste. Er ist Künstler. Du würdest dich bestimmt gut mit ihm verstehen." Zumindest hoffte ich das. Wenigstens hatte sie etwas mit einem der Männer gemeinsam.

Marisols Blick huschte zu mir, und ich bemerkte meinen Fehler einen Moment zu spät. „*Er?*", wiederholte sie und zog die Augenbrauen hoch. „War er einer von den Typen, die uns neulich vor dem Haus angehupt haben? Ist er dein *fester Freund?*"

Das Witzige war, dass Jett von allen vier Jungs derjenige war, der sich am wenigsten für ein beziehungsähnliches Konstrukt begeistern konnte. Doch über dieses komplizierte Thema wollte ich jetzt nicht mit meiner kleinen Schwester sprechen. Stattdessen fixierte ich sie mit meinem besten Große-Schwester-Blick. „Soll ich anfangen, dich über dein Liebesleben auszufragen? Über die Jungs auf deiner Schule, für die du schwärmst?"

Die Röte auf ihren Wangen verriet mir, dass ich gewonnen hatte. Sie streckte mir die Zunge heraus und hielt dann inne, als würde sie eine weitere Frage formulieren. Ich war mir nicht sicher, ob ich erleichtert war oder eine weitere Panikattacke bekommen würde, als mein Handy mit einer eingehenden Nachricht vibrierte.

Sie war von Nox. *Wir machen uns bald auf den Rückweg*

und werden Essen mitbringen. Was möchtest du? Ruin hat versprochen, dass er nur für sich etwas Scharfes bestellen wird.

Ein Lächeln umspielte meine Lippen, und Marisols Augenbrauen hoben sich noch ein wenig mehr. Panikattacke – eine Panikattacke war hier definitiv die richtige Option.

Ihr braucht mir nichts mitzubringen, tippte ich hastig, bevor mir ein rettender Geistesblitz kam. *Ich gehe mit meiner Schwester Mittagessen.*

Perfekt! So konnte ich dafür sorgen, dass Marisol nicht in der Wohnung war, wenn die Jungs zurückkamen, ohne dass sie sich unerwünscht fühlte.

„Hey", sagte ich zu ihr, als ich aufstand. „Warum gehen wir nicht raus und essen eine Kleinigkeit? Ich lade dich ein. Gehst du immer noch so gern in diesen Burgerladen auf der Washington Avenue?"

„Na ja …", sagte Marisol und stand auf.

Ich stieß sie mit dem Ellbogen an. „Es ist in Ordnung, wenn sich dein Geschmack geändert hat, seit du neun warst. Ich weiß, dass du jetzt eine erwachsene Sechzehnjährige bist."

Marisol grinste. „Ich würde gerne in das griechische Restaurant an der Main Street gehen. Ich hatte keine Ahnung, dass Souvlaki so gut schmeckt! Leider mag Wade es nicht, deswegen waren wir nur einmal dort." Ein Schatten huschte über ihr Gesicht.

Ich hätte mir die Rippen gebrochen, um diesen Ausdruck für immer aus ihrem Gesicht zu verbannen. Zumindest konnte ich ihr eine vorübergehende Atempause verschaffen. Bald würde sie für immer von ihm weg sein.

„Perfekt", sagte ich und zog sie zur Tür. „Dann kannst du mir erzählen, auf welche Schule du in Mayfield gehen möchtest. Dort gibt es sicherlich mehr Auswahl als hier."

Das Lächeln meiner Schwester kehrte genauso strahlend zurück wie zuvor, und es fühlte sich wie ein kleiner Sieg an. An der Tür hielt ich an und lief zurück, um mir ein trockenes Shirt anzuziehen, weil ich meinen Wasserunfall vergessen hatte.

Während des Mittagessens gelang es mir, meine Zuversicht beizubehalten. Nachdem ich mich von Marisol verabschiedet hatte, kehrte ich in meine Wohnung zurück, wo mir die Jungs von ihren Versuchen berichteten, eine Konfrontation mit dieser Skeleton Corps-Bande zu arrangieren, bis ich abends ins Bett kroch.

Doch die Zweifel schienen nur unter der Oberfläche geschlummert zu haben. Kaum hatte ich meine Augen geschlossen, fühlte es sich wieder an, als würde ich ertrinken. Algen schlangen sich um meine Knöchel und das Sumpfwasser schloss sich über meinem Kopf. Die Dunkelheit erstickte das Licht und raubte mir den Atem. Wirbelnde Strömungen machten meine Haut klamm und kalte Flüssigkeit drang in meine Lunge ein. Ich strampelte heftig, doch ich sank immer weiter nach unten …

Ich schreckte ruckartig hoch und war schweißgebadet. Ich schluckte schwer und strich mir mit der Hand über die feuchte Stirn. Die Dunkelheit des engen Raums um mich herum fühlte sich fast so erstickend an wie mein Albtraum.

Ich hatte etwas verloren. Etwas, das in den trüben Tiefen meines Geistes verborgen war, außerhalb meiner Reichweite.

Soweit ich wusste, lauerte es dort und würde mich in die Tiefe ziehen, wenn ich es am wenigsten erwartete. Und wenn Marisol bei mir war, wenn das passierte, würde sie womöglich ebenfalls untergehen.

neunzehn

Nox

„Sie scheinen *wirklich* Angst vor uns zu haben", sagte Ruin in seiner gewohnt unbeschwerten Art, als wir vor unserem neuen Schädelbrecher-Hauptquartier von unseren Motorrädern stiegen. „Warum sonst würde das Skeleton Corps uns meiden? Sie wissen, dass wir sie vernichten werden, sobald wir die Chance dazu bekommen."

Kai sah unseren ewigen Optimisten mit hochgezogenen Augenbrauen an. „Oder sie glauben, dass wir es nicht wert sind, sich mit uns zu beschäftigen. Vielleicht wissen sie nicht einmal, wer wir sind. Wir haben uns noch keinen Namen gemacht. Wenn wir sie mit Morden belästigen, die vor mehr als zwanzig Jahren passiert sind, denken sie wahrscheinlich, wir hätten eine Schraube locker."

„Oder sie wissen, dass sie schuldig sind, und halten sich deshalb bedeckt", beharrte Ruin.

182

„Wir werden sie schon noch finden." Ich blieb vor der Tür des ehemaligen Restaurants stehen, um meine Schlüssel hervorzukramen. „Und dann werden sie herausfinden, wie viele Schrauben sich in den letzten zwanzig Jahren gelockert haben."

Bevor ich die Schlüssel benutzen konnte, stieg vor uns eine Gestalt aus einem Auto und schlenderte mit lässiger, aber entschlossener Miene auf uns zu. Es war offensichtlich, dass er zu uns wollte. Ich hielt inne, spielte mit den Schlüssel in meiner Hand und musterte ihn.

Er wirkte wie ein unerfahrener Gangster, wie ein selbstbewusster Junge, der noch keine Ahnung hatte, wie viel er nicht wusste. Er konnte auch nicht viel älter sein als ein Junge. Mit seinen weichen Gesichtszügen sah er nicht älter aus als zwanzig. Auch wenn er möglicherweise bereits viel Unheil gestiftet hatte, war er offensichtlich keine hochrangige Autoritätsperson.

„Meine Herren", sagte er mit einem sarkastischen Unterton in der Stimme, als er vor uns stehen blieb. Seine herablassende Art ließ sofort Ärger in mir aufsteigen, als fände er es *amüsant*, dass er sich überhaupt die Mühe machte, mit uns zu sprechen. „Wie ich gehört habe, versucht ihr, ein Treffen mit dem Skeleton Corps zu arrangieren."

Bei den letzten Worten wurde ich trotz meines Ärgers hellhörig. Vielleicht hatten wir all diese Köpfe in den letzten Tagen doch nicht umsonst eingeschlagen.

„In der Tat", antwortete ich und trat mit angespannten Muskeln vor die anderen. Durch meine Geistermagie und die körperliche Betätigung während der Kämpfe hatte ich meine frühere Muskelmasse fast wieder zurück. „Können wir mit ihnen reden?"

„*Ich* bin hier, um mit euch zu reden", erklärte der Junge, als sollten wir uns glücklich schätzen, dass er uns mit seiner

Anwesenheit beehrte. „Wenn ihr etwas zu sagen habt, das es wert ist, weitergegeben zu werden, werde ich es den anderen mitteilen.“

Ich legte den Kopf schief und musterte ihn von oben bis unten, doch ich konnte nichts finden, was meine Einschätzung verbesserte. Der Kerl war eindeutig noch nicht einmal auf der Welt gewesen, als unsere ersten Leben geendet hatten. Er wusste einen Scheiß über unseren Tod.

Ich hob mein Kinn in seine Richtung. „Wir müssen mit jemandem aus den höheren Rängen sprechen, mit jemandem, der schon länger Teil der Crew ist.“

„Das Skeleton Corps lässt sich von niemandem herumkommandieren“, erwiderte der Junge. „Und bisher haben wir keinen Grund zur Annahme, dass ihr etwas zu sagen habt, das es wert wäre, Leute herzubringen, die Besseres zu tun haben.“

Meine Hände ballten sich zu Fäusten, und Jett stieß hinter mir ein verärgertes Grunzen aus. Wir würden ihnen zeigen, was wir wert waren, so viel war sicher.

„Wir brauchen Informationen über eine feindliche Machtübernahme in Lovell Rise vor einundzwanzig Jahren“, erklärte ich. „Uns wurde gesagt, dass diese Jungs am ehesten wissen, wer daran beteiligt war. Oder vielleicht sind sie sogar diejenigen, die sie durchgeführt haben.“

Der Junge zuckte mit den Schultern. „Und warum sollten wir für einen Haufen Niemande, die sich überall unbeliebt machen, alte Geschichten ausgraben?“

Ruin gab ein leises Knurren von sich. Ich hatte den Verdacht, dass wir alle schnell zu dem Schluss kamen, dass wir noch mindestens einen Schädel einschlagen mussten, bevor der Tag vorbei war.

Ich trat näher und stellte mich so aufrecht wie möglich hin, sodass ich gut einen halben Kopf größer war als der

Junge. „Warum sollten wir uns vor dir rechtfertigen? Du hast keine Ahnung, du Zwerg. Du kannst deinen Kopf aus dem Arsch ziehen und ein Treffen mit ihnen arrangieren, oder wir schieben dir zur Motivation noch ein paar mehr Sachen rein."

Der Junge schüttelte den Kopf, als würde er uns gleich seine verdammte Zunge herausstrecken. „Ich werde mich für keines von beiden entscheiden. Ich wünsche euch ein schönes Leben!"

Er drehte sich um, als würde er denken, wir würden ihn einfach so davonkommen lassen. Es war an der Zeit, diesen anmaßenden Arschlöchern zu zeigen, mit wem sie es zu tun hatten – und dass wir uns nicht ignorieren lassen würden.

Ich machte eine schnelle Handbewegung, als ich auf den Kerl zustürmte. Meine Freunde folgten mir, ohne eine Sekunde zu zögern.

Er war kein kompletter Idiot, das musste man ihm lassen. Er wich meinem ersten Schlag aus, obwohl er von hinten kam, und zog eine Waffe aus seiner Jeans. Doch ich ließ ihm nicht einmal Zeit, zu zielen, und rammte meinen Ellbogen gegen sein Handgelenk.

Die Pistole rutschte unter ein Auto. Der Junge sprang zurück, und Ruin und Jett stürzten sich auf ihn.

Ruin prallte gegen ihn und riss ihn von den Füßen. Jett fing ihn mitten im Sturz auf und stieß ihn zu Boden, sodass sein Schädel auf den Beton knallte. Als der Junge ein schmerzvolles Stöhnen ausstieß, schlug Kai mehrmals auf ihn ein, sodass sich sein Kopf drehte.

Mit einem düsteren Kichern wirbelte Jett den Kerl noch schneller herum, einen menschlichen Dreidel. Der Junge streckte einen Arm aus und schaffte es, Jetts Bein zu fassen, das er jedoch rasch losließ, als ich ihm einen Tritt in die Seite versetzte, sodass er stattdessen auf dem Bauch landete.

Bevor er sich aufrichten konnte, setzte ich einen Fuß zwischen seine Schulterblätter und übte gerade genug Druck aus, um seine Wirbelsäule nicht zu brechen.

„Du hast die Botschaft des Skeleton Corps überbracht", sagte ich und ignorierte die Flüche, die er uns entgegenschleuderte. „Hier ist eine von uns: Wir machen keine halben Sachen. Es liegt an dir, ob noch mehr von euch verletzt werden. Wir werden unsere Antworten so oder so bekommen. Du weißt, wo ihr uns findet, wenn ihr bereit seid, über das Wesentliche zu reden."

Ich beendete meinen Vortrag mit einem Tritt in seinen Hintern. Er sprang auf und wirbelte herum, doch als er uns unbewaffnet und verwundet gegenüberstand, traf er eine kluge Entscheidung. Anstatt noch einmal auf uns loszugehen, taumelte er zu seinem Auto und ließ sich auf den Fahrersitz fallen.

Innerhalb weniger Sekunden startete er den Motor und raste wie ein geölter Blitz die Straße entlang. Oder vielleicht direkt in die Hölle, so wie die Dinge lagen.

Ruin riss jubelnd die Hände in die Luft. Leider konnte ich seine überschwängliche Freude nicht teilen.

„Wir müssen von nun an noch wachsamer sein", sagte ich zu meinen Männern. „Sie könnten diesen Vorfall als Zeichen dafür werten, dass wir ernsthafte Beachtung verdienen. Das könnte allerdings auch bedeuten, dass sie erneut versuchen werden, uns von der Landkarte zu tilgen. Bleibt wachsam, besonders in der Nähe unseres neuen Hauptquartiers."

Ich wollte zufrieden sein, doch wir hatten keine Antworten erhalten, nur die Bestätigung, dass diese Skeleton Corps-Arschlöcher wussten, dass wir existierten. Wenn wir deswegen erneut ermordet würden, weil ich nicht genug Eindruck gemacht hatte, würde ich noch mal zurückkehren, nur um *mich selbst* für mein Versagen umzubringen.

Wir betraten das ehemalige Restaurant, doch selbst als ich mich auf den Thron setzte, verspürte ich nicht die Gewissheit, die ich mir wünschte. Außerdem musste ich an Lily denken und an den ganzen Spaß, den wir dort neulich Abend gehabt hatten und den ich ohne sie hier nicht haben konnte. Ich wartete noch, bis Jett die Tische nach seinen unergründlichen Vorlieben neu angeordnet hatte, bevor ich Lily schrieb, dass wir uns auf den Weg zu ihrer Wohnung machten.

Offenbar war es jedoch ein Tag der Unterbrechungen. Als wir zu unseren Motorrädern gingen, hielt ein weißer Lieferwagen auf der anderen Straßenseite. Ich hätte mir nichts dabei gedacht, wenn nicht drei kräftige Typen aus dem hinteren Teil gesprungen wären. Sie stürmten auf Kai zu, packten ihn und zerrten ihn mit sich.

„Was zum Teufel!", rief ich und rannte ihnen hinterher. Doch das Überraschungsmoment hatte ihnen gerade genug Vorsprung verschafft, dass sie die Türen zuknallten, als ich den Lieferwagen erreichte. Der Van raste so abrupt die Straße hinunter, dass ich beinahe meine Finger verlor, mit denen ich nach der Tür gegriffen hatte.

Ich rannte zu den Motorrädern zurück und schwang mich auf meine Maschine. „Hinterher!", rief ich, und wir nahmen die Verfolgung auf.

Wilde Gedanken schwirrten mir durch den Kopf, als wir dem Van hinterherjagten. Hatte das Skeleton Corps bereits Vergeltung geübt? Wir hatten ihren Boten erst vor etwa einer halben Stunde weggeschickt. Und warum sollten sie ausgerechnet Kai mitnehmen? Er war am wenigsten an der Auseinandersetzung beteiligt gewesen. Wenn sie jemanden ins Visier nehmen wollten, dann hätte ich es sein sollen.

Kais Entführer hatten nicht wie Gangster gewirkt. Sie hatten so schnell gehandelt, dass ich keine Details registriert hatte, doch sie hatten schlichte T-Shirts und Hosen getragen.

Und ich konnte mich nicht erinnern, Tätowierungen gesehen zu haben. Sie waren zwar harte Kerle, aber deutlich gepflegter, als man es von Gangstern erwarten würde.

Eigentlich spielte es keine Rolle. Wer auch immer sie waren, sie würden bezahlen. Niemand legte sich mit meinen Männern an und kam ungeschoren davon.

Der Lieferwagen bog vor mir um eine Ecke. Ich gab Jett und Ruin ein Zeichen und rief ihnen meine Anweisungen über das Dröhnen der Motoren zu. „Bleibt so dicht wie möglich an ihnen dran. Ich werde versuchen, sie abzuhängen."

Die anderen beiden nickten, und ich raste in die nächste Parallelstraße und beschleunigte noch mehr. Wahrscheinlich hinterließ ich dabei Gummiabrieb auf dem Asphalt, was sich jedoch nicht vermeiden ließ.

Ich schlängelte mich zwischen den anderen Fahrzeugen auf der Straße hindurch und ignorierte die Proteste und Beleidigungen, die mir hinterhergerufen wurden. Der Lieferwagen hatte diesen Vorteil nicht. Ich musste sie überholen. Und wenn es eine Lücke gab, durch die ich mich quetschen konnte, warum zum Teufel sollte ich sie nicht nutzen?

Nach fünf Blocks schätzte ich, dass ich genug Vorsprung hatte. Ich bog in eine der Querstraßen ein und wurde langsamer, als ich die nächste Kreuzung erreichte.

Der Lieferwagen war nur einen Block entfernt und raste auf mich zu. Ich zog meine Waffe und ging auf Position. Während ich auf die Reifen schoss, zog ich meine Maschine halb vor sie.

Zwei meiner Kugeln trafen ihr Ziel. Der Van schlingerte und ruckelte, als die Luft aus den Reifen wich. Jett und Ruin näherten sich von beiden Seiten.

Der Kerl, der mich durch die Windschutzscheibe anstarrte, war etwa halb so groß wie die Hünen, die Kai entführt hatten, und sah völlig verängstigt aus. Ich schoss durch die Scheibe auf ihn, bevor ich zum hinteren Teil des Wagens rannte, ohne mich um die Schreie der Passanten auf der Straße oder den Verkehr zu kümmern, den wir zum Erliegen gebracht hatten. Bis die Polizei kam, würden wir längst weg sein.

Die Hintertüren flogen auf, als wir drei auf sie zustürmten. Jett und Ruin hatten ebenfalls ihre Waffen gezogen. In nahezu perfekter Synchronisation schossen wir auf die drei kräftigen Kerle, die sich auf uns stürzen wollten.

Sie gingen neben den Hinterreifen zu Boden. Es war fast zu einfach gewesen. Ich blinzelte in den schummrigen Innenraum des Lieferwagens, um zu sehen, was zum Teufel sie mit unserem Freund gemacht hatten. Er saß gefesselt und geknebelt neben vier Trotteln, die aussahen, als wären sie einer Vorstadt-Seifenoper entsprungen.

Die Frau mittleren Alters hatte einen voluminösen Pixie-Cut und eine Strickjacke um die Schultern gebunden. Das Haar des Mannes neben ihr war glatt nach hinten gekämmt und ein Polohemd spannte sich über seine breite Brust. Sie starrten mich panisch an, und alle Farbe war aus ihren Gesichtern gewichen. Der ältere Mann und die junge Frau bei ihnen sahen aus, als würden sie sich gleich übergeben.

Das waren definitiv keine Gangster.

„Wer zum Teufel seid ihr?", fragte ich und sprang mit der entsicherten Waffe auf die Ladefläche des Lieferwagens. „Lasst ihn in Ruhe."

„Er ist unser Sohn", klagte die Frau mittleren Alters, während der Mann, von dem ich annahm, dass er ihr Ehemann war, sie schützend in die Arme nahm. „Ich weiß nicht, was ihr mit unserem Zach gemacht habt, aber er gehört zu uns."

Oh, verdammt. Es war die Familie von dem Kerl, dessen Körper Kai übernommen hatte. Im Gegensatz zu Jetts

Familie hatten diese Leute sich nicht mit Telefonanrufen zufriedengegeben.

Ruin war herbeigeeilt, um Kai zu befreien. Sobald der Knebel aus seinem Mund entfernt war, wandte sich unser Klugscheißer an die Vorstädter. „Ich bin nicht mehr euer Sohn. Ich brauche keine verdammte Intervention.“

„Aber …“, begann die Frau.

Sobald Ruin seine Beine losgebunden hatte, stand Kai auf und starrte sie finster an. „Ich bin erwachsen. Das bedeutet, diese Entführung ist eine Straftat, ihr Idioten. Und das ist illegal, falls ihr das nicht wusstet.“

Wir waren nicht wirklich in der Position, ihnen eine Strafpredigt zu halten, doch seine vermeintlichen Eltern zuckten ein wenig zusammen.

„Wir kümmern uns jetzt um Zach“, sagte ich und verschränkte die Arme vor der Brust. „Er hat Wichtigeres zu tun, als Zeit mit euch zu verbringen. Wenn ihr noch mehr Leute anheuert, um eine dumme ‚Intervention‘ zu arrangieren, werdet ihr das nächste Mal mit ihnen auf dem Boden landen. Verstanden?“

Bei meinen letzten Worten zuckten alle vier Familienmitglieder zusammen. Niemand widersprach. Ich nickte Kai zu, und wir stiegen aus dem Lieferwagen, um zu unseren Motorrädern zurückzukehren, während die Schwachköpfe vermutlich überlegten, wie es mit ihrem kaputten Wagen und den vier Mordopfern weitergehen sollte.

Kai neigte den Kopf zu mir, als er sich auf Jetts Motorrad hinter ihn setzte. „Danke. Sie haben allen möglichen New-Age-Mist von sich gegeben, um zu versuchen, meine Gehirnwäsche rückgängig zu machen oder so. Und die Leute halten *uns* für verrückt.“

Das Gefühl, etwas erreicht zu haben, das mir zuvor gefehlt hatte, breitete sich in meinem Körper aus. Ich hatte meinen Job als Anführer der Schädelbrecher erfüllt – ich hatte meine Leute beschützt. Ich lächelte ihn grimmig, aber aufrichtig an. „Wir stehen wie immer hinter dir.“

Es wäre schön, wenn die Skeleton-Trottel auch nur halb so leicht zu terrorisieren wären.

zwanzig

Lily

Ich war zwar schon in schlimmeren Damentoiletten gewesen, doch es war trotzdem nicht besonders angenehm, die Zeit auf der Toilette im vierzehnten Stock des Thrivewell Enterprises-Gebäudes totzuschlagen. Zum einen musste ich in der Kabine auf dem Spülkasten sitzen und meine Füße auf dem Sitz abstellen, damit niemand, der seinen Kopf hereinsteckte, meine Schuhe sah. Zum anderen war der süßliche Geruch des Reinigungsmittels fast so schlimm wie der Gestank von Urin, den es übertönen sollte.

Eine Stunde nachdem meine Schicht vorbei war, ging das Licht aus. Wunderbar.

Ich lenkte mich ab, indem ich an meinem Handy herumspielte und hoffte, dass Kai es auf der Herrentoilette mindestens genauso unbequem hatte, schließlich war diese Strategie seine Idee gewesen. Wir waren genau zu dem

Zeitpunkt verschwunden, an dem unsere Schichten normalerweise endeten, und warteten nun darauf, dass die letzten Nachzügler das Büro verließen. Kai hatte herausgefunden, dass der Sicherheitsmann einen Rundgang durch alle Etagen machte und anschließend seinen Posten im Erdgeschoss einnahm, um den Eingang zu bewachen. Sobald er weg war, konnten wir uns frei bewegen.

Das bedeutete, dass wir bis zu Nolan Gauntts Büro vordringen konnten. *Er* würde definitiv nicht bis spät in die Nacht arbeiten, da Marie und er heute Abend bei diesem Benefizdinner waren. Kai hatte die Sekretärin heimlich beobachtet und so den Code für den privaten Aufzug im Obergeschoss herausgefunden. Wie er vorhatte, in Nolans Büro zu gelangen, wusste ich nicht, doch so wie ich ihn kannte, hatte er bestimmt einen Plan.

Ich saß noch eine halbe Stunde im Dunkeln, bis mein Handy endlich mit Kais Nachricht vibrierte. Für unsere Mission hatte ich alle Töne ausgeschaltet. *Die Luft ist rein. Wir treffen uns an der Treppe.*

Ich komme, schrieb ich zurück und kroch so schnell aus der Kabine, wie ich konnte.

Auch in dem weitläufigen Raum mit den Arbeitsplätzen war es dunkel, nur ein schwacher Lichtschein ging vom Notausgangsschild über dem Treppenhaus aus. Das Leuchten spiegelte sich in Kais Brille. Er wartete, bis ich ihn erreicht hatte, und bedeutete mir, ihm ins Treppenhaus zu folgen.

„Ich habe gehört, wie der Wachmann vor zwanzig Minuten vorbeigegangen ist", flüsterte er, als wir die Treppe in die oberste Etage hinaufstiegen. „Nach seinem Zeitplan sollte er vor etwa zehn Minuten mit dem Aufzug in die Lobby gefahren sein. Solange wir keinen Lärm machen und durch den Hinterausgang verschwinden, sollte es kein Problem geben."

Ich knirschte mit den Zähnen. „Bist du sicher, dass es in Nolans Büro keine Überwachungskameras gibt?"

„Nein", antwortete Kai ohne erkennbare Besorgnis. „Aber wenn es welche gibt, wird er die Aufzeichnungen erst sehen, nachdem wir schon lange weg sind. Der Big Boss würde nicht wollen, dass niedere Handlanger irgendwelche Videofeeds überwachen und so einen Blick in sein privates Heiligtum werfen." Er tätschelte die Ledertasche, die er bei sich trug. „Außerdem werden wir Skimasken aufsetzen. Falls sie sich tatsächlich die Mühe machen sollten, das Filmmaterial zu überprüfen, werden wir nicht zu erkennen sein."

„Okay." Ich vermutete, dass Nolan unsere Identität erraten würde, doch was wirklich zählte, war, ob er der Polizei Beweise vorlegen konnte. Ich vermutete, dass ich nach wie vor nicht in der Gunst der örtlichen Polizei stand, nachdem ich beschuldigt worden war, einen Schwanz an die Front eines Lebensmittelgeschäfts gesprüht zu haben.

Kai bewegte sich mit einer eifrigen Zielstrebigkeit, die für ihn untypisch war. Es erinnerte mich an den Tag, an dem wir bei unseren Vorstellungsgesprächen waren. Seine selbstbewusste Entschlossenheit löste einen wohligen Schauer in mir aus, doch dafür war im Moment keine Zeit.

Im fünfzehnten Stock befand sich eine Tür zur nächsten Ebene des Treppenhauses, die natürlich verschlossen war. Die Bonzen brauchten einen Fluchtweg, wollten aber nicht, dass das niedere Fußvolk durch diese Tür Zugang zu ihnen hatte. Wir schlichen uns stattdessen in den Raum, in dem Kai normalerweise arbeitete.

Eine Hitzewelle schoss durch meinen Arm, als er meine Hand nahm und mich durch den schummrigen Raum zu dem exklusiven Aufzug führte. Wir hatten das Ende des Raums fast erreicht, als der normale Aufzug hinter uns mit einem Klingeln signalisierte, dass sich die Türen gleich öffnen würden.

„Scheiße", zischte Kai und zog mich durch eine Tür direkt vor uns.

Die Tür fiel hinter uns ins Schloss. Meine Hüfte stieß gegen einen großen rechteckigen Gegenstand. Kai zog mich weiter in den Raum, an dem Ding vorbei.

„Kopierraum", raunte er mir zu. „Der Wachmann muss etwas vergessen haben. Es gibt keinen Grund für ihn, hier hereinzukommen."

Es war stockdunkel in dem Raum. Ich streckte die Hand aus und ertastete den Kopierer nur wenige Zentimeter entfernt. Mein Ellbogen streifte einen Schrank auf der anderen Seite. Der Raum war nicht viel größer als ein Wandschrank.

Einen Moment lang war nichts zu hören außer unserer leisen Atemzüge und dem Klopfen meines Herzens, bis das dumpfe Geräusch schwerer Schritte an mein Ohr drang. Es klang, als würde der Sicherheitsmann direkt auf uns zukommen.

Ich erstarrte. Wir konnten nirgendwo hin. Kai umklammerte meine Hand fester. Er hielt sie noch ein paar Herzschläge lang fest, bevor er mich weiter in den Raum hineinzog, als die Schritte noch näher kamen.

Wir stolperten in die Lücke zwischen der Rückwand und dem Schrank, die so schmal war, dass ich die Schultern einziehen musste. Als die Türklinke quietschte, drückte Kai sich näher an mich, sodass wir vollständig vom Schrank verdeckt waren.

Unsere Körper berührten sich von der Brust bis zu den Füßen. Sein kompakter Körper war heißer, als ich erwartet hatte. Er glühte regelrecht und entfachte ein Feuer in mir. Sein Atem strich über mein Gesicht, und sein moschusartiger Ledergeruch mit der Zitrusnote stieg mir in die Nase. Trotz der prekären Situation, in der wir uns befanden – oder vielleicht auch teilweise deswegen – durchströmte mich neben meiner Angst eine andere Art von Adrenalin.

Auf einmal verspürte ich das wilde Verlangen, ihn so fest wie möglich an mich zu ziehen und seine Wärme und die festen Footballspieler-Muskeln in mich aufzusaugen. Seit er Zachs Körper übernommen hatte, waren sie zwar schlanker geworden, aber nicht verschwunden. Ich wollte mit meinen Händen über seine Brust und durch sein Haar fahren und herausfinden, welche Laute ich den Lippen dieses verkopften Mannes entlocken konnte.

Er hatte gesagt, dass er sich zu mir hingezogen fühlte, aber dass er diesem Gefühl nicht nachgeben würde, weil es eine Ablenkung wäre. Was sollte es auch sonst sein? Wir befanden uns mitten im riskantesten Unterfangen, das wir seit unserer ersten Begegnung mit Nolan Gauntt gewagt hatten.

Die Tür schwang auf, und mein Puls raste noch schneller. Der Lichtstrahl einer Taschenlampe huschte durch den Raum, und ein leises Klopfen war zu hören, als etwas von einer harten Oberfläche gehoben wurde.

„Da bist du ja", sagte der Sicherheitsmann mit einem selbstironischen Kichern, bevor er hinausging und die Tür hinter ihm zufiel.

Kai und ich wagten es nicht, uns zu bewegen. Wir waren uns nicht sicher, ob der Wachmann noch in der Nähe war und ob er uns hören konnte. Dann, langsamer als zuvor, entfernten sich die schweren Schritte, und das leise Läuten des Aufzugs drang durch die Tür.

Ich drückte mich gegen die Wand. Kai beugte seinen Kopf über mein Gesicht und legte die Hände auf meine Schultern. Ganz langsam hob er eine Hand, um mit den Fingern über meinen Kiefer zu streichen. Die flüchtige

Berührung sandte ein berauschendes Kribbeln über meine Haut.

„Du riechst so verdammt gut", murmelte er.

Ich unterdrückte ein Kichern. Sehnsucht breitete sich in meinen Gliedern aus und kroch in meine Kehle. „Du auch."

Kais Atem stockte leicht. Er veränderte seine Haltung und für einen quälenden Moment dachte ich, er würde sich zurückziehen, obwohl jeder Teil meines Körpers nach … irgendetwas schrie.

„Verdammt", murmelte er. In seiner Stimme lag ein verzweifelter Unterton, den ich noch nie zuvor gehört hatte. Dann senkte er den Kopf und presste seine Lippen auf meinen Mund.

Danach hatte sich mein ganzes Wesen gesehnt. Voller Leidenschaft erwiderte ich seinen Kuss.

Kai riss seine Brille herunter und schob sie in eine Tasche, bevor er sein Gesicht in einen noch verführerischeren Winkel neigte. Er drückte sich an mich, so wie vorhin, als der Sicherheitsbeamte die Tür geöffnet hatte. Diesmal lag jedoch eine andere Dringlichkeit in dieser Geste.

Wie ich es mir schon so oft vorgestellt hatte, fuhr ich mit meinen Fingern durch sein Haar und zerzauste seine ordentlich gegelte Frisur. Ich konnte nicht widerstehen, daran zu ziehen. Ein Stöhnen drang aus Kais Kehle, und es war noch berauschender, als ich gehofft hatte.

„Verdammte Scheiße", murmelte er an meinen Lippen. „Scheiß drauf. Er ist weg. Wir haben Zeit. Zumindest hoffe ich das."

Mit diesen letzten Worten packte er mich an der Taille und wirbelte mich herum, offenbar fest entschlossen, seine Andeutung wahrzumachen. Mein Hintern stieß gegen den Fotokopierer. Er klappte ihn auf und setzte mich auf die Kante der flachen, glänzenden Oberfläche darunter. Dann zog er mein Gesicht zu seinem, um mich erneut leidenschaftlich zu küssen.

Durch meine Position war ich ein paar Zentimeter größer als er, und ein seltsames Kribbeln von Macht überkam mich.

Ich erwiderte Kais Kuss ebenso leidenschaftlich und bemerkte, wie unerwartet weich seine Lippen waren, den Geschmack von gezuckertem Kaffee, der von seiner Zunge auf meine überging, die entschlossene Bewegung seiner Finger, die an meinen Seiten entlang zu meinen Schenkeln glitten.

Mit einer schnellen Bewegung schob er meinen Rock bis zur Taille hoch und zog mir einen Augenblick später das Höschen herunter. Ich spürte die glatte Oberfläche des Fotokopierers an meinem nackten Hintern. Ich hatte nur ein paar Sekunden Zeit, um das zu registrieren, bevor eines unserer Beine ein Bedienelement berührte und das Gerät plötzlich unter mir zu summen begann.

Eine Vibration durchzuckte meinen ganzen Körper und ließ mich aufstöhnen. Licht flackerte um uns herum auf. Kai blinzelte und fischte ein Blatt Papier aus dem Ausgabefach. Ein anzügliches Grinsen umspielte seinen Mund. Im schwachen Schein der Kopiererbeleuchtung wedelte er mit der Seite, auf der meine fotokopierten Pobacken abgebildet waren. „Das ist verdammt noch mal Kunst."

Meine Wangen glühten, und ich lachte. Nachdem Kai das Blatt gefaltet und in seine Tasche gesteckt hatte, kehrten seine Hände zu meinen Schenkeln zurück. Er trat dazwischen, während er meine Haut streichelte und meinen Blick mit glühenden Augen erwiderte.

„Ich denke, wir sollten uns noch ein wenig mehr damit vergnügen. Aber zuerst ..."

Mit einem Ruck zog er mich nach vorne, sodass ich noch unsicherer auf dem Rand der Maschine balancierte. Unsere

Münder kollidierten, und ich lehnte mich an ihn. Er hielt mich fest und ließ seine Hände unter mich gleiten, um meinen Hintern im Takt der rhythmischen Bewegungen seiner Lippen und Zunge zu drücken. Ich zitterte vor Lust und sehnte mich nach mehr.

Ich klammerte mich an ihm fest, um nicht herunterzufallen, und ließ meine andere Hand zwischen uns über seine Brust bis zum Bund seiner Hose gleiten. Als ich seine harte Erektion ertastete, drückte er sich stöhnend an mich. Die Reibung entlockte mir ein Wimmern.

„Du unartiges Mädchen", raunte Kai und klang dabei fast genauso erfreut wie Nox, wenn er mich ein ‚braves Mädchen' nannte. „Du bist weder ein kleiner Fisch noch eine Sirene, denke ich. Du bist ein Barrakuda."

Ohne Vorwarnung riss er mich vom Kopierer weg und drehte mich vor sich herum, sodass mein Hintern gegen seine Leistengegend drückte.

Dann beugte er mich über den Kopierer, wo ich mich mit meinen Ellbogen auf der Glasoberfläche abstützte. Kai schob meinen Pullover hoch und befreite meine Brüste aus meinem BH. Während er meinen Rücken mit Küssen bedeckte, beugte er mich noch weiter nach vorne, sodass meine Nippel gegen die harte Oberfläche drückten. Dann betätigte er erneut den Kopierknopf.

Ich stieß einen leisen Protestlaut aus, als die Maschine ein weiteres Bild meines nackten Körpers ausspuckte. Kichernd umfasste Kai meine Brüste. Seine Finger strichen über das empfindliche Fleisch, liebkosten die Kurven und glitten über meine Nippel. Er summte zustimmend, weil sie bereits steif waren.

„Ich will nicht nur eine Kopie von dir", flüsterte er. „Ich will festhalten, dass du *mir* gehört hast."

Ohne meine Brüste loszulassen, drückte er den Knopf mit seinem Knie, sodass auf dem nächsten Ausdruck seine

Hände zu sehen waren, die meine Brüste umfassten. Bei der Vibration ging ein weiterer Schauer durch meine Brust. Inzwischen hatte sich so viel Erregung zwischen meinen Beinen angesammelt, dass ein peinliches Rinnsal über meinen Innenschenkel lief.

Kai atmete schwer. Auch sein Verlangen wurde immer stärker. Er ließ mich nicht lange zappeln und schob seine Hand zwischen meine Beine, um meine Feuchtigkeit über meinen Kitzler und meine Öffnung zu verteilen. Ich stöhnte vor Verlangen und drückte mich gegen ihn.

„So ungeduldig", tadelte er, doch das Stocken in seiner Stimme verriet, dass er selbst kurz davor war, die Kontrolle zu verlieren. Er ließ seine Hand weiter über mich gleiten und krümmte erst einen und dann zwei Finger in mir, während er mit der anderen an seinem Hosenschlitz herumfummelte. „Bist du auch mein Mädchen, Lily? Nicht nur das von Nox und Ruin? Willst du alles, was ich dir geben kann?"

Die Stöße seiner Finger entlockten mir ein Stöhnen, das eigentlich an sich schon eine Antwort war. Trotzdem fügte ich mit zittriger Stimme hinzu: „Ja. Alles. Ich will dich ganz."

Wie zur Belohnung küsste er mein Schulterblatt und nahm seine Hand kurz weg. Das Geräusch einer Verpackung, die aufgerissen wurde, drang an meine Ohren. „Gut, dass ich meiner Selbstbeherrschung nicht genug vertraue, um auf notwendige Vorsichtsmaßnahmen zu verzichten", lachte er atemlos. Dann drückte sich die Eichel seines Schwanzes gegen meinen Schlitz.

Instinktiv spreizte ich meine Beine weiter. Kai strich noch ein paar Mal mit seinen Fingern über meinen Kitzler, was mir einen weiteren Seufzer entlockte, und stieß dann so schnell in mich hinein, dass ich Sterne sah.

„Oh, verdammt, ja", murmelte Kai, bevor er sich herauszog und erneut in mich eindrang. Er legte ein gleichmäßiges, kraftvolles Tempo vor, wobei er nichts überstürzte, mich aber mit jedem Stoß bis zum Anschlag ausfüllte. Schon nach wenigen Stößen hallte Lust durch meinen gesamten Körper, als wäre ich ein verdammter Gong, den er bei jedem Stoß läutete.

Während alledem vernachlässigte er auch den Rest meines Körpers nicht. Seine Hände wanderten über meinen ganzen Körper, kniffen in meine Nippel, zwickten meinen Kitzler und verteilten schließlich etwas von meiner Feuchtigkeit in meiner Poritze, um meine andere Öffnung zu stimulieren. Die unerwartete Lust, die mit dieser Berührung einherging, ließ mich erneut aufstöhnen.

„Nicht zu laut", ermahnte er mich, während er in einem Rhythmus in mich stieß, der meine Kontrolle zunehmend schwinden ließ. „Sonst muss ich dir eine Druckerpatrone zum Draufbeißen geben, und das könnte unschön werden."

Als ich ein Lachen ausstieß, das sich nach der Hälfte in ein Wimmern verwandelte, umkreiste er erneut meine Rosette und brachte alle Nervenenden dort zum Glühen. „So unartig", raunte er. „Wir werden ein anderes Mal ausgiebig damit spielen, wenn wir Zeit zum Erkunden haben. Vorerst konzentriere ich mich auf …"

Er schob seinen Daumen hinein, während er mit seinem Schwanz in meine Muschi stieß, und die berauschenden Empfindungen explodierten in meinem Körper. Ich verkrampfte mich um seinen pochenden Schwanz, und mein Kopf fiel nach unten, sodass meine Stirn auf dem Kopierer aufschlug. Ich bemerkte den kurzen Schmerz kaum, so stark war die Ekstase, die mich durchströmte.

Mit einem lauten Stöhnen stieß Kai schneller in mich. Er zog mich an sich, als könnte er sich noch tiefer in mich hineinbohren. Dann gab er einen erstickten Laut der Erlösung von sich, als auch er seinen Höhepunkt erreichte.

Kurz überkam mich die Sorge, dass der normalerweise so distanzierte Typ nach unserem wilden Fick verlegen sein könnte. Doch Kai blieb verschmitzt und liebevoll. Er gab mir einen neckischen Kuss in die Halsbeuge, während er meinen BH und meinen Pullover zurechtzog, und schüttelte den Kopf, als er das volle Kondom von seinem Schwanz zog. „Ich frage mich, welchem meiner wunderbaren Kollegen ich das hier auf den Schreibtisch legen soll."

Ich hielt inne, während ich mein Höschen hochzog. „Das würdest du nicht tun."

Er grinste mich an. „Nein, wahrscheinlich nicht, aber nur, weil ich es nicht für klug halte, meine DNA in feindlichem Gebiet zurückzulassen. Nicht, weil sie den Schock nicht verdient hätten."

Er nahm die anderen beiden Fotokopien aus dem Fach. „Diese Schätze dürfen wir nicht vergessen." Er faltete sie so, dass sie in seine Tasche passten, und zog seine Brille heraus. Und schon war er wieder der Alte, abgesehen von seinem zerzausten Haar. Ob sein Gesicht noch so rot war wie meins, konnte ich im Dämmerlicht nicht erkennen.

So war Kai eben – direkt und auf den Punkt. Seine Gelassenheit beruhigte auch mich. So sehr wir uns hatten ablenken lassen, wir hatten hier noch etwas zu erledigen.

Ich atmete langsam ein und aus. Mein Körper war noch warm, doch das Nachglühen ebbte langsam ab und meine Konzentration kehrte zurück. Eine neue Zuversicht war in mir entbrannt. „Ins Penthouse?", schlug ich vor.

Wie schon zuvor nahm Kai meine Hand. „Was du heute kannst besorgen, das verschiebe nicht auf morgen."

Am exklusiven Aufzug zogen wir die Skimasken und Handschuhe an, die er mitgebracht hatte. Er gab den Code ein, und die Tür öffnete sich, noch bevor ich mich fragen konnte, ob er sich vielleicht vertippt hatte. Während der Fahrt in die oberste Etage verweilte Kais Hand besitzergreifend an meiner Seite, was mir jedoch nicht unangenehm war. Gemeinsam betraten wir die schicke Chefetage.

Die Tür zu Nolans Büro war mit einem elektronischen Schloss versehen. Ich wusste, dass Kai mit Technik weitaus weniger geschickt war als mit Menschen, doch er fischte ein Gerät aus seiner Tasche und brachte es an dem Schloss an.

„Ich habe ein paar neue Kontakte geknüpft, während wir uns hier in der Stadt eingelebt haben", erklärte er, als Codes am Schloss aufflackerten. „Einer von ihnen hat mir freundlicherweise dieses geniale Gerät zur Verfügung gestellt. Die Menschheit hat in den letzten zwei Jahrzehnten einige nützliche Erfindungen hervorgebracht."

„Ja", antwortete ich trocken, „die größte Errungenschaft der Menschheit in jüngster Zeit sind Methoden, die Einbrüche erleichtern."

Kai schnaubte, bevor er scharf einatmete, als das Gerät piepste. Nach einer kurzen Pause öffnete sich das Schloss mit einem dumpfen Geräusch.

Wir stießen die Tür einen Spalt breit auf und schlichen uns in Nolans Büro. Ich hielt für eine Sekunde den Atem an und rechnete halb damit, dass er an seinem Schreibtisch saß, als hätte er sich seit meinem letzten Besuch hier nicht bewegt. Doch der gigantische Raum war leer. Durch die riesigen Fenster an der gegenüberliegenden Wand schienen die Lichter der Stadt herein.

„Okay", sagte Kai. „Schauen wir mal, was der Big Boss hier versteckt hat."

Wir warfen einen Blick in Nolans Bücherregale und durchwühlten seine Schreibtischschubladen, wobei wir darauf achteten, nichts zu verrücken. Zunächst schien es sich nur um gewöhnliche, seriöse Geschäftsunterlagen zu handeln, abgesehen von einem Spielzeugsoldaten, den ich in der Ecke einer Schublade fand. Ich nahm ihn mit meiner behandschuhten Hand heraus und betrachtete das antike

Design und die verblasste Farbe. „Ich frage mich, warum er so etwas aufbewahrt." Das Spielzeug sah älter aus als Nolan.

Kai zuckte mit den Schultern. „Ein Familienerbstück? Oh, sieh dir das an. Ich frage mich, ob er denkt, dass er bessere Sicherheitsvorkehrungen braucht."

Er zeigte mir eine Visitenkarte, die er aus dem hinteren Teil der Schublade gefischt hatte. Sie war weiß mit dunkler Schrift und einem roten Logo. *Ironguard Security*, lautete der Firmenname. Auf der Rückseite hatte Nolan ein paar Telefonnummern notiert.

„Glaubst du, das ist wichtig?", fragte ich.

„Nicht für unsere Zwecke, aber es wäre gut zu wissen, ob er vorhat, neue Systeme in diesem Gebäude oder seinem Haus zu installieren." Kai fotografierte beide Seiten, bevor er die Karte wieder an ihren Platz legte. Wir suchten weiter.

Ich hatte die unterste Schublade auf meiner Seite erreicht, als ich etwas sah, das mich erstarren ließ. Kai bemerkte meine Reaktion und drehte sich zu mir um. „Was ist?"

Ich deutete auf das Dokument, das ich entdeckt hatte. Meine Kehle war wie zugeschnürt, sodass ich nicht sprechen konnte.

Es war mein Lebenslauf. Meine Adresse in Lovell Rise war eingekreist.

Nolan Gauntt hatte mich schon seit meiner Bewerbung bei Thrivewell genau im Auge behalten. Und er wusste, wohin ich nach der Arbeit ging.

einundzwanzig

Lily

Mir war klar, dass die Jungs sich Sorgen machten, als sie alle darauf bestanden, sich in Fred 2.0 zu zwängen, um mich zur Arbeit zu begleiten, anstatt mich auf ihren Motorrädern zu eskortieren.

„Wir müssen uns unauffällig verhalten", hatte Kai gesagt, bevor er sich mit seinem eigenen Auto auf den Weg gemacht hatte, da wir nicht wollten, dass uns jemand zusammen ankommen sah.

„Genau!" Ruin hatte genickt und eifrig grinsend mit den Fingerknöcheln geknackt. „Es ist besser, wenn dieser Psycho nicht weiß, dass jemand auf dich aufpasst. Dann ist die Überraschung größer, wenn wir ihn fertigmachen."

Ich hätte darauf hinweisen können, dass die vier nicht wirklich in der Position waren, andere als Psychopathen zu beschimpfen, doch das Wissen, dass Nolan Gauntt meine

Privatadresse markiert hatte und womöglich darauf aus war, mich sowohl außerhalb der Arbeit als auch an meinem Arbeitsplatz fertigzumachen …

Nun, sagen wir einfach, dass ich deswegen nicht gerade Freudensprünge machte.

Vielleicht hätte ich mich damit trösten sollen, dass er bisher nichts unternommen hatte, obwohl ihm mein Lebenslauf bereits seit fast drei Wochen vorlag. Dennoch wurde meine Rückkehr zur Arbeit von meiner Entdeckung überschattet, da ich wusste, dass der Kerl zwanzig Stockwerke über mir in seinem Büro saß.

Als der Wagen – der, wie ich zugeben musste, viel geschmeidiger lief als der ursprüngliche Fred, Gott segne seine Fahrzeugseele – auf das Gebäude von Thrivewell Enterprises zufuhr, holte ich tief Luft. „Ich brauche ein Druckmittel", sagte ich, um mich selbst und die drei Männer um mich herum zu beruhigen. „Er will mich loswerden und tut alles, um es wie eine legitime Entlassung aussehen zu lassen. Das würde er nur tun, wenn er denkt, dass ich ihn in Schwierigkeiten bringen könnte."

„Das heißt nicht, dass er seine Meinung nicht ändern wird." Nox warf dem Gebäude einen bösen Blick zu, als ich daran vorbeifuhr. „Wir werden den ganzen Tag in der Nähe bleiben und Wache halten. Sag sofort Bescheid, wenn du etwas von ihm hörst."

Die Vorstellung, welchen Schaden die ehemaligen Schädelbrecher in den ordentlichen Büros von Thrivewell anrichten könnten, war amüsant und entsetzlich zugleich. Es würde sicherlich eine ziemliche Show werden.

„Ich glaube nicht, dass es so weit kommen wird", antwortete ich. Ich parkte ein paar Blocks weiter weg, wo niemand meine Gesellschaft bemerken würde. Auf Nox' spitzen Blick hin fügte ich hinzu: „Aber ja, wenn er auf mich losgeht, werde ich euch warnen, bevor ich in Stücke gerissen werde.“

„Wir werden *ihn* in Stücke reißen“, verkündete Ruin und stieß seine Faust in die Luft.

Jett musterte die beiden grimmig, als wir ausstiegen. „Ich suche aus, wo wir warten“, brummte er.

Nox klopfte ihm auf die Schultern. „Genau. Wir wollen doch nicht, dass deine sensible künstlerische Empfindsamkeit beeinträchtigt wird.“

Jett nahm die Stichelei mit Humor. Der Anflug eines Lächelns umspielte seine Lippen, bevor er den Mund verzog. „Nein, das werden wir nicht“, antwortete er und machte eine Pause. Sein Blick schweifte zu mir. „Aber das Wichtigste ist natürlich, dass wir in Reichweite sind, wenn du uns brauchst.“

Von dem Mann, der selten viel sagte, geschweige denn etwas Zärtliches, war das praktisch eine Erklärung unerschütterlicher Hingabe. Nicht, dass ich an seiner Loyalität gezweifelt hätte, wenn man bedachte, wie enthusiastisch er meine Peiniger in der Vergangenheit bestraft hatte.

Ich lächelte ihn an. „Da ihr möglicherweise lange auf mich warten müsst, wäre es mir lieber, wenn ihr in der Zwischenzeit die Landschaft genießen könntet.“

„Ich habe *meinen* Lieblingsanblick bereits gesehen.“ Nox zog mich mit einem Grinsen an sich, um mich auf den Hals zu küssen, um meinen Lippenstift nicht zu verschmieren. Ruin nahm das als sein Stichwort, um dasselbe auf der anderen Seite zu tun, und ich hatte Glück, dass nur ein Schwindelgefühl zurückblieb und nicht zwei Knutschflecken.

Ich ging allein zum Bürogebäude und begann mit der neuen Routine meines Arbeitstages. Noch bevor ich die Poststelle betrat, überprüfte ich den Flur zum hinteren

Lieferbereich und den Lagerraum. Wie schon in den letzten Tagen fand ich ein paar dringende Pakete, die hinter anderen Dingen versteckt waren. Wer auch immer versuchte, mich auf diese Weise zu linken, hatte nicht bemerkt, dass ich ihm auf die Spur gekommen war. Oder es war ihm egal.

Vielleicht gefiel es ihnen zu wissen, dass *ich* wusste, dass jemand mich loswerden wollte.

In meiner morgendlichen Pause und mittags überprüfte ich den Lagerraum erneut. Beim zweiten Mal fand ich einen weiteren Umschlag. Ansonsten gab es keine Probleme, abgesehen von Ruperts Schimpftiraden und bösen Seitenblicken. Ich war mir immer noch nicht sicher, ob *er* nicht für die verlorenen Lieferungen verantwortlich war.

Ich kam ohne die Hilfe meiner Geistergangster durch den Tag. Alles lief glatt, bis ich von einem kurzen Toilettenbesuch zurückkam und einen bitteren Geruch wahrnahm, der vorher nicht dagewesen war.

Rupert war nirgends zu sehen. Vorsichtig ging ich in den Raum und nahm mehrere tiefe Atemzüge, bis ich beim Postwagen ankam, den ich fast fertig beladen hatte, bevor meine Blase meine Aufmerksamkeit gefordert hatte. Ich kam ruckartig zum Stehen und betrachtete fassungslos den Anblick, der sich mir bot.

Fast jeder Umschlag und jedes Paket im Wagen war mit dunklen Flecken übersät. Die Flecken schimmerten feucht, und ein bitterer Kaffeegeruch lag in der Luft.

Hatte etwa jemand eine ganze verdammte Kanne über den Wagen geschüttet?

Oh, verdammt. Einige Sekunden lang überschlugen sich meine Gedanken, bevor ich wieder klar denken konnte. Mein ganzer Körper war erstarrt, und mein Magen hatte sich zu einem festen Knoten zusammengezogen.

Zweifellos würden sie mir die Schuld geben und mir vorwerfen, ich wäre unachtsam mit meinem Kaffee gewesen und hätte dadurch eine Vielzahl wichtiger Dokumente ruiniert. Wenn Rupert zurückkam und das sah …

Dann schoss mir die Erinnerung durch den Kopf, wie ich neulich einen Schwall Kaffee auf sein Hemd spritzen lassen hatte. Ich hielt inne und atmete langsam ein und aus, während ich meine Panik unterdrückte, um einen kühlen Kopf zu bewahren.

Kaffee bestand hauptsächlich aus Wasser. Ich hatte ihn schon einmal manipuliert. War es möglich, dass ich den Wagen einfach wieder trocknen und so tun konnte, als wäre das nie passiert?

Ich hatte keine Ahnung, doch der Gedanke verschaffte mir eine so große rachsüchtige Befriedigung, dass das Summen bereits durch meine Brust hallte.

Ich starrte auf die dunkle Flüssigkeit, die die Umschläge und Pakete befleckte, und konzentrierte mich auf meinen Ärger über den Job. Wie sauer ich auf die Leute war, die versuchten, mich loszuwerden, und auf ihre hinterhältigen Methoden. Auf Nolan Gauntt, der oben in seinem riesigen, schicken Büro saß und wahrscheinlich wie verrückt darüber lachte, wie er mich ausmanövriert hatte.

Das Summen breitete sich in meinem Schädel und bis in meine Fingerspitzen aus. Ich schaute mich um und schnappte mir eine leere Plastikkiste, um die Flüssigkeit aufzufangen. Dann konzentrierte ich meine gesamte brennende Energie auf den Wagen.

Raus. Raus, drängte ich die Kaffeespritzer in meinem Geist und winkte sie mit meinen Händen herbei. Ein Hauch von Wärme breitete sich auf meiner Haut aus, als käme er von dem heißen Getränk. Braune Flüssigkeit stieg in Tropfen und dünnen Rinnsalen von dem Poststapel auf.

Ich lenkte sie zur Plastikkiste und ließ sie hineinregnen. Ein sumpfiger Geschmack kroch mir in den Mund, während ich die braune Flüssigkeit manipulierte, und mein Körper vibrierte regelrecht vor Energie.

Irgendwann schlich sich neben dem Brummen ein schwacher Schmerz in meine Muskeln. Die Rinnsale wurden dünner, bis sie kaum noch sichtbar waren. Ich strengte mich immer mehr an, entschlossen, jedes Tröpfchen aus den Paketen und Umschlägen herauszuziehen. Als es sich schließlich anfühlte, als würde ich ins Leere greifen, ließ ich meine Hände sinken. Mein Atem strömte aus mir heraus und meine Schultern sackten nach unten.

Der Boden der Plastikkiste war vollkommen von Kaffee bedeckt. Die Pakete und Umschläge im Wagen sahen aus wie neu. Das Papier mochte stellenweise etwas dunkler sein, wies aber keine erkennbaren Flecken auf. Mir konnte nichts angelastet werden.

Trotz der Erschöpfung, die ich verspürte, breitete sich ein Lächeln auf meinem Gesicht aus. Ich hatte es geschafft. Sie hatten gedacht, sie könnten mich fertigmachen, und ich hatte sie mit ihren eigenen Waffen geschlagen.

Das Gefühl des Triumphs verflog jedoch schnell. Ich trug die Kiste ins Badezimmer, um den Kaffee auszugießen und sie abzuspülen. Schließlich wäre es schwierig, zu erklären, wie der Kaffee dorthin gekommen war. Als ich zurückkam, war meine Stimmung gedämpft.

Diesmal hatte ich meine Feinde besiegt. Was würden sie wohl als Nächstes versuchen? Es war reines Glück gewesen, dass ich ihren Versuch mit meinen Kräften hatte vereiteln können. Was, wenn sie nächstes Mal Pakete mit Kokainstaub oder Marmeladenfingerabdrücken beschmierten? Dagegen könnte ich nichts tun. Je länger ich wartete, desto größer war die Wahrscheinlichkeit, dass ich aus dem Gebäude verbannt wurde und jeglichen Zugang verlor, den ich jetzt hatte.

Ich blickte an die Decke und stellte mir vor, wie der Big

Boss in seinem Büro Pläne schmiedete. Eine Welle trotziger Entschlossenheit durchströmte mich.

Er schikanierte mich und versuchte, mich *hinauszudrängen*, weil er dachte, er könnte damit durchkommen. Ich war mir nicht sicher, ob ich noch viel herausfinden konnte, wenn ich hier weiterarbeitete. Wir hatten alles aus seinem Büro mitgenommen, was wir gefunden hatten. Das war weder besonders viel gewesen noch würde es uns helfen, die Oberhand zu gewinnen. Doch ich hatte meine eigenen Methoden, um Leute einzuschüchtern.

Ich konnte mich später dafür rächen, was er Marisol angetan hatte. Im Moment wollte ich nur, dass er sich von uns fernhielt. Nolan Gauntt mochte zwar ein mächtiger Geschäftsmann sein, aber er hatte es noch nie mit jemandem wie mir zu tun gehabt. Ich musste ihn so terrorisieren, dass er zu der Überzeugung kam, dass es besser war, sich von mir fernzuhalten, als mich weiter zu belästigen.

Meine Entscheidung verfestigte sich, als ich den Wagen mit der frisch gereinigten Post über den Flur schob. Den Jungs würde dieser Plan nicht gefallen. Sie würden wollen, dass ich sie hinzuzog, damit sie das Terrorisieren übernehmen konnten. Doch sie hatten sich schon viel zu sehr für mich eingesetzt, und ich hatte sie im Gegenzug in noch größere Gefahr gebracht. Ich konnte das selbst regeln, so wie ich es bei Peyton und Wade getan hatte.

Es war mein Problem, und ich war stark genug, es allein zu lösen.

Nun, zumindest größtenteils allein. Es gab immer noch einen exklusiven Aufzug für Führungskräfte zwischen mir und dem Big Boss. Auch wenn ich den Code jetzt kannte, konnte ich nicht einfach einsteigen. Nachdem ich den leeren Wagen in der Poststelle abgestellt hatte, schickte ich meinem Kollegen und Komplizen eine kurze Nachricht.

Ich komme in dein Stockwerk. Ich muss in den

Spezialaufzug. Kannst du die Sekretärin der Assistenten ablenken, wenn du mich siehst?

Nach nicht einmal einer Minute erhielt ich eine Antwort. *Natürlich. Was hast du vor? Ich kann dir helfen.*

Ich schaffe das allein, schrieb ich zurück. *Du musst mich nur reinbringen.*

Kai widersprach nicht. Als ich im fünfzehnten Stock ankam, lagen meine Nerven blank und ich empfand eine Mischung aus Besorgnis, Vorfreude und gerechtem Zorn.

Ich ging auf den Aufzug zu, als würde ich das jeden Tag tun. Aus dem Augenwinkel sah ich, wie Kai zum Schreibtisch der Sekretärin ging. Er redete leise und eindringlich auf sie ein, bis sie von ihrem Schreibtisch aufsprang und mit ihm in einen anderen Teil des Raumes eilte.

Statt nachzusehen, wohin sie gegangen waren, tippte ich rasch den Code ein und stürmte durch die Türen, sobald sie sich öffneten.

„Hey!", sagte jemand hinter mir – vielleicht nicht einmal zu mir, aber ich wollte nichts riskieren. Rasch drückte ich den Knopf für die oberste Etage und atmete erst wieder auf, als sich die Türen geschlossen hatten und die Kabine nach oben fuhr.

Nachdem ich ausgestiegen war, hatte ich natürlich ein weiteres Problem, das ich in meinem plötzlichen Anflug von Entschlossenheit nicht bedacht hatte. Nolans Assistentin saß an ihrem Schreibtisch und bewachte die Bürotür des Chefs.

Da ich keine cleveren Tricks auf Lager hatte, beschloss ich, zu sehen, wie weit mich meine Tapferkeit bringen würde. Ich marschierte mit so viel Autorität wie möglich auf ihn zu. „Ich muss mit Mr. Gauntt sprechen. *Sofort.*"

Der Assistent blinzelte mich an, als hätte ich zwei Köpfe – die beide mit Hundescheiße beschmiert waren. „Wer sind Sie?", fragte er verächtlich. „*Falls* Sie ein Anliegen haben, das Mr. Gauntt betrifft, ist eine rechtzeitige Voranmeldung erforderlich. Und ich fürchte …“

Ich würde nie erfahren, welchen herablassenden Kommentar er als Nächstes von sich geben würde, denn genau in diesem Moment schwang die Bürotür auf.

Ich reagierte, ohne nachzudenken. Mit einem Adrenalinstoß stürmte ich an der Frau vorbei, die gerade das Büro verließ, und an Nolan vorbei, der auf der anderen Seite der Tür stand, um seinen Gast hinauszubegleiten. Mit erhobenem Kinn drehte ich mich zu ihm um. „Wir müssen reden“, verkündete ich mit fester Stimme.

„Es tut mir so leid, Mr. Gauntt“, hörte ich die Stimme des Assistenten von draußen, der sich beeilte, mir zu folgen.

Nolan stand in der Tür und bedachte mich mit einem abschätzigen Blick. Seine Haltung ließ ihn drei Meter größer erscheinen, obwohl es eher zwanzig Zentimeter waren. „Ist schon in Ordnung“, sagte er zu seinem Assistenten. „Ich bin sicher, dass Miss Strom nur hier ist, um unser Gespräch von letzter Woche weiterzuführen. Es wird nicht lange dauern.“

Dessen schien er sich ziemlich sicher zu sein.

Die Zuversicht, mit der er die Tür schloss und sich mir zuwandte, verunsicherte mich und machte mich wütend zugleich. Ich beherrschte meine Wut und schürte die Flammen in mir, bis das Summen meiner übernatürlichen Energie zu einem Brüllen anschwoll.

„Nein, es wird definitiv *nicht* lange dauern“, bestätigte ich, bevor er noch etwas sagen konnte. „Ich bin nur hier, um Ihnen mitzuteilen, dass Sie meine Schwester und mich ab jetzt besser in Ruhe lassen sollten. Außerdem sollten Sie und alle, die für Sie arbeiten, sich von meinem Zuhause fernhalten.“ Ich hoffte, dass er mich nicht zu unserer neuen Wohnung verfolgen konnte, doch ich traute ihm alles zu.

Nolan musterte mich einen Moment lang ohne Anzeichen von Besorgnis und entfernte sich weiter von der

Bürotür. „Wie kommen Sie darauf, dass ich etwas mit Ihnen und Ihrer Schwester zu tun haben will?"

Ich folgte ihm. „Vor sieben Jahren schienen Sie sehr an ihr interessiert zu sein. Das wird sich nicht wiederholen."

Er drehte sich wieder auf dem Absatz um und sah mich durchdringend an. „Und was genau habe ich damals getan? Sie wissen doch gar nicht, ob ich überhaupt etwas getan habe, oder? Außer mich mit ihr zu unterhalten, und das ist kein Verbrechen."

„Es war mehr als nur ein verdammtes Gespräch", fuhr ich ihn an. Offensichtlich wusste er, dass ich mich nicht erinnerte – ob aufgrund seiner Beobachtungen in letzter Zeit oder weil er Zugang zu meinen Unterlagen aus der Klinik hatte oder wer weiß wie. Und jetzt spielte er den Unschuldigen?

Nolan zuckte mit den Schultern. „Das klingt furchtbar vage. Mit haltlosen Anschuldigungen kann man sich eine Menge Ärger einhandeln, wissen Sie."

Wollte er mir etwa drohen? Ich biss die Zähne zusammen und beschloss, dass wir genug geredet hatten. Er würde nie etwas zugeben. Und deshalb war ich auch nicht hergekommen. Ich musste ihm zeigen, wie viel Ärger er bekommen würde, wenn er meine Leute und mich nicht in Ruhe ließ.

Meine Sinne kribbelten, und ich konnte das Wasser förmlich spüren, das um mich herum durch das Gebäude floss. Im Boden und in der Wand verlief ein Rohr. Ich konzentrierte mich auf die private Toilette direkt neben Nolans Büro und versuchte, einen Wasserstrahl heraufzubeschwören, der durch die Rohre schoss. Meine Haut kribbelte.

„Mir ist egal, welche Ausreden Sie vorbringen", sagte ich leise und mit Nachdruck. „Wenn Sie uns nicht in Ruhe lassen, werden Sie es bereuen."

Bei den letzten vier Worten setzte ich den Druck frei, den ich in die Badezimmerarmaturen gepresst hatte. Wasser schoss aus dem Waschbeckenhahn, dem Duschkopf und dem Spülkasten und prallte so heftig gegen die Tür, dass sie aufsprang.

Die Welle riss Nolan von den Füßen. Er landete auf seinem Hintern, gerade als eine zweite Welle aufkam. Ich wartete auf seine Reaktion, während ich das Wasser bereithielt und ein berauschender Rhythmus durch meine Adern pulsierte.

Nolan wischte sich das Gesicht ab und schaute auf den Teppich um sich herum, der durchnässt und voller Pfützen war, wo das Wasser noch nicht ganz aufgesogen war. Seine Augen waren weit aufgerissen und sein Mund stand offen. Ein weiteres Zucken ließ seine Hand zittern, diesmal bis in den Arm hinauf. Doch dann verzog sich sein Mund zu … einem Grinsen?

Mit einem rauen Schmunzeln stand er auf, wobei er sich nicht daran zu stören schien, dass sein durchnässter Anzug an seinem breiten Körper klebte. Er strich sich erneut das Haar aus dem Gesicht und sah mir in die Augen, immer noch mit diesem scharfen Lächeln.

„Nun", sagte er, „das *ist* interessant. Da steckt sicher eine Geschichte dahinter. Ich nehme an, dass Ihr Stiefvater deshalb so durch den Wind war. Ich dachte, er wäre einfach hysterisch. Für mich war es trotzdem von Vorteil. Niemand hat sich gefragt, warum Sie so lange unter medizinischer Aufsicht festgehalten wurden, ohne dass eindeutige Symptome vorlagen."

Mir rutschte das Herz in die Hose. Nolan wirkte kein bisschen verängstigt oder eingeschüchtert. Wie konnte er so gleichgültig sein, wenn ich Wasser mit der Kraft meiner Gedanken herumschleuderte? Und …

Meine Stimme klang angespannt. „Wollen Sie damit

sagen, dass *Sie* dafür gesorgt haben, dass ich so lange nicht aus der Klinik entlassen wurde?" Jedes Mal, wenn ich gefragt hatte, warum ich so lange dortbleiben musste, hatte das Personal mir schnell versichert, dass sie nur mein Bestes und eine reibungslose Genesung im Sinn hätten …

Hatte er sie bestochen, um mich aus dem Weg zu räumen?

„Ich sage gar nichts." Nolan drückte etwas Wasser aus seiner Krawatte. „Dachten Sie, dass mich diese alberne Show einschüchtern würde? Ich habe schon mit viel schwierigeren Angelegenheiten zu kämpfen gehabt, als ein wenig nass zu werden. Das ist einfach nur lächerlich. Ich gebe Ihnen zehn Sekunden, um mein Büro zu verlassen, und eine weitere Minute, um für immer aus diesem Gebäude zu verschwinden. Sonst können Sie sich sicher sein, dass Sie das nächste Mal nicht mehr zurückkommen, wenn die Polizei Sie abführt."

Ich wusste nicht, ob er seine Drohung wahrmachen konnte oder ob er bluffte, doch er sah nicht im Geringsten besorgt aus. Und ich hatte kein Ass mehr im Ärmel. Meine Gedanken schweiften verwirrt umher, und meine Nerven lagen blank vor Panik.

Wenn er tatsächlich so viele Autoritäten in der Tasche hatte, würde ich jede Chance verlieren, Marisol zu helfen. Nichts war dieses Risiko wert.

Also ergriff ich die Flucht. Ich wirbelte herum, rannte zur Tür, drückte auf den Aufzugsknopf und hörte nichts als das Rasen meines Pulses, als ich in den fünfzehnten Stock fuhr. Ich wagte es nicht, stehen zu bleiben, um mit Kai zu sprechen. Stattdessen ging ich einfach weiter zum anderen Aufzug und lief in der Kabine auf und ab, während sie mich ins Erdgeschoss brachte. Auf der Straße stieß ich einen langen, rauen Atemzug aus und presste meine Hände auf mein Gesicht.

Ich hatte verloren. Ich hatte dem Drachen mit etwas gegenübergestanden, das ich für ein unschlagbares verzaubertes Schwert gehalten hatte, und er hatte es in zwei Hälften zerbissen und mich mit brennendem Hintern davonkrabbeln lassen.

Jetzt wusste Nolan zweifelsohne, warum ich bei Thrivewell angefangen hatte. Er wusste, wie weit ich bereit war, zu gehen. Wie lange würde es dauern, bis er beschloss, dass es nicht reichte, mich zu feuern?

zweiundzwanzig

Lily

„D u hättest da nicht allein reingehen sollen", sagte Nox zum ungefähr tausendsten Mal, während er das Lenkrad umklammerte. Er hatte darauf bestanden, Fred 2.0 zu fahren, nachdem die Jungs gesehen hatten, wie mitgenommen ich von meiner Konfrontation mit Nolan war.

„Klar", erwiderte ich. „Weil drei Gangster, die in das Gebäude stürmen, absolut keine Aufmerksamkeit erregt und einen Haufen Sicherheitskräfte auf den Plan gerufen hätten. Ihr hättet es wahrscheinlich nicht einmal durch das Erdgeschoss geschafft."

„Es wäre einen Versuch wert gewesen", brummte Jett hinter mir.

„Wir hätten diesem Arschloch eine Lektion erteilt", stimmte Ruin zu und schlug auf Nox' Rückenlehne ein.

„Ich weiß nicht." Ich sank tiefer in meinen Sitz und

knabberte an meiner Unterlippe. Hätte Nolan Gauntt es mit der Angst zu tun bekommen, wenn meine Jungs ihn mit ihren elektrischen Kräften angegriffen hätten? Ich nehme an, das wäre schmerzhafter gewesen als der Wasserstrahl, den ich ihm verpasst hatte. Allerdings konnte ich mir nur zu gut vorstellen, wie er mit versengter Haut und qualmenden Haaren auf dem Boden lag und dabei immer noch sein unbeeindrucktes Grinsen im Gesicht hatte.

Mir lief ein Schauer über den Rücken. „Ich bin auf jeden Fall raus", sagte ich. „Und *wieder* auf Jobsuche. Zumindest gibt es hier in der Stadt mehr Auswahl." Ich rieb mir mit der Hand über das Gesicht. „Kai ist immer noch bei Thrivewell. Möglicherweise ziehen sich die Gauntts zurück, jetzt, wo ich nicht mehr herumschnüffle, doch wenn nicht, kann er weiterspionieren."

Ich war mir nicht sicher, inwiefern wir das für uns nutzen konnten. Den Mann zu verprügeln, erschien mir ziemlich riskant. Was, wenn ihn das nicht einschüchtern würde? Ein solcher Schritt könnte nach hinten losgehen und die Jungs – und womöglich auch mich – hinter Gitter bringen.

Nolan war viel zu ruhig gewesen. Was war ihm wohl durch den Kopf gegangen? Er war offensichtlich nicht bei mir zu Hause gewesen, als ich meine Kräfte freigesetzt hatte, denn er war definitiv überrascht gewesen. Doch er war nicht so vor Entsetzen erstarrt wie Wade.

Vielleicht war es auch naiv von mir zu glauben, dass der CEO von Thrivewell Enterprises sich so leicht einschüchtern lassen würde wie mein tyrannischer Stiefvater.

„Das stimmt", sagte Ruin immer noch munter. „Und diese Tatsachen werden wir nutzen, um ihn in kleine Stücke zu hacken."

Könnte es so einfach sein, den Kerl einfach komplett auszuschalten? Ich war nicht gerade eine Befürworterin von Mord und hatte die Jungs bei verschiedenen Gelegenheiten davon *abgehalten*, Menschen umzubringen, doch wenn Nolan eine Bedrohung für die Gesellschaft oder zumindest für Marisol darstellte … Wäre es dann nicht besser, ihn vom Spielbrett zu entfernen?

Ich konnte mir nicht vorstellen, dass es so einfach sein würde. Bestimmt war er jetzt noch vorsichtiger als zuvor. Er informierte sich bereits über Sicherheitsfirmen. Und wer wusste schon, wie viele andere Personen in seiner Familie oder im Unternehmen in die Sache verwickelt waren und uns nachstellen würden, selbst wenn es uns gelang, Nolan auszuschalten?

Ich schüttelte mich und schloss die Augen. Mein Kopf drehte sich, und meine Gedanken schwirrten, ohne dass ich Antworten fand. Ich brauchte eine Pause. Vielleicht würde mir dann eine Lösung einfallen, um dieses Problem anzugehen.

Die letzten Gebäude von Mayfield verschwanden, als wir durch das kurze Stück Land zwischen Mayfield und Lovell Rise fuhren. Ruin drückte meine Schulter. Ich lächelte ihn dankbar an, auch wenn die liebevolle Geste nichts besser machte. In diesem Moment klingelte mein Handy.

Mein Herz setzte einen Schlag aus, obwohl ich keinen Grund hatte anzunehmen, dass es bei dem Anruf um etwas Schlimmes ging. Ich zog mein Telefon heraus und hielt es an mein Ohr. „Hallo?"

„Hallo, Miss Strom?", meldete sich eine Frau. Es dauerte eine Sekunde, bis ich ihre schneidende Stimme in der Kombination mit dem Firmennamen auf meinem Display zuordnen konnte. Es war die Maklerin, die uns die neue Wohnung gezeigt hatte.

„Ja?", fragte ich vorsichtig. Musste ich noch etwas unterschreiben? Oh Gott, sie wusste doch wohl nicht schon, dass ich meinen Job verloren hatte, oder?

Die Anspannung in der Stimme der Frau versetzte mich

in Alarmbereitschaft. „Es gibt ein Problem mit der Wohnung in der Kastle Street. Wir hoffen, dass Sie die Situation aufklären können. Ist es Ihnen möglich, heute Nachmittag vorbeizukommen?"

„Ich kann sofort kommen", sagte ich und gestikulierte wild vor Nox herum, der mich verwirrt ansah. Ich wusste nicht, wie ich meine Anweisungen in Gebärdensprache übermitteln sollte. „Was gibt es denn für ein Problem?" Mir war flau im Magen. Bestimmt war Nolan Gauntt sauer auf mich, weil ich mich mit ihm angelegt hatte. Sicherlich hatte er von der Wohnung erfahren und mir jetzt Steine in den Weg gelegt ...

„Ich glaube, das sollten Sie sich selbst ansehen", antwortete die Maklerin, was mein Unbehagen noch verstärkte. „Wie schnell können Sie hier sein?"

„Ähm, in zwanzig Minuten? Ich beeile mich."

Ich legte auf und gestikulierte wieder mit meinem Arm vor Nox herum. „Wir müssen zurück in die Stadt. Zur neuen Wohnung. Irgendetwas ist schiefgelaufen."

„Was?", knurrte er. Der Anführer der Schädelbrecher fletschte die Zähne und machte eine so abrupte Kehrtwende, dass die Reifen quietschten und ein Hupkonzert hinter uns ertönte. Und schon waren wir auf dem Weg zurück in die Stadt.

„Ich habe keine Ahnung", antwortete ich, während er das Gaspedal so fest durchdrückte, dass der Motor aufheulte. „Die Maklerin meinte, ich sollte es mir ansehen. Wir sollten es trotzdem nicht riskieren, wegen zu schnellen Fahrens angehalten zu werden, bevor wir das Gebäude überhaupt erreichen."

„Die Bullen können unsere Abgase einatmen", murmelte Nox, ging aber ein wenig vom Gas, sodass mir das Herz nicht mehr bis zum Hals schlug.

Ich schrieb Kai, der noch im Büro war, eine Nachricht,

um ihn über unseren unerwarteten Umweg zu informieren. Er antwortete, dass er sich krank melden und sofort kommen würde.

Das ist wirklich nicht nötig, schrieb ich schnell zurück, doch er war anscheinend bereits damit beschäftigt, seine Krankheitsshow abzuziehen, und las die Nachricht nicht einmal.

Als wir in die Straße einbogen, in der sich das Wohnhaus befand, erwartete ich noch nicht, etwas Schockierendes zu sehen. Ich nahm an, dass es nur um meine Wohnung ging. Doch als die Backsteinmauern in Sicht kamen, verkrampfte sich mein Magen. „Oh, verdammt."

Die vergitterten Fenster im gesamten Erdgeschoss waren eingeschlagen worden. Jemand hatte sich tatsächlich die Mühe gemacht, die schmiedeeisernen Schutzvorrichtungen zu umgehen. Ein paar Glassplitter glitzerten noch auf dem Gehweg. Die Eingangstür war aus den Angeln gerissen worden und lehnte neben dem Rahmen. Die Stahloberfläche war verbeult, als wäre ein Rammbock mit voller Wucht dagegen geprallt.

Jett stieß einen Pfiff aus, der fast ebenso beeindruckt wie entsetzt klang.

„Wenn sie so leicht kaputtgehen … ist es wahrscheinlich besser, dass sie ersetzt werden müssen, oder?" Ausnahmsweise hatte sogar Ruin Schwierigkeiten, das Positive an dieser Situation zu sehen. „Wer zum Teufel hat das getan?"

Es sah nicht nach Gauntts Stil aus. Wir parkten ein paar Autolängen vom Gebäude entfernt und stiegen vorsichtig aus.

Sobald ich die Autotür hinter mir zugeschlagen hatte, kam die Maklerin aus dem Eingangsbereich. Sie blickte von mir zu den drei Männern, die mich flankierten, und schürzte die Lippen, wobei sofort Ärger in mir aufstieg.

„Was zum Teufel ist hier passiert?", fragte ich mit einer Armbewegung in Richtung der Zerstörung.

Die Lippen der Frau schürzten sich noch mehr.

„Das Gebäude wurde vor ein paar Stunden verwüstet und verunstaltet", erklärte sie steif. „Da die einzige Wohnung, die speziell ins Visier genommen wurde, die ist, in die Sie in Kürze einziehen wollen, muss ich davon ausgehen, dass es etwas mit Ihren … Verbindungen zu tun hat."

Ihr Blick schweifte wieder zu den Jungs. Durch die extremen Haarfarben und ihre Kapuzenpullis und Jeans, die so weit waren, dass man eine Pistole darin verstecken konnte, sahen sie immer mehr wie Gangster aus, seit sie die neuen Körper in Besitz genommen hatten. Sie hatte Jetts Motorrad gesehen, als er mich neulich begleitet hatte, um die Wohnung zu besichtigen.

Sie dachte doch nicht, dass meine Jungs das getan hatten, oder? Das ergab keinen Sinn!

Doch es konnte nichts mit meinem Gespräch mit Nolan Gauntt zu tun haben. Sie hatte gesagt, dass es vor ein paar Stunden passiert war, und ich hatte sein Büro erst vor etwa einer Stunde verlassen. Er mochte ein übermächtiger Konzernmagnat sein, aber nicht einmal er konnte in der Zeit zurückreisen, um sich an meiner zukünftigen Wohnung zu vergreifen.

Also wer hatte das getan? Und warum hatten sie es auf meine Wohnung abgesehen?

Auch wenn sie mir natürlich noch nicht wirklich gehörte.

„Ich weiß nicht, wer dafür verantwortlich sein könnte", erklärte ich mit neuer Zuversicht. „Ich wohne noch nicht einmal hier. Wahrscheinlich hat es etwas mit den Vormietern zu tun."

Die Maklerin warf mir einen vernichtenden Blick zu. „Die Vormieterin war eine neunzigjährige Frau, die die Wohnung nur verließ, um dienstags Bingo spielen zu gehen."

„Das hat nichts zu sagen", meldete sich Nox zu Wort. „Beim Bingo kann es ziemlich heftig zugehen."

Die Maklerin sah ihn finster an, und ich saugte meine Unterlippe zwischen die Zähne. Während ich nach einem Alternativvorschlag suchte, bedeutete sie mir, ihr ins Gebäude zu folgen. „Sehen Sie sich die Nachricht an, die hinterlassen wurde."

Nachricht? Mit einem mulmigen Gefühl im Bauch trat ich in den Flur. Trotz der Zerstörung an der Fassade des Gebäudes schien drinnen tatsächlich kein Schaden angerichtet worden zu sein. Zumindest nicht, bis wir in den dritten Stock kamen, wo der chemische Geruch von Sprühfarbe in der Luft hing.

Noch bevor wir die Eckwohnung betraten, die meine werden sollte, wurde mir klar, warum. Zwei Knochen, die ein X bildeten, wie der untere Teil einer Totenkopfflagge, waren mit schwarzer Farbe an die Tür gesprüht. Meiner Meinung nach war das zwar besser als der Schwanz an der Tür des Lebensmittelladens, aber nicht viel.

„Das waren nicht dieselben Typen", murmelte Jett, der vermutlich an denselben Vorfall dachte wie ich. Mit seinem Künstlerblick sollte er es wissen. Die Knochen sahen definitiv gekonnter gezeichnet aus als die unbeholfenen Schmierereien.

Die Maklerin warf ihm einen strengen Blick zu, als hätte er gerade ein Geständnis abgelegt. Dann stieß sie die Tür auf. Das Schloss war kaputt und die Scharniere quietschten, als würden sie jeden Moment nachgeben.

Auch die Wände der gesamten Wohnung waren mit gekreuzten Knochen besprüht, die sich deutlich vom weißen Anstrich und den Fensterscheiben abhoben. Sogar der Boden war besprüht worden. Außerdem waren dort Pfützen, die einen üblen Geruch verströmten, bei dem mir sofort übel wurde.

Es stank nach Urin.

Im Badezimmer hatten die Eindringlinge auch die Badewanne markiert, und das Waschbecken war zerschlagen worden und lag nun in mehreren Teilen auf den Fliesen.

Mit einem mulmigen Gefühl im Bauch betrat ich das Hauptschlafzimmer. Auf dem Boden war noch mehr Pisse, und auch hier waren die Wände mit Knochen besprüht … Zwischen den unvollständigen Piratengrafiken befanden sich Buchstaben in roter Farbe.

Das hatte die Maklerin mit der Nachricht gemeint.

Das Corps hat die Schädelbrecher erledigt. Euch werden wir auch erledigen.

Nox trat neben mich und stieß eine Reihe heftiger Flüche aus, bei denen die Maklerin zusammenzuckte. Dann dämmerte es mir.

Das X aus Knochen – das musste das Erkennungszeichen des Skeleton Corps sein. Vermutlich hatten sie bemerkt, dass die Jungs mit mir hierhergekommen waren. Oder vielleicht dachten sie, ich würde auch zur Bande gehören, womit sie nicht ganz falschlagen. Also hatten sie beschlossen, eine Botschaft zu senden.

Jetzt wussten wir mit Sicherheit, wer die Schädelbrecher umgebracht hatte. Das Hochgefühl angesichts dieser Erkenntnis blieb jedoch aus.

Es dauerte einen Moment, bis mir klar wurde, dass die Maklerin mit mir sprach. Ihre Stimme klang noch schärfer als zuvor, fast schon panisch. „Wie Sie sehen, haben Sie anscheinend die Aufmerksamkeit einiger … zwielichtiger Gestalten auf unser Haus gelenkt. Es gibt Standards, die eingehalten werden müssen, und auch die Sicherheit der anderen Mieter ist uns ein großes Anliegen. Ich kann Ihnen Ihre Kaution zurückgeben und …"

Panik überkam mich wie ein eisiger Schauer. Ich hatte

meinen Job verloren und jetzt versuchte sie, uns mein neues Zuhause – Marisols neues Zuhause – wegzunehmen.

„Nein“, platzte es aus mir heraus, und es kostete mich große Anstrengung, die Fassung zu bewahren. „Nein, ich … Das wird nicht wieder vorkommen.“

Kais ruhige Stimme ertönte aus dem Wohnzimmer. „Lily und Sie sind Opfer eines Verbrechens geworden“, sagte er und ging zu der Maklerin hinüber. „Es ist höchst unangemessen, ihr die Schuld zu geben, anstatt zu versuchen, die eigentlichen Täter zu finden.“

Die Maklerin erschrak und fragte sich wahrscheinlich, woher er kam. Er war überraschend schnell hergekommen. Ich fragte mich, ob seine Reifen noch Profil hatten.

Während sie zögerte, mischte sich Nox mit einem Knacken seiner Fingerknöchel ein. „Wir kümmern uns um die Reinigung und Instandsetzung dieser Wohnung“, verkündete er bestimmt. „Die Wohnung, die Fenster und die Eingangstür. Die Verwaltungsgesellschaft muss keinen Finger rühren. Solange Lily ihren Mietvertrag behalten kann.“

Kai nickte. „Überlassen Sie das uns. Wenn Sie mit den Reparaturen einverstanden sind, bevor Lily einzieht, kann sie die Wohnung behalten. Das ist doch ein fairer Deal, oder? Außerdem wird es nicht einfach sein, die Wohnung an jemand anderen zu vermieten, wenn sich herumspricht, dass das Gebäude zur Zielscheibe für Vandalismus geworden ist.“

„Die Leute, die dafür verantwortlich sind, werden diesen Fehler nicht noch einmal machen“, versprach Jett düster.

Ruin nickte eifrig. „Darum können wir uns auch kümmern. Verdammt, ja.“

Der Blick der Maklerin glitt von einem zum anderen. Ihre Miene war hoffnungsvoll und erschrocken zugleich. Als ihr Blick auf mich fiel, rang ich mir ein gequältes Lächeln ab. „Bitte? Geben Sie mir – geben Sie uns – eine Chance.“

Sie atmete hastig aus. „Ich muss das mit dem Büro

abklären, aber ich denke, ich kann Ihnen ein paar Tage geben, um zu beweisen, dass Sie die Angelegenheit in Ordnung bringen können – und dass es keinen weiteren Vorfall wie diesen geben wird. Falls es noch einmal Probleme geben sollte …"

Ich hob die Hände. „Natürlich. Das verstehe ich vollkommen."

Mit einem weiteren Seufzer führte sie uns aus der Wohnung. Obwohl sie der Abmachung zögerlich zugestimmt hatte, war mir immer noch flau im Magen, als hätte ich einen Spülstein verschluckt.

Ich vermutete, dass der einzige Grund für ihre Zustimmung, Kais Argument war, dass es schwierig sein würde, einen neuen Mieter zu finden. Das war allerdings nur von Bedeutung, wenn meine Anwesenheit die bereits vorhandenen Mieter nicht vergraulte. Konnten wir das alles wirklich in nur wenigen Tagen in Ordnung bringen?

Und konnten die Jungs das Skeleton Corps ausschalten, bevor sie zurückkamen, um ihr Versprechen wahrzumachen?

dreiundzwanzig

Jett

Von all den Dingen, die ich nie wissen wollte, stand die Frage, wie man Urin von Hartholz entfernte, definitiv ganz oben auf der Liste. Ich rümpfte die Nase, als ich mit dem Lappen ein letztes Mal über die Bretter wischte, bevor ich sie musterte.

Zum Glück waren sie schon ziemlich abgenutzt gewesen, bevor das Skeleton Corps hier gewütet hatte. Die Stelle sah nicht stärker abgenutzt aus als der Rest des Bodens. Und es stank nicht mehr.

Der Lappen hingegen …

Ich warf ihn in den offenen Müllsack, der im Wohnzimmer stand, und schaute mich um. Nox war gerade dabei, die Scharniere an der neuen Tür zu befestigen. So wie es aussah, war sie für eine Militärbasis mit maximalen Sicherheitsvorkehrungen und nicht für ein gewöhnliches

Wohnhaus gedacht, doch ich würde mich nicht beschweren, wenn den Mistkerlen ein erneuter Einbruch dadurch schwerer fallen würde.

Mit meiner Fähigkeit, Farben zu verändern, hatte ich es geschafft, das Bandengraffiti im Wohnzimmer und in einem der Schlafzimmer zu entfernen. Danach war meine geisterhafte Energie erschöpft gewesen. Ruin strich die Wände im zweiten Schlafzimmer mit einer Schicht weißer Farbe und pfiff dabei eine fröhliche Melodie wie in einem verdammten Disney-Film. Durch die Tür des dritten Schlafzimmers konnte ich Lily sehen, wo sie mit deutlich weniger Begeisterung ebenfalls eine der beschmierten Wände strich. Kai war nach unten gegangen, um den Austausch der zerbrochenen Fenster im ersten Stock zu beaufsichtigen.

Auch wenn wir heute schon verdammt viel geschafft hatten, waren wir noch lange nicht fertig. Selbst wenn wir die Fenster öffneten, damit die kühle Abendbrise hereinwehte, könnten wir erst morgen eine zweite Farbschicht auftragen, um die letzten Spuren der Schmierereien zu überdecken. Das Waschbecken im Badezimmer bestand immer noch aus mehreren Teilen. Und Kai arbeitete an der besten Lösung für eine Sicherheitstür für das gesamte Gebäude, was die Beschaffung neuer Schlüssel für alle Mieter erforderte.

Tatsächlich hätte sich die Hausverwaltung bei uns für die Renovierungsarbeiten *bedanken* sollen, die wir in ihrem Auftrag durchführten.

Die Fensterleute schienen fertig zu sein, denn Kai kam in die Wohnung gestürmt. Er betrachtete den Raum durch seine Brille, als würde er nach Hinweisen auf einen Mord suchen.

„Sobald ihr fertig seid, sollten wir aufbrechen", verkündete er mit einem Nicken zu den Fenstern, hinter denen sich die Dunkelheit verdichtete. „Wir müssen so schnell wie möglich Verstärkung zusammentrommeln, wenn wir uns dem Skeleton Corps stellen wollen. Und wir sollten ihre Aufmerksamkeit auf unser neues Hauptquartier lenken, damit sie uns dort angreifen und nicht hier."

„Ja zu beidem." Nox trat von der Tür weg und rieb sich zufrieden die Hände. Dann warf er Lily einen Blick zu, die mit dem Streichen fertig war und gerade aus ihrem Zimmer kam. „Jemand muss bei Lily bleiben. Nach dieser Aktion können wir sie auf keinen Fall allein lassen."

„Sie scheinen nichts von meiner Wohnung in Lovell Rise zu wissen", warf Lily ein. Nox war dorthin gefahren, um sich zu vergewissern, dass sie nicht dasselbe Schicksal ereilt hatte wie die neue Wohnung. „Ich denke, ich bin dort in Sicherheit."

Nox stieß ein verächtliches Schnauben aus. „In unseren ersten Leben haben sie uns bis nach Lovell Rise verfolgt. Wenn sie uns mit dieser Wohnung in Verbindung bringen konnten, müssen wir davon ausgehen, dass sie auch wissen, wo wir seit Wochen schlafen. Und deine Wohnungstür ist ein Witz." Er tätschelte die neue Tür, die er eingebaut hatte. „Ich denke, du solltest mit einem von uns hierbleiben."

Es war eine verrückte Vorstellung, dass eine Wohnung, in die gerade eingebrochen worden war, unsere sicherste Option war, doch ich musste ihm zustimmen. Ich sah Ruin an, der seinen Pinsel beiseitelegte und erwartete, dass er sich freiwillig für den Schutzdienst melden würde, doch Kai kam ihm zuvor. „Jett sollte hierbleiben."

Ich schaute ihn überrascht an. „Was? Warum?"

Der Besserwisser starrte mich finster an, als wäre er beleidigt, dass ich seine Anweisung infrage stellte. „Nox' und Ruins übernatürliche Fähigkeiten werden uns dabei helfen, den anderen Gangs zu zeigen, wer die neuen Bosse in der Stadt sind. Ich glaube nicht, dass eine Umgestaltung die gleiche Wirkung haben wird."

„*Du* hast noch nicht herausgefunden, was deine Superkraft ist", gab ich zu bedenken.

Nox schnaubte. „Kai weiß, wie man Menschen zu fast allem überreden kann und wie man diejenigen erkennt, die er nicht überzeugen kann. Das ist für diese Mission nicht zu übertreffen."

Ich öffnete den Mund und schloss ihn wieder. Lily beobachtete mich mit ernster Miene. Vielleicht fragte sie sich, warum ich so viel protestierte.

Bis zu einem gewissen Grad war es eine Frage der Ehre. Außerdem bedeutete es, dass ich die Nacht mit ihr allein verbringen würde, und es gab zu viele Dinge, die ich wollte und die an den Rändern meines Geistes nagten, auch ohne dass ich mir erlaubte, darüber nachzudenken.

„Wir haben hier nichts", sagte ich schließlich. „All unsere Sachen sind in der anderen Wohnung."

Nox deutete mit dem Daumen auf die winzige Küche. „Das Essen, das wir besorgt haben, ist hier. Ihr werdet nicht verhungern. Und in dem einen Schlafzimmer ist ein Schrankbett. Ich bin sicher, ihr werdet klarkommen." Er grinste mich an, als wüsste *er* genau, welche Bedürfnisse ich zu unterdrücken versuchte.

„Ich habe eine Rettungsdecke im Kofferraum", sagte Lily leise. „Für eine Nacht sollte das gehen."

An ihrer Stimme konnte ich erkennen, dass sie bereits erschöpft war. Das wäre nur logisch. Sie hatte ihre gesamte Energie gegen diesen Widerling Nolan Gauntt eingesetzt, der sie nur ausgelacht hatte. Dann hatte sie den Rest des Tages damit verbracht, Pisse aufzuwischen und Graffiti zu übermalen, weil sie fürchtete, ihr neues Zuhause zu verlieren.

Das Letzte, was ich wollte, war, diese Situation für sie noch schwieriger zu machen, als sie es ohnehin schon war.

Ich zuckte mit den Schultern. „Okay. Ich bin das schwächste Glied. Was soll's."

Ruin lachte und stieß mich mit seiner Schulter an. „Du bist nicht schwach. Du wirst es jedem zeigen, der Lily etwas antun will. Und hey, Pyjamaparty!" Er deutete mit dem Finger auf Kai. „Nächstes Mal bin ich dran."

„Wir werden sehen, wie hilfreich es ist, wenn du Angst auf diese Trottel überträgst", sagte Nox. „Okay, lasst uns aufbrechen. Ich wette, die Jungs des Skeleton Corps sitzen nicht einfach tatenlos herum."

Wir gingen alle nach unten. Während die anderen Jungs auf ihre Maschinen stiegen, begleitete ich Lily zu ihrem Auto. Ich ließ meinen Blick durch die Dämmerung schweifen, und meine Nerven flatterten beim Anblick einer Gestalt, die sich als schmächtiger Teenager herausstellte, der seine Tanzbewegungen zum Beat aus seinen Kopfhörern übte. Er sah aus wie eine Vogelscheuche, die einen Stromschlag bekommen hatte, doch ich entschied mich, diese Kritik nicht zu äußern.

Lily und ich sprachen nicht viel, während wir zu Abend aßen, das aus einer seltsamen Mischung aus Junkfood und frischem Obst bestand. Da es keine Mikrowelle gab, hatte Ruin das offenbar für die einzige Option gehalten. Lily sah müde aus, und ich wusste nicht, was ich zu ihr sagen sollte. Meine Stärke lag darin, mich mit Bildern auszudrücken, nicht mit Worten.

Vielleicht hatten Nox und Kai recht, was meine Nützlichkeit in der Rekrutierungskampagne anging.

Zumindest waren wir bisher nicht von mörderischen Gangstern angegriffen worden, und eine tiefe Müdigkeit breitete sich in meinen Knochen aus. Als wir den Tisch abräumten, ergriff Lily das Wort.

„Glaubst du wirklich, dass alles gut gehen wird? Werdet ihr dafür sorgen können, dass das Skeleton Corps das Wohnhaus nicht wieder verwüstet? Seid ihr sicher, dass sie euch nichts *antun* werden?"

Ich schenkte ihr mein bestes selbstbewusstes Lächeln. Es fühlte sich angespannt an. Ich lächelte im Allgemeinen nicht viel, und heute Abend kam es mir wie eine epische Aufgabe vor.

„Wir haben bisher jeden besiegt, der uns angegriffen hat, oder?", erwiderte ich.

„Ich weiß. Aber diese Typen scheinen viel besser organisiert zu sein als die Idioten auf dem College. Und sie scheinen viele zu sein." Sie hielt inne und gähnte breit. „Ich bin einfach nur müde. Ihr kennt euch viel besser mit diesem Gangsterkram aus als ich."

Die Scharniere quietschten, als wir das Schrankbett ausklappten. Die Matratze sah etwas klumpig aus, doch ich glaubte nicht, dass Lily das im Moment etwas ausmachte. Ihr fielen bereits die Augen zu. Als sie die Wolldecke darauf ausbreitete, drehte ich mich um, um das Schlafzimmer zu verlassen.

„Wo willst du hin?", fragte sie und hielt mich auf. „Du musst auch schlafen, oder?"

Die Wahrheit war, dass ich angenommen hatte, dass ich mir ein Plätzchen auf dem Boden suchen würde. Wir hatten die Fenster geschlossen, da der Farbgeruch größtenteils verflogen war. Trotzdem war es hier drin kalt genug, um sich die Eier abzufrieren, und die Lederjacke, die ich zum Schutz vor der Kälte trug – und für mein Image auf dem Motorrad – half nur bedingt gegen die Kälte.

Es würde keine *angenehme* Nacht werden, so viel war sicher.

„Ich komme schon klar", erklärte ich schroff, da ich nicht den Eindruck erwecken wollte, dass ich auf eine Einladung hoffte. „Ich habe einundzwanzig Jahre am Grund des Sumpfes verbracht. Das hier ist Luxus."

Lily schnaubte. „Sei nicht albern. Du wirst auf keinen Fall auf dem *Boden* schlafen. Es ist ein Doppelbett – das heißt, es ist für zwei Personen gedacht. Und die Decke ist groß genug. Wir können sie uns teilen, ohne uns zu nahe kommen zu müssen, falls du dir deswegen Sorgen machst."

Das tat ich, was ich jedoch nicht zugeben wollte, als sie es so ausdrückte. Ich betrachtete das Bett und die Decke und konzentrierte mich darauf, anstatt auf die Frau, zu der mein Blick wandern wollte, während ich meine Optionen abwog.

Als ich zögerte, verfinsterte sich Lilys Miene. Mir rutschte das Herz in die Hose, als ich das bemerkte, und plötzlich sprudelten die Worte aus meinem Mund, ohne dass ich meinen Verstand einschalten musste. „Ja. Sicher. Das wäre besser."

Nachdem ich es gesagt hatte, konnte ich meine Einwilligung nicht wirklich zurücknehmen, ohne dass sie sich noch mehr zurückgewiesen fühlen würde. Sie rutschte auf eine Seite der Matratze, platzierte den Arm wie ein Kissen unter den Kopf und überließ mir einen großen Teil der Decke. Ich legte mich vorsichtig auf die federnde Oberfläche, blieb so nah wie möglich an der Kante und zog ein kleines Stück der Decke über mich.

Ich drehte ihr den Rücken zu, war mir aber ihrer Anwesenheit auf der anderen Seite des Bettes sehr bewusst. Die Matratze bewegte sich, wenn sie ihre Position veränderte.

Zwischen uns war etwa ein Meter Platz. Ich hatte schon oft näher bei ihr gestanden. Ich würde es schaffen, neben ihr zu schlafen, ohne den Kopf zu verlieren.

Auch wenn der Impuls, mich umzudrehen und sie an mich zu ziehen, immer stärker wurde.

Lily lag mehrere Minuten still da, sodass ich dachte, sie wäre eingeschlafen. Ich stritt immer noch im Stillen mit meinem Schwanz, der trotz meiner Absichten halb steif geworden war, als auf einmal ihre schläfrige Stimme an mein Ohr drang.

„Ist schon okay, weißt du. Dass du nicht auf mich stehst.

Ich bin keine Nymphomanin, die sich jedem Kerl im Umkreis von dreißig Metern an den Hals wirft oder beleidigt ist, dass nicht jeder Mann, den ich treffe, mit mir in die Kiste will. Ich hätte nie erwartet, dass *irgendetwas* davon passiert. Du musst dir keine Sorgen machen, dass ich dich zu etwas dränge, nur weil wir allein sind."

„Ich weiß, dass du das nicht tun würdest", sagte ich schnell, und mein Puls raste bei der Erkenntnis, dass sie dachte, ich würde mir Sorgen um *ihre* Selbstbeherrschung machen. Himmel. Doch wie sollte ich ihr sagen, dass sie sich irrte, ohne alles noch komplizierter zu machen.

Wie sollte ich ihr erklären, was ich für sie empfand? Ich wollte sie malen und ihren ganzen Körper mit meinen Händen erkunden. Doch jedes Mal, wenn ich mir das vorstellte, konnte ich nicht anders, als an die Hände der anderen Jungs auf ihr zu denken …

Es wäre nichts Besonderes nur zwischen uns beiden. Ich wäre nur ein weiterer Schädelbrecher, der scharf auf sie ist.

Alles in mir sträubte sich gegen diese Vorstellung. Wenn ich meinen niederen Trieben nachgab, könnte ich alles ruinieren, was zwischen uns großartig war.

Und während ich mit diesen Trieben rang, sorgte sie sich um *mich*. So war sie schon immer gewesen, auch wenn sie manchmal hart und trotzig war. Wenn jemand, der ihr wichtig war, es brauchte, war sie sanftmütig und einfühlsam.

Ihre Liebenswürdigkeit mir gegenüber löste eine unerwartete Wärme in meiner Brust aus. Sie war etwas ganz Besonderes und verdiente es, auch so behandelt zu werden.

Ich war mir nicht sicher, wie ich mich ihr gegenüber verhalten sollte, doch ich gab mein Bestes. „Du hast mir nie das Gefühl gegeben, dass ich mich unwohl fühlen sollte", fügte ich meiner ersten Bemerkung hinzu. „Ich bin immer froh, dich um mich zu haben. Ich wollte mich *dir* nicht aufdrängen."

„Okay. Nun, gut. Das hast du auch nicht.“

Sie gähnte noch einmal und zog die Decke fester um ihre Schultern. Ihre Atemzüge wurden ruhiger und gleichmäßiger, als sie in den Schlaf sank.

Es dauerte lange, bis auch ich einschlief. Ich merkte es nicht einmal, bis ich durch das Ruckeln der Decke und ein panisches Keuchen aufwachte.

Erschrocken setzte ich mich auf und drehte mich zu Lily um. Sie lag mit dem Rücken zu mir und hatte die Decke fest umklammert. Ihre Augen waren immer noch geschlossen und ihr Gesicht war angespannt. Ein weiteres angestrengtes Geräusch entwich ihr, als würde sie um Luft ringen. Ihre Arme zuckten und ihre Hände rissen an der Decke.

„Lily?“, sagte ich. „Lily!“

Doch sie wachte nicht auf. Sie warf ihren Kopf von einer Seite zur anderen, und ihre Beine bewegten sich unter der Decke. Ein leises, gequältes Stöhnen entwich ihren Lippen.

Es brach mir das Herz, sie so zu sehen. Ich war hiergeblieben, um sie zu beschützen, und jetzt machte ihr eigener Verstand ihr zu schaffen.

Ohne zu zögern, schlang ich meine Arme um sie und drückte sie an mich.

„Lily“, raunte ich ihr ins Ohr. „Es ist alles in Ordnung. Es geht dir gut. Ich bin bei dir.“

Ich schüttelte sie ein wenig und ihre Muskeln zuckten. Dann öffnete sie die Augen und ein Schauer lief durch ihren Körper.

Ich begriff, dass ihr kalt war.

Sie war nicht richtig zugedeckt, weil sie mir einen Großteil der Decke überlassen hatte.

Panik und Schuldgefühle durchfuhren mich, und ich deckte sie schnell zu, sodass wir beide vollständig unter der Decke waren. Dann zog ich sie an mich. Ihr Körper entspannte sich neben meinem.

„Es tut mir leid", murmelte sie. „Ich habe diesen Traum in letzter Zeit oft. Ich weiß nicht, warum."

Ich runzelte die Stirn. „Was für einen Traum?"

„Ich bin wieder im Sumpf und ertrinke. Und ich kann mich nicht an die Oberfläche kämpfen, egal was ich tue."

Sie veränderte ihre Position, wobei ihr Hintern meine Leistengegend streifte. Mit einem Aufflackern von Empfindungen wurde mir schlagartig bewusst, dass mein Schwanz nicht mehr nur halb steif war. Ob sie es bemerkt hatte? Verdammt.

Ich versuchte, meine Hüften unmerklich so zu neigen, dass meine Erektion nicht gegen sie drückte.

Lily strich sich mit der Hand über das Gesicht. „Es tut mir leid. Es war nur ein Traum. Ich sollte mich davon nicht aus der Ruhe bringen lassen."

Warum zum Teufel glaubte sie, sich entschuldigen zu müssen? „Ist schon gut", beruhigte ich sie. „Ein Albtraum würde jeden aus der Ruhe bringen."

„Ich ... Dieses Gefühl der Hilflosigkeit ist einfach schrecklich."

Ich verspürte einen Stich in meiner Brust und schmiegte mein Kinn von hinten an ihre Schulter. „Du bist nicht hilflos. Du bist die stärkste Frau, die ich je kennengelernt habe. Das ändert sich nicht, nur weil dir ab und zu etwas zu schaffen macht."

Ihr Geruch erfüllte meine Lunge. Er war süß mit einem Hauch von Wildheit. Ihr weicher Körper wärmte sich an meinem, und mein Schwanz pochte. Für eine Sekunde verlor ich beinahe meine Beherrschung.

Ein kleiner Kuss konnte doch nicht so schlimm sein, oder?

Ich fuhr mit meinen Lippen über Lilys Kinn. Sie stieß einen leisen, genüsslichen Seufzer aus, der mein schwelendes Verlangen augenblicklich heiß auflodern ließ. Ich küsste sie erneut und fuhr mit meiner Zunge über ihre glatte Haut, um ihren köstlichen Geschmack aufzusaugen.

Noch bevor ich wusste, was geschah, bewegten sich meine Hände. Eine glitt nach unten, um über Lilys Bauch zu streichen. Die andere streichelte ihre Wange und die andere Seite ihres Kiefers, während ich eine heiße Spur an ihrem Hals hinterließ. Lily wimmerte und krümmte sich in meiner Umarmung. Ihr Hintern rieb an meinem Schwanz, und ein Stöhnen entwich meiner Kehle.

Mit einem zittrigen Atemzug drehte sich Lily zu mir um. Auf einmal streichelten ihre Finger mein Haar und meine Kopfhaut, ihre Brüste pressten sich gegen meinen Oberkörper und sie erwiderte meinen Kuss.

Ihre Lippen schmeckten noch besser als ihr Hals. Während ich sie verschlang, packte ich eines ihrer Beine und schlang es um meine Hüfte. Ich genoss den bedürftigen Laut, den sie von sich gab, als ich meine Erektion an ihr rieb.

Sie umklammerte mich fester und ihre Fingerspitzen gruben sich in meine Haut, was mir überhaupt nichts ausmachte. Unsere Zungen verschlangen sich miteinander, und ihre andere Hand wanderte meine Brust hinunter. Dann zog sie sich mit einem stotternden Atemzug zurück …

Und plötzlich war ich wieder am Straßenrand. Am Straßenrand in der Dunkelheit, wo ich Atemzügen lauschte, die im selben Rhythmus mit dem Plätschern von Blut gingen, und dachte …

Nein, ich dachte überhaupt nichts. Nicht wirklich. Genau wie jetzt.

Eine Welle der Kälte schwappte über mich hinweg und löschte meine Lust. Ich riss mich von Lily los und versteifte mich, damit sie nicht spürte, wie sehr ich zitterte.

„Jett?", fragte sie besorgt.

Dabei sollte *ich* besorgt sein. Ich sollte klar denken,

anstatt mich in meinen Impulsen und Emotionen zu verlieren und jegliche Vernunft in den Wind zu schießen ...

Beim letzten Mal hatte nicht nur ich den Preis dafür bezahlt, sondern auch alle um mich herum. Die Jungs, die sich auf mich verlassen hatten.

Auch Lily verließ sich auf mich. Ich durfte es nicht wieder vermasseln, indem ich aus den Augen verlor, worauf es ankam.

Ich stieg aus dem Bett. Es gab nichts, was ich sagen konnte, um die Situation zu verbessern. Womöglich hätte ich es nur noch schlimmer gemacht, wenn ich es versucht hätte. Ich bemühte mich um einen möglichst ruhigen, gelassenen Tonfall.

„Ich habe genug geschlafen. Ich werde im Wohnzimmer Wache halten. Wir können nicht vorsichtig genug sein, wenn diese Arschlöcher Amok laufen."

Dann verließ ich das Schlafzimmer ohne ein weiteres Wort, und meine Schuldgefühle waren stärker als je zuvor.

vierundzwanzig

Lily

Die seltsame Gruppe von Personen, die die Jungs zusammengetrommelt hatten, streifte durch das ehemalige mittelalterliche Restaurant wie Touristen, die Sehenswürdigkeiten bewundern. Die Schädelbrecher hatten alle Tische bis auf den langen neben dem Thron zur Seite geschoben. Den Thron hatten sie in seiner ganzen glänzenden, goldfarbenen Pracht stehen lassen, genauso wie die an den Wänden hängenden Waffen und Rüstungen. Von meinem Platz in der Ecke konnte ich erkennen, dass die Gestaltung des Raumes Eindruck machte.

Die Neuankömmlinge schienen von den Jungs ebenso eingeschüchtert zu sein wie von der Einrichtung ihres neuen Clubhauses. Als Nox vor dem Thron stehen blieb und in die Hände klatschte, um ihre Aufmerksamkeit zu erregen, wandten sich im Nu ein paar Dutzend Köpfe ihm zu. Alle verstummten.

„Ihr wisst, was ihr zu tun habt." Nox musterte sie der Reihe nach. Ich musste zugeben, dass er im Moment geradezu majestätisch wirkte. Er hatte sogar eines der Schwerter in die Hand genommen, mit dem er während seiner Ansprache herumwedelte und seine Argumente mit der Spitze unterstrich. „Wir werden uns nicht länger vom Skeleton Corps einschüchtern lassen. Der erste Schritt besteht darin, unser Eigentum zu schützen. Wenn ihr Wachdienst habt, dann geht auf eure Posten! Die anderen warten, bis sie aufgerufen werden und halten in der Zwischenzeit Augen und Ohren offen."

Mehrere der ungepflegt aussehenden Gangster, die auf die Rekrutierungsbemühungen der Schädelbrecher reagiert hatten, blickten respektvoll zu Boden. Doch mir entging nicht, dass viele von ihnen bei der Erwähnung unseres Erzfeindes noch blasser wurden und sich anspannten. Rasch verließen sie das Restaurant. Einer ging direkt vor der Tür auf Position.

Kai war neben mich getreten. Er hatte sich bei Thrivewell krankgemeldet, um hierzubleiben und die neuen Schädelbrecher-Verbündeten einzuweisen.

„Bist du sicher, dass sie die Befehle ausführen werden?", fragte ich ihn. „Sind sie bereit, sich dieser Bande entgegenzustellen, die die Stadt seit mehr als zwanzig Jahren beherrscht?"

Kai zuckte mit den Schultern. „Sie fürchten das Skeleton Corps, aber sie haben auch Angst vor unseren Geisterkräften. Ich denke, das wird für die meisten eine hervorragende Motivation sein. Außerdem müssen sie sich im Moment mit niemandem *anlegen*. Der einzige Auftrag, den wir ihnen erteilt haben, ist, das Clubhaus und dein Wohnhaus im Auge zu behalten und uns zu benachrichtigen, wenn das Corps auftaucht, damit wir eingreifen können, bevor sie Schaden anrichten."

Nox gesellte sich zu uns. „Genau. Damit sollten sie klarkommen, sonst sollten sie die zwielichtigen Organisationen, die sie leiteten, nicht als ‚Gangs‘ bezeichnen. Vier Leute werden das Wohnhaus bewachen und sich regelmäßig abwechseln. Selbst wenn einer oder zwei die Sache vermasseln, sollte für ausreichend Sicherheit gesorgt sein.“

Mir drehte sich der Magen um. „Wollt ihr wirklich alle Leute darauf ansetzen, das Gebäude zu bewachen? Wollt ihr nicht lieber Jagd auf die Leute vom Skeleton Corps machen, die euch ermordet haben?“

Es war nicht so, dass ich unbedingt wollte, dass er ja sagte. Tatsächlich machte ich mir große Sorgen, dass die Männer, die mich so unterstützt hatten, wieder ermordet werden könnten. Trotzdem musste ich diese Frage stellen.

Nox strich mit seinen Fingern über mein Haar. Die Geste und die Tatsache, dass er immer noch dieses verdammte Schwert in der Hand hielt – es könnte sogar *dasselbe* Schwert sein, mit dem Ruin und er neulich Abend gespielt hatten – lösten eine Hitze auf meiner Haut aus. In Gedanken versetzte ich meinem Gehirn einen Peitschenhieb, weil es sich so leicht ablenken ließ, bis mir bewusst wurde, dass eine Peitsche wahrscheinlich nicht die beste Metapher war, um meine Gedanken aus der Gosse zu holen. Ich konnte mir vorstellen, wie Kai eine Peitsche schwang, während er mich als „unartig“ bezeichnete.

Vielleicht musste ich auch diese Fantasie in die Realität umsetzen.

„Wir werden dafür sorgen, dass du in Sicherheit bist“, erklärte Nox. „Das ist wichtiger als alles andere. Ohne dich könnten die Schädelbrecher genauso gut tot sein. Unser Schutz gilt auch deiner Schwester. Wir müssen dafür sorgen, dass dein Zuhause sicher ist, bevor sie dort einzieht. Sobald wir uns keine Sorgen um eure Sicherheit mehr machen müssen, werden wir uns darauf konzentrieren, diese Bastarde zur Strecke zu bringen."

„Am besten sammeln wir erst einmal so viele Informationen und Verbündete wie möglich", meinte Kai. „Wir haben zwar unsere Kräfte, aber das Skeleton Corps hat eindeutig mehr Leute und Einfluss. Wenn wir überstürzt handeln, wird das nicht gut für uns ausgehen."

„Kai hat immer einen klugen Ansatz", verkündete Ruin fröhlich, als er hinter mich trat und mich fest umarmte. „Wenn wir sie angreifen, werden wir so gut vorbereitet sein, dass sie fallen wie Dominosteine."

Ich war mir nicht sicher, ob man sich so gut auf einen Bandenkrieg vorbereiten konnte, dass er *reibungslos* verlief, doch ich wollte Ruins Enthusiasmus nicht trüben.

Ich musste immer noch daran denken, was Nox gesagt hatte. Dass ich mir keine Sorgen mehr machen musste. Ich erschauderte.

Ich versuchte, es zu unterdrücken, aber Kai bemerkte es natürlich sofort. Nur diesmal erriet er nicht, worüber ich mir Sorgen machte.

„Ich werde dafür sorgen, dass diese Hitzköpfe nicht in die Schlacht ziehen, bevor wir uns unseres Sieges sicher sind", sagte er mir.

„Das ist es nicht", antwortete ich. „Ich weiß nicht, wie wir sicherstellen sollen, dass aus *meinem* Leben nichts mehr auftaucht, was uns in Schwierigkeiten bringt, wenn ich mich nicht an den wichtigsten Teil meiner Vergangenheit erinnern kann." Ich rieb mir die Stirn. „Ich habe immer noch keine Ahnung, was Nolan Marisol angetan hat oder was er an diesem Tag gesagt hat. So wie er reagiert hat, als ich versucht habe, ihm zu drohen, habe ich das Gefühl, dass ich etwas übersehen habe."

„Vielleicht sollten wir an den Ort des Geschehens zurückkehren", schlug Ruin vor und kraulte meine Schläfe.

„Wir könnten noch mal zu deinem alten Haus und zum Sumpf fahren …"

„Nein", protestierte ich schnell. Ein noch stärkerer Schauer durchfuhr mich bei dem Gedanken an den Sumpf. Er rief zu viele dunkle Bilder aus meinen Albträumen wach.

Ich hatte viel Kraft aus dem Sumpf geschöpft, doch meine Nahtoderfahrung verfolgte mich. Ich wollte meinem Unterbewusstsein nicht noch mehr Treibstoff geben.

„Beim letzten Mal hat es nicht funktioniert", fügte ich hinzu. „Ich glaube nicht, dass es meinem Gedächtnis auf die Sprünge helfen wird, sonst wäre es schon passiert."

„Das glaube ich auch", pflichtete Kai mir bei.

Nox beugte sich vor. „Was schlägst du dann vor, Mr. Besserwisser?"

Kai legte den Kopf schief. „Lily steht seit ihrer Rückkehr unter großem Stress. Wenn man angespannt ist, gehen Körper und Geist in den Überlebensmodus über. Wenn sie sich richtig entspannen könnte, würde vielleicht mehr aus ihrem Unterbewusstsein an die Oberfläche kommen."

Ruin richtete sich auf und nickte eifrig. „Wir könnten einen Tag für Lily organisieren, an dem wir alles tun, was sie sich wünscht. Ich habe schon eine Idee. Wir müssen nur …"

„Warte!" Nox lachte. „Ich weiß deinen Enthusiasmus zu schätzen, mein Freund, aber du solltest das nicht allein organisieren. Es ist eine gute Idee, doch wenn wir das machen, sollte jeder von uns die Chance bekommen, sie zu verwöhnen." Er grinste mich an. „Ich habe selbst ein paar Ideen."

„Dann wechseln wir uns ab", erklärte Kai unbekümmert. Er schien zuversichtlich zu sein, dass sein Vorhaben mich so weichklopfen würde, dass alle Geheimnisse meines Geistes zum Vorschein kamen.

Mein Blick glitt zum vierten Mitglied der Schädelbrecher, der immer noch nicht zu uns gekommen war. Jett stand neben einer der Waffenauslagen und ordnete die Schwerter, Speere und andere spitze Gegenstände sorgfältig neu an. Ich konnte nicht genau sagen, was er verändert hatte, doch irgendwie gefiel mir diese Stelle besser als der Rest des Raumes.

Seit ich heute Morgen aufgestanden war, hatte Jett kaum mit mir gesprochen. Ich wusste nicht, was ich von unseren heißen, aber überaus kurzen gemeinsamen Momenten gestern Nacht halten sollte, bevor er aus dem Schlafzimmer geflohen war. Sein Mund und seine Hände hatten sich nicht *angefühlt*, als hätte er kein Interesse an mir.

Doch ich war mir nicht sicher, wie ich es ansprechen sollte, zumal er nicht gerne redete.

„Ich sage Jett Bescheid." Ruin sprang auf, um den Künstler einzuweihen. „Aber ich finde, ich sollte anfangen, da es meine Idee war."

„Eigentlich war es meine", murmelte Kai, lächelte aber.

„Und eigentlich bin ich der Boss", erinnerte Nox ihn, bevor er den Kopf schüttelte. „Allerdings sollten wir ihn anfangen lassen, sonst wird er ständig davon schwärmen, wie toll es sein wird."

„Stimmt."

Und so kam es, dass ich in ein neonfarbenes Geschäft geführt wurde, auf dessen Schild *Build a Big Bear* stand. Dieser Name hätte eigentlich schon Warnung genug sein sollen. Völlig aufgedreht riss Ruin dem Besitzer des Ladens regelrecht alles aus den Händen. Der Mann musterte uns, als wäre er sich nicht sicher, ob er uns für unser Kommen danken oder die Polizei rufen sollte, und ehe ich mich versah, stopfte ich bereits Unmengen an schaumiger Füllung in eine riesige Kunstpelzhülle.

„Rein damit!", befahl Ruin mit wildem Enthusiasmus. „Stell dir vor, du würdest auf die Idioten einschlagen, die dich schikaniert haben. Genau so!"

Es hatte tatsächlich etwas Entspannendes, das Zeug in die Hülle zu schieben. Als ich fertig war, saß ein Teddybär vor mir, der genauso groß war wie ich. Ruin lachte heiter.

„Er ist jetzt dein Beschützer. Du kannst dich an ihn kuscheln, wenn ich nicht da bin." Er hielt inne. „Aber ruf mich *trotzdem*, wenn du eine Umarmung brauchst."

„Ich werde daran denken", erwiderte ich trocken.

Im Moment sah der Bär ein wenig furchteinflößend aus, weil er noch kein Gesicht hatte. Der Ladenbesitzer zeigte uns verschiedene Optionen, aus denen wir auswählen konnten. Ruin fummelte daran herum, bis er einen Ausdruck zusammengestellt hatte, der fast so furchterregend war wie das leere Gesicht zuvor. Die Augen des Bären waren zusammengekniffen und seine scharfen Zähne waren gefletscht. Er sah aus, als wäre er bereit, jemandem den Kopf abzubeißen.

„Ah", sagte der Ladenbesitzer. „Das ist normalerweise nicht das Gesicht, das die meisten Kunden ..."

Ruin funkelte ihn böse an. „Sie braucht einen Bären, der sie verteidigt. Er kann kuschelig *und* gefährlich sein."

Möglicherweise weil er gerade miterlebt hatte, wie Ruin selbst zwischen diesen beiden Modi hin und her wechselte, schluckte der Ladenbesitzer alle möglichen Einwände hinunter und begnügte sich damit, uns zu bedienen.

Ich schleppte den Bären zum Auto und schaffte es, ihn auf den Rücksitz zu quetschen. Ein kleines Kind, das mit seiner Mom spazieren ging, schaute gerade zu den Fenstern, als ich einstieg, und schrie beim Anblick des riesigen, furchterregenden Teddybären auf. Ruin grinste, als hätte er sich keine bessere Reaktion wünschen können.

Nox und Jett fuhren mit ihren Motorrädern, während Ruin und Kai sich zu mir ins Auto setzten. Der Anführer der Schädelbrecher beugte sich auf seinem Sitz vor und sah mich an. „Kommt mit. Ich habe etwas Besseres für dich als Kuscheltiere."

Er parkte vor einer Bar, die leer aussah – was nicht überraschend war, da es noch früher Nachmittag war – und führte mich hinein. Im hinteren Bereich blieb er an einem Flipperautomaten stehen.

Er hatte mehrere Blinklichter und spielte eine flotte Melodie, wenn man die richtigen Stellen traf. Es gab etwa fünfhundert verschiedene glänzende Oberflächen, gegen die man die Bälle schleudern konnte. Und ich könnte schwören, dass das verdammte Gehäuse mit Blattgold überzogen war.

Nox rieb sich die Hände, und in seinen dunkelblauen Augen blitzte ein eifriger Glanz auf. Er schob mich vor sich an den Automaten. „Es gibt nichts Besseres, als sich in diesem Spiel zu verlieren", sagte er. „Dann wird alles andere auf einmal unwichtig. Ich werde dir beibringen, wie das geht."

Er stand direkt hinter mir, sodass ich seinen Körper an meinem spürte. Seine Finger glitten über meine Handrücken, um meinen Griff zu führen, während er mir ermutigende Worte ins Ohr flüsterte. Ich ließ den Ball über das Spielfeld sausen, und an verschiedenen Stellen blinkten Lichter auf. Alle möglichen Melodien ertönten, und die Punktzahl auf der Digitalanzeige schoss in die Höhe.

Nach einer Weile löste Nox seine Hände von meinen, um meine Taille zu umfassen. Er blieb dicht bei mir und sein Atem strömte über meine Wange. Die Wärme seines Körpers hüllte mich ein, während ich spielte, und ich war mir nicht sicher, wie sehr ich in das Spiel vertieft war und wie sehr in ihn.

Ich war wohl nicht die Einzige, die solche Gedanken hatte, denn es dauerte nicht lange, bis seine Hände wieder auf Wanderschaft gingen. Diesmal strich er über meinen Bauch und über die Vorderseite meiner Jeans. Mein Innerstes kribbelte und zwischen meinen Beinen bildete sich ein Pochen.

In diesem Moment öffnete sich die Tür der Bar knarrend, und ein paar weitere Gäste kamen herein. Ein Kribbeln der Unsicherheit durchfuhr meine Brust.

„Nicht hier", murmelte ich. „Nicht, wenn Fremde zusehen."

Nox stieß ein leises Knurren aus. „Ich finde, *jeder* sollte sehen, was für ein braves Mädchen du bist."

Seine Stimme elektrisierte mich, doch das unbehagliche Gefühl hielt an. Ich warf ihm einen Blick über die Schulter zu. „Das wäre meiner Entspannung nicht sonderlich zuträglich. Und das war der Sinn der Sache, oder?"

Ein grimmiger Ausdruck huschte über sein Gesicht, bevor er seine Hände wieder auf meine Taille legte.

Ich konzentrierte mich auf das Spiel, doch was meinen Frust tatsächlich vertrieb, war Nox' anerkennendes Summen über meinen bisherigen Rekord.

Als wir zu Fred 2.0 zurückkehrten, wo der riesige Teddybär auf uns wartete, setzte Kai sich neben mich auf den Beifahrersitz. „*Ich* weiß, wie man etwas auswählt, das zu *dir* passt, und nicht, was mich interessiert", sagte er, rückte seine Brille zurecht und begann, mir Anweisungen zu erteilen.

Ich wusste nicht, ob ich Kai jemals zuvor in voller Aktion gesehen hatte. An einer Highschool stiegen wir aus dem Auto, und er plauderte lässig mit einer Frau im Sekretariat, bis sie ihm einen Schlüssel überreichte und ihn dabei anlächelte, als würde er ihr einen Gefallen tun.

Vermutlich hatte er ihr das glauben gemacht. Aus ihrem Gespräch, dem ich nicht ganz folgen konnte, ging hervor, dass er sich bereits zuvor bei ihr eingeschmeichelt hatte.

Er ging durch die Gänge zu einem Raum, der sich als Tonkabine herausstellte und einen Blick auf einen großen

Musikraum bot. Auf der anderen Seite probte ein Teenager-Orchester.

„Spiegelglas", erklärte er und deutete auf das Fenster am anderen Ende. „Und schalldicht." Er drückte auf einen Knopf und das Lied des Orchesters drang durch einen an der Wand montierten Lautsprecher. „Wir können sie sehen und hören, aber sie können uns weder sehen noch hören. Du kannst damit machen, was du willst."

Ich erkannte die Melodie sofort als Tschaikowsky. Die dramatischen Streicher und Holzbläser spielten abwechselnd eindringlich und verspielt. Doch es war nicht perfekt. Hier und da klang eine Saite verstimmt, ein Horn traf nicht ganz den Ton oder eine Flöte geriet kurzzeitig aus dem Takt.

Nox hob die Augenbrauen. „Du hast sie zu einem schlechten Highschool-Orchester geschleppt?"

„Sie sind nicht ‚schlecht'", widersprach Kai und warf mir einen Blick zu. „Oder?"

Ich schüttelte den Kopf und trat näher an die Glasscheibe heran. „Nein, sie sind wirklich gut. Vor allem für Teenager. Das ist ein schwieriges Stück."

Kai nickte. „Aber sie müssen noch üben. Sie tasten sich noch an das Lied heran. Es ist roh und frisch. Ich denke … Es ist wichtig, die Musik so zu hören, anstatt geschliffen und poliert."

Er hatte recht. Ich war mir nicht sicher, wie er darauf gekommen war, da er nie sonderlich an Musik interessiert zu sein schien – genauso wenig wie an anderen Wissensansammlungen, die er in sein Gehirn stopfte – doch diese nicht perfekte Interpretation hatte tatsächlich etwas. Mein Herz pochte im Takt dazu. Ich begann, mich zur Melodie zu wiegen, und Worte sprudelten aus meiner Kehle und bildeten eine Melodie.

„Neue Stadt, Neubeginn. So viel verloren und so viel

gefunden. Kann ich meinem Herzen treu bleiben? Kann ich neue Höhen erreichen?"

Als ich meine Stimme leise aus mir herausströmen ließ, strahlte Ruin. „Okay, Kais Idee war die Beste. Du solltest immer singen."

„Hey", murmelte Jett. „Du hast meine noch nicht gesehen."

Der schweigsame Typ sagte nichts mehr, bis wir die Probe verließen und ihm durch die Stadt folgten. Er hielt mit seinem Motorrad vor einem alten Lagerhaus, das von außen nicht so aussah, als wäre es noch in Betrieb, in dem jedoch zumindest einige Unternehmen tätig waren. Er sprach mit einer Frau, die uns durch einen breiten Flur in einen kleinen Raum führte und mehrere Farbdosen in verschiedenen leuchtenden Farben aufstellte.

„Bedient euch", wies sie uns an und ging.

Jett deutete auf die Farben und warf mir einen Blick zu. „Du hast dich noch nicht erinnert, oder?"

Ich verzog den Mund, als ich antwortete. „Nein, leider nicht." Ich fühlte mich zwar unbeschwerter und lockerer als zuvor, doch ich erinnerte mich an nicht mehr als vorher.

„Nun, das ist eine Möglichkeit, Spannungen abzubauen und gleichzeitig etwas zu erschaffen. Vielleicht regt das Experimentieren mit Farbe dein Gedächtnis an. Bei mir funktioniert es."

Er versuchte, mir einen direkten Zugang zu den Teilen meiner Vergangenheit zu verschaffen, die ich vergessen hatte. Ich lächelte ihn liebevoll an. Ich wünschte, die Dinge würden sich zwischen uns nicht so chaotisch anfühlen. „Danke. Das ist perfekt."

Ein leichtes Lächeln umspielte seine Lippen und er deutete auf den Raum um uns herum, dessen Wände derzeit noch weiß waren. „Wir dürfen überall Farbe auftragen, so viel wir wollen. Sie ist wasserlöslich, also ist es egal, wie viel wir herumschmieren. Sie spritzen die Wände danach einfach ab. Also lass uns loslegen."

Die Frau hatte auch Pinsel dagelassen, doch nachdem ich ein wenig herumprobiert hatte, tauchte ich meine Hände direkt in die Dosen und malte mit meinen Fingern, wie Jett es so oft tat. Während ich Farbe auf die riesige Leinwand schmierte, schlossen sich die anderen Jungs an und suchten sich jeweils einen Bereich. Ich ließ meine Bewegungen von meiner Stimmung leiten, ohne meine Impulse zu hinterfragen oder über meine Entscheidungen nachzudenken.

Die Linien und Flecken, die wir schufen, begannen sich zu verbinden. Ruin streifte versehentlich meinen Kiefer mit seinen Fingern, an denen noch Farbe klebte.

Er hielt inne, und sein Blick wechselte augenblicklich von bedauernd zu schelmisch. Er streckte seine Hand aus und fuhr mit einem Finger voller Farbe über meinen Hals.

Mein Puls stotterte und neue Hitze flammte zwischen meinen Beinen auf.

Ich drehte mich zu Nox um und fuhr mit meinem farbigen Finger über den nackten Halbkreis seiner Brust, der unter dem Kragen seines Shirts hervorlugte. Seine Augen blitzten.

Als er mein Shirt gerade so weit anhob, um Streifen auf meinen Bauch zu malen, mischte sich Kai ein und fuhr mit einem Finger an der Unterseite meines Kinns entlang. Ich streckte meine Hand nach Ruin aus und hinterließ einen sonnengelben Farbklecks auf seinem Unterarm.

Die Hitze im Raum stieg – nur nicht in Jetts Ecke. Er hatte uns den Rücken zugekehrt und meine Hände erstarrten, als mein Blick an seiner düsteren Gestalt hängen blieb.

Ich wollte das nicht vor ihm tun. Nicht, wenn ich daran zweifelte, dass er mitmachen würde. Ich hatte keine Ahnung, was in seinem Kopf oder seinem Herzen vor sich ging – oder in seiner Hose – doch welche Verbindung auch zwischen uns bestand, sie fühlte sich viel zu zerbrechlich an, um sie auf diese Weise auf die Probe zu stellen.

Ich entfernte mich von den anderen Jungs und schaute an mir hinunter. „Ich glaube, jemand muss *mich* abspritzen.“

Ruin lachte. „Ich werde fragen, ob sie uns einen Schlauch leihen können.“

Er rannte aus dem Raum, und ich war zu sehr in das Hochgefühl des Tages vertieft, um daran zu denken, dass er sich nicht allein auf unbekanntes Terrain begeben sollte – bis ein Schuss durch die Wände hallte.

fünfundzwanzig

Kai

Alle Zweifel, ob die Schädelbrecher so vereint waren wie zuvor, verschwanden in dem Moment, als der Knall die Luft durchschnitt. Wie ein einziges Wesen stürmten wir vier zur Tür.

Vielleicht hätte ich nie daran zweifeln sollen. Wir waren heute wegen Lily zusammengekommen. *Sie* hielt uns zusammen, so wie sie unsere Seelen mit ihren Kinderspielen in dieser Welt gehalten hatte.

Wir stürmten in den breiten Flur in der Mitte des umfunktionierten Lagerhauses. Ruin rang in der Nähe der Eingangstüren mit ein paar Männern und war mit so viel Farbe bespritzt, dass ich für eine Sekunde dachte, er würde verbluten. Doch er müsste schon radioaktiv geworden sein, damit sein Blut so leuchtend scharlachrot wäre.

Wir rannten auf sie zu, wobei wir uns wie ein Schutzschild vor Lily schoben. Ich analysierte die Situation so schnell, wie ich eine Textseite überfliegen konnte. Einer von Ruins Angreifern hielt eine Waffe in der Hand. Vermutlich die Pistole, die losgegangen war – ja, da war ein Einschussloch in der Decke direkt rechts neben ihrem Handgemenge. Mehrere Meter entfernt lag eine weitere Waffe auf dem Boden, als hätte sie jemand dorthin gekickt.

Diese Typen machten ernst. Diesmal hatten sie vor, ihn umzubringen, wie sie es möglicherweise schon mit dem Messer versucht hatten. Es ging nicht mehr nur um Drohungen.

Ruin schaffte es, die Hand des einen Mannes und dessen Waffe auf sicherem Abstand zu halten. Allerdings musste er sich zu sehr anstrengen, um die Schläge von zwei Angreifern gleichzeitig abzuwehren, um selbst richtige Treffer zu landen. Es sah nicht so aus, als wäre er bisher in der Lage gewesen, seine emotionale Kraft auf einen von ihnen zu übertragen.

Doch jetzt war es mit ihrem Glück vorbei.

Nox stürmte auf den Mann mit der Waffe zu und versetzte ihm einen elektrischen Schlag, ohne ihn überhaupt zu berühren. Der Kopf des Mannes fiel zur Seite, als hätte er einen Kinnhaken abbekommen. Jett stürzte sich auf den zweiten Mann. Als er ihm sein Knie in den Bauch rammte, verfärbte sich das graue Hemd des Angreifers in das dunkle Braunrot von getrocknetem Blut – die Farbe, auf die unser künstlerischer Freund zweifellos abgezielt hatte.

Ich wollte mich gerade in den Kampf einmischen, als ein dritter Angreifer aus dem Nichts auftauchte und direkt auf Lily zustürmte. Ich wusste nicht, ob er ihr wehtun oder sie als Geisel nehmen wollte, doch in mir loderte augenblicklich Wut auf.

„Lass sie verdammt noch mal in Ruhe", bellte ich, warf mich vor sie und holte mit der Faust aus.

Energie durchströmte meine Glieder. Mein Schlag traf die Nase des Mannes, und ich spürte die Elektrizität bis in meine Knochen. Er hielt sich die Nase und stolperte einen Schritt zurück. Blut sickerte an seinem Kinn hinunter. Ich bereitete mich darauf vor, dass er erneut auf sie losgehen würde, doch er starrte Lily an und wich noch ein Stück weiter zurück.

Seltsam.

In meinem Kopf begann es zu rattern, und eine Sekunde später warf Nox den Kerl zu Boden. Die anderen beiden Angreifer lagen bereits auf dem Boden, einer mit einem tödlichen Schnitt an der Kehle, der andere mit einem unglücklich verdrehten Genick. Unglücklich für ihn jedenfalls. Er starrte seinen Kollegen mit toten Augen über die Schulter an, sodass es aussah, als würde er seine schwere Fehleinschätzung bedauern.

„Halt!", rief ich, bevor Nox dem anderen Kerl die Zähne durch den Hinterkopf schlagen konnte, und eilte hinüber. „Wir brauchen einen lebend", fügte ich leise hinzu. Meine Sinne waren in Alarmbereitschaft angesichts der verängstigten Gesichter, die aus den Türen im Flur spähten. „Wir müssen ein paar Fragen stellen."

„Richtig", stimmte unser Anführer schroff zu und winkte Jett und Ruin herbei, während er den Mann auf die Beine zog.

Ich trat näher. „Darf ich etwas versuchen?"

Nox warf mir einen fragenden Blick zu, bevor er nickte. Er vertraute mir. Auch wenn die anderen Jungs mich oft damit aufzogen, dass ich ein Besserwisser sei, respektierten sie mein Wissen, im Gegensatz zu vielen anderen, denen ich in meinem Leben begegnet war.

Deshalb war ich doch bei ihnen, oder? Weil ich ihnen etwas gab, das sie sonst nicht gehabt hätten ... Und sie taten dasselbe für mich. In meiner Begeisterung, wieder am Leben zu sein, hatte ich völlig aus den Augen verloren, was diese Akzeptanz und dieser Respekt bedeuteten.

Ich schenkte ihm ein dankbares Lächeln und verlor keine Zeit, um mit der Durchführung meines Tests zu beginnen. Der Mann zappelte herum, als ich mit meiner Faust zu einem weiteren Schlag auf seine Brust ausholte und ihm einen Befehl erteilte. „Komm mit uns zur Straße.“

Ein weiterer Stoß übernatürlicher Elektrizität durchzuckte meine Nerven. Der Mann versteifte sich – und drehte sich dann zum Eingang des Gebäudes um. Mein Lächeln verwandelte sich in ein Grinsen.

Wir gingen los und die anderen Jungs starrten unseren Gefangenen an, als der Mann neben uns herlief. Mit einem entsetzten Ausdruck im Gesicht und zuckenden Schultern, als würde er versuchen, seine Arme zu bewegen, befolgte er meinen Befehl.

Auf halbem Weg durch den Flur sprang Ruin jauchzend in die Luft. „Du kontrollierst ihn wie eine Marionette!“

Nox warf mir einen Blick zu, und ein zufriedenes Grinsen umspielte seine Lippen. „Ich schätze, wir haben herausgefunden, was deine geisterhafte Superkraft ist.“

Ich war schon immer in der Lage gewesen, das Verhalten von Menschen mit meinen Worten zu manipulieren – und jetzt konnte ich es auch mit meinen Fäusten. Ich konnte mir keine passendere Ergänzung meiner Fähigkeiten vorstellen.

Als wir die Türen erreichten, ertönten in der Ferne Sirenen. Jemand hatte die Polizei gerufen. Nox grunzte und murmelte: „Scheiß Bullen. Lasst uns abhauen.“

Jett runzelte die Stirn. „Sollen wir diesen Idioten in Lilys Auto stecken?“

„Besser als auf eines eurer Motorräder“, bemerkte Lily hinter uns. „Ruin und Kai können ihn unter Kontrolle halten.“

Ruin ballte seine Hand zur Faust. „Verdammt, ja.“

Ich versetzte dem Mann einen weiteren Schlag mit der Anweisung: „Bleib bei uns und folge uns zum Auto.“ Als wir aus dem Gebäude traten, drehte er sich um, als wollte er sich wehren. „Folge uns *und lass uns in Ruhe*", spezifizierte ich.

Mit einem verärgerten Murren riss er sich zusammen und ging steif mit uns zu Lilys Auto.

Lily schaute an sich hinunter. Ihre Kleidung war immer noch voller Farbe. „Es gibt bestimmt ein Mittel, um die Farbe aus den Polstern zu bekommen", sagte ich und schob den Mann mit einem weiteren Stoß übernatürlicher Energie zur Hintertür. „Steig ein. Und sitz still."

Er zwängte sich in die Mitte neben den riesigen Teddybären und warf ihm einen nervösen Blick zu, als hätte er Sorge, dass er sich auch als lebender Teil unserer Truppe entpuppen könnte. Ich setzte mich neben ihn, für den Fall, dass ich ihm noch ein paar weitere Schläge verpassen musste. Ruin setzte sich nach vorne und drehte sich zu unserem Feind um, während Lily den Motor startete.

„Wohin sollen wir fahren?", fragte sie unvermittelt und erhöhte das Tempo, als die Sirenen näher kamen.

„Bieg ein paar Mal schnell ab, damit wir außer Sichtweite der Polizei sind", sagte ich. Nox und Jett brausten auf ihren Motorrädern hinter uns her. Ich wusste, dass sie uns folgen würden. „Und dann ..." Wir sollten ihn nicht in ihre Wohnung bringen. Die Hausverwaltung würde Blut auf dem Parkett nicht gutheißen. Vor allem, nachdem wir uns so viel Mühe gegeben hatten, die Bude sauber zu machen. Doch dank meiner neuen Kraft war vielleicht gar kein Blutvergießen nötig.

Nein, trotzdem kein guter Ort, um Kriminelle festzuhalten. Nachdem Lily ihre zweite Runde gedreht hatte, deutete ich nach Osten. „Lasst uns zum neuen Clubhaus fahren. Es hat einen guten Keller. Keller eignen sich am besten, um jemanden unter Druck zu setzen."

Unser Gefangener, der starr neben uns saß, stieß einen Protestlaut aus. „Ihr Wichser", spuckte er unvermittelt aus.

Offenbar hatte er bemerkt, dass er trotz meiner Anweisungen sprechen konnte. „Ich weiß nicht, was für verrückte …"

Ich versetzte ihm einen Schlag gegen die Schulter. „Halt den Mund."

Und er tat genau das. Brillant.

Vielleicht hätte er versucht, uns einzuschüchtern, doch er war offensichtlich ziemlich aufgewühlt. Seine Augen huschten von einer Seite zur anderen. Offenbar war das die einzige Bewegung, zu der er nach meinem Befehl fähig war. Sein zuvor rötliches Gesicht war blass geworden. Mit den Geheimratsecken in seinem dunklen Haar sah er aus wie ein Vampir. Ein Vampir, der von einem Haufen pfahlschwingender Verrückter gefangen genommen worden war.

Und der Teil mit den Verrückten stimmte wirklich.

Als Lily vor dem Clubhaus hielt, klopfte ich unserem unfreiwilligen Gast mit den Fingerknöcheln auf die Schulter. „Steig aus und komm mit uns ins Restaurant."

Ich musste ihn zu schwach getroffen haben, denn ich verspürte keinen elektrischen Schlag, und der Typ rutschte auf seinem Sitz hin und her, als wollte er nach mir greifen.

Mit einem Adrenalinstoß versetzte ich ihm einen weiteren Schlag. „Steig aus und komm mit uns ins Restaurant. Du wirst *nichts* anderes tun, bis ich es sage." Ich versetzte ihm einen weiteren Schlag auf den Kopf, um den letzten Punkt zu verdeutlichen.

Der Kiefer des Arschlochs zuckte, doch diesmal befolgte er meine Anweisung. Nox und Jett machten sich auf den Weg in den feuchten Keller des Clubhauses. Ruin schwang freudig ein Seil in seiner Hand, auf dessen Verwendung er wahrscheinlich schon lange gewartet hatte. Da ich nicht wusste, ob meine geisterhafte Überzeugungskraft nach der Hälfte unseres kleinen Gesprächs aufgebraucht sein würde, bedeutete ich ihm, den Kerl an einen Stuhl zu fesseln.

Der Atem des Mannes war jetzt nur noch ein schwaches Keuchen. Ohne den Blick von ihm abzuwenden, schritt ich auf eine Weise vor ihm auf und ab, die etwa dreiundneunzig Prozent aller Menschen verunsichern würde.

„Du hast leichtes Asthma, oder?", begann ich. „Es bricht nur aus, wenn du richtig in Panik gerätst. Offensichtlich war dein Job bisher nicht besonders anspruchsvoll, wenn du es die ganze Zeit über verbergen konntest."

„Du weißt gar nichts", schnauzte der Mann mit heiserer Stimme. Meine Befehle schienen nicht mehr zu wirken, sobald ich einen neuen erteilte. Wahrscheinlich würde der Zwang auch mit der Zeit nachlassen.

Wie nett von ihm, sich freiwillig als Versuchskaninchen für meine Kräfte zur Verfügung zu stellen.

Da er an den Stuhl gefesselt war, musste ich mir keine Sorgen machen, ob mein vorheriges Kommando weiterhin aktiv war. Das Wichtigste zuerst: Konnte ich seine Stimmbänder genauso manipulieren wie seine übrigen Körperteile?

Ich versetzte ihm einen Schlag gegen den Kopf. „Sag uns, für wen du arbeitest."

„Nein", knurrte er. Okay, kein Glück. Dann musste ich wohl auf eine meiner üblichen Methoden zurückgreifen. Und ich wollte noch ein anderes Experiment durchführen.

„Falsche Antwort." Ich schlug ihm ins Gesicht. „Wackle mit den Fingern, bis ich dir sage, dass du aufhören sollst."

Sofort bewegte der Kerl seine Finger, die an den Seiten des Stuhls hinunterbaumelten. Er konnte sie nur so weit bewegen, wie es seine Arme zuließen, die von den Schultern bis zur Mitte der Unterarme gefesselt waren. Ich schaute auf mein Handy, um zu überprüfen, wie lange es dauerte, bis er aufhörte und ging wieder auf und ab.

Die anderen Jungs sahen gespannt zu und schwiegen. Sie wussten, dass ich Antworten bekommen würde.

Und wenn ich Hilfe brauchte, wusste *ich*, dass sie mich unterstützen würden. Es war eine perfekte Symbiose.

Unser Gefangener starrte auf seine Hände. Sein Gesicht war jetzt kreidebleich und angespannt. Vermutlich versuchte er erfolglos, seine Finger vom Wackeln abzuhalten. Ich schlenderte auf ihn zu und beugte mich so weit vor, dass mein Gesicht nur noch wenige Zentimeter von seinem entfernt war. „Wenn du das gruselig findest, dann warte ab, was wir sonst noch können."

Sein Blick huschte zu mir, und ich grinste. Seine Angst zeigte sich in jedem Flackern seiner Augen und dem Schweiß, der sich an seinem Haaransatz gebildet hatte.

Noch nie hatte ich mit einem so verängstigten Typen zu tun gehabt. Selbst wenn ich ihn nicht auf übernatürliche Weise zum Reden bringen konnte, verschafften mir meine Geisterfähigkeiten immer noch einen Vorsprung.

„Es gibt eine ganz einfache Möglichkeit, aus dieser Horrorshow herauszukommen", fuhr ich fort. „Wir wollen nur wissen, wer dich beauftragt hat, unseren Freund hier zu verfolgen, und warum." Ich deutete auf Ruin.

„Das kann ich euch nicht sagen", antwortete der Typ trotzig. „Weil ich es verdammt noch mal nicht weiß."

Nox knurrte, und ich hob meine Hand, um ihn zurückzuhalten. Ich stieß dem Mann in den Kehlkopf. „Du weißt, für wen du arbeitest, oder? Von wem du Befehle entgegennimmst?"

Er funkelte mich böse an und schwieg. Die Darbietung wäre beeindruckender gewesen, wenn seine Hände nicht immer noch an seinen Seiten gezuckt hätten wie Schmetterlinge auf Kokain.

Ich grinste. „Lass es mich so ausdrücken. Du hast bereits gesehen, dass ich dich dazu bringen kann, zu tun, was ich will. Du kannst es mir sagen, und diese Sache wird sauber enden. Oder ich könnte dir befehlen, dir deinen eigenen

Schwanz abzubeißen. Wenn du dich nicht so weit bücken kannst, könntest du dir deine zuckenden Finger einzeln abbeißen. Vielleicht lasse ich dich deine Daumen behalten, damit du sie dir in die Nase rammen kannst."

„Oder in den Arsch!", schlug Ruin vor.

„Oder er könnte sich die Augen ausstechen", bemerkte Jett.

Nox kicherte. „Warum sich entscheiden? Alle drei Vorschläge hören sich gut an."

Der Schweiß lief dem Mann mittlerweile in einem Rinnsal über das Gesicht. Ich sah, wie er einen weiteren Versuch unternahm, seine Hände zu kontrollieren ... und scheiterte. Statt weiß war er mittlerweile grün im Gesicht. Vielleicht würde er als Chamäleon wiedergeboren werden.

„Willst du dich erst ein wenig selbst verletzen, um zu sehen, wie es sich anfühlt?", fragte ich im Plauderton, als er schwieg. „Nun, das wird bestimmt auch Spaß machen." Ich hob meine Hand, um ihm einen weiteren Schlag zu versetzen.

„Nein!", schrie der Typ und zuckte zusammen. „Na gut. Ich arbeite für Ironguard Security. Es war nur ein verdammter Job. Wir bekommen einen Auftrag und führen ihn aus. Das ist alles."

Lily spannte sich an, und auch mein Herz setzte einen Schlag aus.

Ironguard Security. Wir hatten ihre Karte in Nolan Gauntts Schreibtisch gefunden.

„Wie genau lautete dein Auftrag?", fragte ich.

Er nickte zu Ruin. „Der Kerl sollte uns über ein Mädchen Bericht erstatten, das er überwachte. Ich weiß nicht, warum. Die Befehle kamen von ganz oben. Als der Typ keine Informationen mehr lieferte, sollten wir ihn ausschalten."

„Wer hat diese Befehle erteilt?", fragte Nox.

„Ich weiß es nicht! Ich habe nichts mit den Kunden zu tun. Ich führe nur Befehle aus, das schwöre ich."

Ich legte den Kopf schief und hob erneut die Hand. „Ich hoffe wirklich, dass du mir sagen kannst, inwiefern dein Unternehmen mit der Familie Gauntt in Verbindung steht."

Die Augen des Mannes wurden groß. „Du meinst Thrivewell. Sicher! Ich glaube nicht, dass diese Information an die Öffentlichkeit gelangen soll, aber ich habe einmal ein Formular gesehen. Das Unternehmen gehört ihnen. Ironguard wird von Thrivewell geführt. Das ist nicht wirklich überraschend, oder? Schließlich gehört ihnen die Hälfte der Unternehmen in der Stadt." Er lachte leicht hysterisch.

Mir lief ein Schauer über den Rücken. Ich holte mein Handy heraus, rief das Foto auf, das ich von der Visitenkarte gemacht hatte, und betrachtete die Zahlen, die Nolan auf die Rückseite gekritzelt hatte. Die zweite Kombination war definitiv eine Handynummer. Ich wählte sie.

Das Handy, das wir Ruins vorherigem Angreifer gestohlen hatten, begann in seiner Gesäßtasche zu klingeln. Ruin griff danach, und ich beendete den Anruf und schüttelte den Kopf. „Mach dir keine Mühe. Das war nur ich."

Die Puzzleteile fügten sich in meinem Kopf zu einem Bild zusammen, das ich nicht leugnen konnte. Nolan Gauntt hatte Lily überwacht. Ansel Hunter ebenfalls. Nolan gehörte die Sicherheitsfirma, der Ansel Bericht erstattet hatte. Er hatte die Nummer eines Ironguard-Mitarbeiters notiert, der während Ansels Fall verschwunden war. Es bestand nicht die geringste Chance, dass dies nicht alles Teil desselben Plans war.

Mir war klar, dass wir aus diesem Trottel keine weiteren Informationen herausbekommen würden. So gerne ich auch meine Kräfte bis an die Grenzen ausgereizt hätte, um zu schauen, wie weit ich seinen Selbsterhaltungstrieb ausreizen konnte, zog ich es vor, mein Wort zu halten.

Mein anderes Experiment hatte Ergebnisse geliefert. Die Finger des Mannes hörten auf, hektisch zu zucken. Ich schaute auf mein Handy.

Fünfzehn Minuten. Fünfzehn Minuten, bis die Wirkung nachließ.

Ich gab Nox ein Zeichen. „Ich bin fertig mit ihm."

Ich drehte mich um, als der Schuss fiel, und sah Lily ins Gesicht. Sie hatte die Arme um ihren Körper geschlungen und ihr Blick war auf die anderen Jungs gerichtet und nicht auf mich.

Als wir versucht hatten, ihr mit unseren Ideen beim Entspannen zu helfen, hatte *ich* als Einziger etwas organisiert, das zu ihr passte. Hatte das nicht bewiesen, dass ich sie besser verstand als jeder andere?

Doch vielleicht hatte ich den Beitrag meiner Freunde unterschätzt. Während ich sie auf bekanntes Terrain gebracht hatte, hatten die anderen ihr einen Einblick in ihre Welten verschafft. Sie hatten ihr etwas von *sich* gezeigt …

Was hatte ich von mir selbst zu bieten, außer Informationen, die ich irgendwo gelesen oder von jemandem gehört hatte?

Ich warf einen Blick auf den Mann, der über einer Blutlache in seinem Stuhl zusammengesackt war, und eine Gewissheit stieg in mir auf. Ich war, wer ich war. Und selbst wenn ich ihr nichts Nützliches bieten konnte, würde ich verdammt noch mal dafür sorgen, dass jeder Schurke, dem wir über den Weg liefen, alles von sich preisgab, was ihr weiterhelfen könnte.

sechsundzwanzig

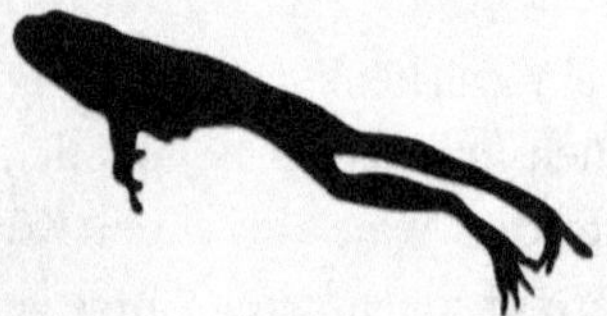

Lily

Ich hatte keine Ahnung, was die Schädelbrecher mit der Leiche gemacht hatten, und ich hatte auch kein Interesse daran, danach zu fragen. In meinem Kopf schwirrten zu viele Gedanken herum, als dass ich mir darüber Sorgen machen könnte. Selbst der heiße Wasserstrahl, mit dem ich mir die Farbe aus dem Haar und von meiner Haut wusch, konnte das unbehagliche Gefühl nicht vertreiben.

Ruin und Jett hatten mich in die neue Wohnung gebracht, während Nox und Kai sich um die Leiche kümmerten. Eigentlich begann mein Mietvertrag erst morgen, aber nach der Reinigung und der widerwilligen Zustimmung der Hausverwaltung sowie der Tatsache, dass ich bereits die Schlüssel für die neuen Türen hatte, war ich inoffiziell eingezogen. So hatten wir die Möglichkeit, ein paar Möbel aufzubauen, bevor ich Marisol morgen herbrachte.

Ich wollte, dass die Wohnung schöner aussah als meine alte, ohne dabei ein Vermögen auszugeben. Vor allem, da ich nach nur einem Monat bereits zum zweiten Mal meinen Job verloren hatte. Deswegen hatte ich darauf geachtet, dass die Einrichtung einfach und modern, aber robust und pflegeleicht war. Ich hatte den Jungs allgemeine Vorgaben gemacht, und sie hatten sich hier und da etwas einfallen lassen.

Ich hatte nicht nachgefragt, wie sie es angestellt hatten. Mein einziges Anliegen war, dass niemand dabei verletzt werden sollte. Und sie hatten nicht den Eindruck erweckt, dass sie gegen diese Regel verstoßen hatten.

Zu den wenigen Dingen, die ich selbst ausgesucht hatte, gehörte ein kleiner Rollsekretär. Ich hatte bereits Stifte in den Schubladen verstaut und einen Stapel Zeichenpapier in das untere Fach gelegt. Er stand am Fenster in dem Zimmer, das Marisol beziehen würde.

Im Vorbeigehen strich ich mit den Fingerspitzen über die geschwungene Platte, ohne das alte Holz wirklich zu fühlen. Das leise Rauschen des Verkehrs drang durch das Fenster. Ich atmete tief ein und roch den Lufterfrischer, den ich im ganzen Haus versprüht hatte, um die Gerüche unserer Reinigungsaktion zu absorbieren.

Es kam mir vor, als wäre ich über hundertmal durch die gesamte Wohnung gelaufen. In dem Moment, in dem ich aufhörte, drängten sich belastende Gedanken auf, und ich hatte das Gefühl, zu ertrinken.

Es bestand kein Zweifel daran, dass Nolan Gauntt mich ins Visier genommen hatte, seit ich nach Lovell Rise zurückgekehrt war. Hatte er jemals *aufgehört*, mich zu überwachen? Da er mich von dem Moment meiner Rückkehr an von Ansel überwachen lassen hatte, musste er von meiner Entlassung aus der St. Elspeth Klinik gewusst haben.

Lag es daran, dass er Angst hatte, dass ich ausplaudern würde, was vor sieben Jahren mit meiner Schwester passiert war? Aber warum hatte er seine Killer dann nicht auf *mich* statt auf Ansel angesetzt?

Da ich keine Antworten auf diese Fragen hatte, nagten sie weiter an meinem Gehirn.

Schließlich kamen Nox und Kai herein. Ruin richtete sich auf der kastenförmigen Ausziehcouch auf und warf mir einen hoffnungsvollen Blick zu. Jett drehte sich um. Er hatte die ganze letzte Stunde mit den Fingern gegen die Wand geklopft, um den Farbton des Hauptraums anzupassen, und schien nie ganz zufrieden mit dem Ergebnis zu sein. Im Moment waren die Wände olivgrün.

Ich setzte mich auf den kleinen Zweisitzer schräg gegenüber vom Sofa. Als hätten sie gespürt, dass wir eine Art offizielle Besprechung abhalten würden, versammelten sich die anderen Jungs im Wohnbereich.

Nox setzte sich mit seiner üblichen großspurigen Art neben mich und legte sanft seine Hand auf meine. Er hatte den Farbfleck abgewischt, den ich auf seiner Brust hinterlassen hatte und von dem noch immer ein Hauch von blau zu sehen war. Jett ließ sich neben Ruin nieder, und Kai drehte einen der Stühle am neuen Esstisch um, an dem genug Platz für uns sechs war. Falls die ehemaligen Schädelbrecher, meine Schwester und ich jemals gemeinsam zu Abend essen sollten.

Ich sollte zufrieden sein. Ich hatte ein neues Zuhause und war im Begriff, Marisol von Wade wegzuholen. Doch das Verhör ließ diesen Sieg wie eine Blase in einem Meer voller Gefahr erscheinen. Wie leicht würde diese Blase platzen?

„Die Gauntts haben ihre Sicherheitsfirma beauftragt, um Ansel anzuheuern, damit er mich verfolgt. Und als er unerlaubterweise untertauchte, wollten sie ihn umbringen", fasste ich zusammen, was wir aus den Worten von Ruins

Angreifer schließen konnten. „Sie haben mich schon im Auge behalten seit – verdammt, wahrscheinlich schon vor meinem offiziellen Einzug. Bestimmt haben sie herausgefunden, dass ich die alte Wohnung bekommen habe, oder von der Klinik erfahren, dass ich entlassen werde …"

Ich hielt inne und dachte an etwas, das Nolan gesagt hatte. Ich war so schockiert von seiner gleichgültigen Haltung gegenüber meinen Kräften gewesen, dass ich den Rest vorher nicht verstanden hatte. „Ich glaube, er hat die Klinik bestochen, damit sie mich so lange wie möglich *dort*behalten. Er hat etwas in der Art gesagt … Natürlich hat er es geleugnet, als ich versucht habe, die Geschichte aus ihm herauszubekommen."

Nox knurrte und seine Finger umklammerten meine fester. „Nach allem, was der Bastard sonst noch getan hat, überrascht mich das nicht."

„Mich auch nicht. Aber das bedeutet …" Ich senkte den Kopf und fuhr mir mit der freien Hand durchs Haar. „Ich dachte, ich müsste nur herausfinden, was er Marisol vor sieben Jahren angetan hat, und dafür sorgen, dass er ihr nicht noch einmal wehtut. Doch er hat mich die ganze Zeit über in Schach gehalten. Er wollte Ruin *ermorden* lassen. Wer weiß, was er noch getan hat, was wir noch nicht herausgefunden haben?" Die Ungeheuerlichkeit der Situation und unseres Feindes drohten, mich erneut zu überwältigen.

„Er hat es nicht geschafft, mich umzubringen", erklärte Ruin fröhlich.

„Ich weiß, aber er wird es weiter versuchen … und ich weiß nicht, wie ich ihn aufhalten soll. Kein Wunder, dass es ihn meine Wasserattacke nicht erschreckt hat, wenn er so mächtig ist, dass er praktisch die Weltherrschaft übernehmen könnte."

„Niemand wird diese Stadt beherrschen, außer uns, wenn wir fertig sind", verkündete Nox.

Kai nickte. „Wir haben einiges erfahren. Wir haben jetzt eine bessere Vorstellung davon, womit wir es zu tun haben. Und wir werden uns bessere Verteidigungs- und Angriffsstrategien überlegen, sobald wir so weit sind. Wir haben immer noch viele Vorteile. Unsere übernatürlichen Kräfte." Er wackelte mit den Fingern. „Außerdem ist uns egal, ob wir das Gesetz brechen, während er sich daran halten muss. Auch wenn er es manchmal umgeht ..."

„Und unsere neuen Freunde auf der Straße", fügte Ruin hinzu.

„Freunde", spottete Jett, sagte aber nichts weiter, als er meinen Blick auffing. „Wir werden nicht zulassen, dass dir noch einmal jemand Schaden zufügt."

Auch wenn mich ihre Zusicherungen nicht so trösteten, wie sie es sich erhofft hatten, legten sich meine schlimmsten Befürchtungen. Ich holte tief Luft. „Okay. Ich schätze, mir bleibt nichts anderes übrig, als weiterzumachen."

In dieser Nacht konnte ich nicht gut schlafen, und während der gesamten Fahrt zu meinem Elternhaus, um Marisol abzuholen, war mir mulmig zumute. Die Jungs hatten darauf bestanden, mitzukommen, falls die Gauntts oder das Skeleton Corps etwas versuchten, und ich hatte darauf bestanden, dass sie mit ihren Maschinen ausreichend Abstand hielten, weil ich meiner Schwester vorerst nicht von ihnen erzählen wollte. Ich sah ihre Gestalten im Rückspiegel und hatte in diesem speziellen Fall nichts dagegen, verfolgt zu werden.

Je näher wir dem Haus kamen, desto mulmiger wurde mir zumute. Ein sumpfiger Geruch drang ins Auto und meine Brust zog sich zusammen. Bilder aus meinen Albträumen wirbelten in meinem Kopf umher, als hätte ein Teil von mir Angst, dass der Sumpf nach mir greifen und mich in die Tiefe ziehen würde, selbst wenn ich keinen Fuß in die Nähe des Ufers setzte.

Ich ertrank zwar nicht buchstäblich, aber die ganze Sache wuchs mir unweigerlich über den Kopf, oder? Ich nahm Marisol unter meine Fittiche, obwohl ich nicht einmal sicher war, wovor ich sie schützen sollte. Ich hatte sogar Angst, ihr zu zeigen, *wie* ich sie beschützen konnte.

Wie sollte ich sie überhaupt beschützen, wenn ich selbst Angst hatte?

Vor uns kamen der Sumpf und das schimmernde Wasser hinter dem Schilf in Sicht. Meine Hände umklammerten das Lenkrad – und etwas in mir brach auf. Ein seltsames Gefühl der Gewissheit stieg in mir auf. Das Mal auf der Unterseite meines Arms kribbelte, doch ich ignorierte es.

Bisher hatte nichts meinem Gedächtnis auf die Sprünge geholfen, aber vielleicht hatte ich die Tür einfach nicht weit genug geöffnet. Ich hatte Angst gehabt, zu erfahren, was passiert war, was ich getan hatte, womit ich es zu tun hatte … Und ich hatte mich von der Quelle meiner Macht einschüchtern lassen.

Der Sumpf wollte mir nicht wehtun. Er hatte mich nicht absichtlich in die Tiefe gezogen. Das war die Ungeschicklichkeit einer Sechsjährigen gewesen, und als ich mich hinausgekämpft hatte, hatte der Sumpf mir eine besondere Fähigkeit mitgegeben.

Was, wenn er mir helfen konnte, den Teil von mir wiederzufinden, den ich verloren hatte?

Der Juckreiz an meinen Armen steigerte sich zu einem Brennen, was mich noch mehr in meinem Entschluss bestärkte. Ich bog in die Straße ein, die zu meinem alten Haus führte, und fuhr bis zum Parkplatz am Rande des Sumpfes.

Die Jungs folgten mir. Als ich aus dem Auto stieg, stellten sie ihre Motorräder um Fred 2.0 herum ab. Die feuchte Brise strömte über mich hinweg und die Rohrkolben raschelten im Wind. Mein Puls raste plötzlich vor Panik, aber ich blieb standhaft.

„Was ist los, Sirene?", fragte Nox. Sein Tonfall war nicht vorwurfsvoll, sondern neugierig. Sein neuer Spitzname für mich stärkte mein Selbstvertrauen.

„Hier hat vieles angefangen", sagte ich. „Und hier in der Nähe ist alles schiefgelaufen. Vielleicht kann der Sumpf die Erinnerungen freispülen, an die ich allein nicht herankomme." Ich straffte meine Schultern und sah die vier an. „Greift nicht ein, egal, was passiert. Ihr müsst mich das allein regeln lassen. Ich denke … Ich komme schon klar."

Ich konnte nicht behaupten, dass ich mir dieser Sache sicher war, aber andererseits konnte man sich vieler Dinge im Leben nicht sicher sein, außer den Steuern und Magenschmerzen nach einer fettigen Pizza.

Zwei Frösche hüpften auf mich zu, um mich zu begrüßen. Das vertraute Summen breitete sich in meinen Adern aus, obwohl ich weder wütend noch aufgebracht war. Ich war nur entschlossen.

Ich würde die Kontrolle über meine Kraft übernehmen. Ich würde mir alles, was in meinem Leben passiert war, zu eigen machen, egal wie schrecklich es war. Und dazu gehörte auch, den Moment anzunehmen, in dem ich beinahe mein Leben verloren hätte.

Ich ging zum Ufer, zog meine Schuhe aus und stieg in den Matsch hinab. Das kalte Wasser umspülte meine Knöchel, als ich mir einen Weg durch das Schilf und die Binsen bahnte und tiefer hineinwatete. Das Wasser reichte mir bis zu den Waden, dann bis zu den Knien und schließlich bis zu den Oberschenkeln. Meine Zehen wurden taub, aber die brauchte ich im Moment nicht.

Ich war eine Sirene, eine Waterlily, ein Engelsfisch. Ich war die Königin des Sumpfes und das Wasser gehorchte meinem Willen. Ich war hineingestürzt und wieder daraus emporgestiegen. Wir waren wie alte Freunde. Wie Mutter und Tochter. Unser Verhältnis war sogar besser als das zu meiner leiblichen Mutter in letzter Zeit.

Mein Herz pochte heftig, aber ich ging weiter, bis ich bis zur Taille im Wasser stand. Feuchtigkeit sickerte durch mein Shirt, und ich zitterte, blieb jedoch standhaft. Dann schloss ich die Augen und stürzte mich ins Wasser.

Die kalte Flüssigkeit umschloss mich augenblicklich. Panik durchzuckte meine Glieder, doch ich blieb ruhig, ohne zu strampeln. Stattdessen öffnete ich meinen Mund.

Wasser strömte in meinen Rachen und in meine Lunge, und seltsamerweise entspannte sich mein Körper dabei. Es fühlte sich an, wie nach Hause zu kommen. Das Summen in mir erklang wie die Saite einer himmlischen Harfe, und der Klang hallte durch meine Ohren und meinen Geist. Plötzlich spürte ich einen Schmerz in dem Mal auf meinem Arm und eine Mauer in meinem Hinterkopf.

Ich leitete die Energie des Wassers durch meinen hinabsinkenden Körper und in das Mal, um diese verdammte Stelle herauszuschneiden. Dann schleuderte ich sie auf die gefühlte Barriere in meinem Gedächtnis.

Die Kraft knisterte, doch ich nahm immer mehr in mich auf.

Ich war der Sumpf. Der Sumpf war ich. Und nichts in mir, das nicht Teil des Sumpfes war, gehörte noch zu mir.

Etwas in mir, das überhaupt nicht richtig war, ächzte und wehrte sich gegen den Ansturm der Wassermagie. Ich zog die ganze Kraft und Weite des Sumpfes in mich hinein und zerschmetterte die Fremdheit wieder und wieder und

…

Die Mauer in mir zerbrach mit einem erfrischenden Kälteschwall, und Bilder strömten in meinen Kopf.

Ich war dreizehn Jahre alt und kam nach einem Spaziergang am Sumpf nach Hause. Mom und Wade saßen im Wohnzimmer. Ihre Mienen erstarrten bei meinem Anblick. Vor allem die von Wade.

„Du bist früh zu Hause", sagte Mom schwach.

Wade sprang auf. „Warum gehst du nicht raus und spielst noch ein bisschen? Hier drin wird dir doch nur langweilig."

Meine Sinne waren sofort in Alarmbereitschaft. Da war etwas, was sie mir nicht sagen wollten. Ich warf einen Blick zur Treppe, und im selben Moment knarrte der Boden und ein Keuchen drang aus Marisols Zimmer.

„Lily!", bellte Wade, doch ich rannte bereits zur Treppe. Panisch stürmte ich immer zwei Stufen auf einmal nach oben.

Die Tür zu Marisols Zimmer war geschlossen. Ich rannte darauf zu und riss sie auf.

Ein Mann, den ich damals nicht kannte, saß neben meiner kleinen Schwester auf Marisols Bett. Heute wusste ich, dass es Nolan Gauntt war. Er hatte sich ihr zugewandt und sein Knie berührte ihres, während er mit einer Hand über ihr Haar strich.

Seine andere Hand war hinter ihrem Rücken. Er zog sie rasch zurück, als er mich sah. Hatte er unter ihr *Shirt* gefasst?

Meine Panik verwandelte sich in Wut. „Nehmen Sie verdammt noch mal Ihre Hände weg!", schrie ich und stürmte in den Raum. Ich spürte ein seltsames Kribbeln zwischen meinen Rippen. Damals wusste ich nicht, was es bedeutete. Ich war zu aufgebracht, um es zu beachten.

Nolan stand auf, und das gelassene Lächeln auf seinen Lippen machte mich noch wütender. Marisol sah völlig verwirrt aus, als er ihr den Kopf tätschelte und etwas sagte, das ich nicht verstehen konnte.

Ich stürzte mich auf ihn und holte zu einem Schlag aus, aber er hielt meinen Arm fest. Er legte eine Hand auf die Unterseite, direkt neben meine Achselhöhle, und starrte mich mit einem unheimlichen Funkeln in seinen sonst so ausdruckslosen blauen Augen an.

„Du wirst dich nicht daran erinnern", sagte er. In seiner Stimme schwang eine Energie mit, die mich bis ins Mark durchdrang. „Du wirst dich nicht daran erinnern."

„Natürlich werde ich das", erwiderte ich und schlug mit meiner anderen Hand nach ihm.

Doch er wehrte auch diese ab, schubste mich auf das Bett neben Marisol und schritt aus dem Zimmer.

Ich sprang auf und wirbelte zu Marisol herum. Sie saß immer noch wie erstarrt da. Die Panik kehrte zurück und schnürte mir die Kehle zu.

„Geht es dir gut, Mare? Was hat er dir angetan?"

„Nichts", flüsterte sie. „Es war nichts."

Ich biss die Zähne zusammen und rannte dem Mann hinterher, der sie belästigt hatte.

Er war schnell. Als ich die Treppe hinunterrannte, war er bereits an der Eingangstür. Draußen wurde ein Motor angelassen. Sowohl Mom als auch Wade waren aufgestanden.

„Bitte entschuldigen Sie die Störung", meinte Wade.

„Kein Problem", erwiderte Nolan forsch. „Ich habe mich um alles gekümmert. Sie brauchen sich keine Sorgen um sie zu machen."

Dann eilte er aus dem Haus.

Ich starrte Mom und Wade an. Sie hatten es gewusst. Sie hatten verdammt noch mal *gewusst*, dass er mit Marisol da oben war – sie hatten ihn …

Das Summen, das mich durchdrungen hatte, schwoll zu einem Brüllen an. Ich wusste immer noch nicht, was es bedeutete, doch ich wollte meine ganze Wut auf die beiden herabregnen lassen.

„Warum habt ihr ihn hierherkommen lassen?", schrie ich, griff nach einer leeren Tasse auf dem Couchtisch und schleuderte sie nach Wade. „Wie konntet ihr Marisol das antun?"

Wade zuckte zusammen, als die Tasse seine Schulter traf. Abwehrend hob er die Hände. „Ellie, überlass das besser mir", sagte er zu Mom, die nur einen Sekundenbruchteil zögerte, bevor sie mit gesenktem Kopf aus dem Zimmer huschte.

Das machte mich noch wütender. „Du Arschloch! Du Scheißkerl! Er hat Marisol wehgetan, und du hast es einfach zugelassen. Ich werde …"

„Lily!", sagte Wade. „Du hast wirklich keine Ahnung …"

Diese Worte lösten den bisher größten Zorn aus. *Ich hatte keine Ahnung?* Ich war hinaufgegangen und hatte gesehen, was der Verrückte ihr antat.

Ein wortloses Wutgeheul entwich meiner Kehle, das Summen brach aus mir heraus – und ein Wasserschwall brach durch die Wand, die an die Küche grenzte.

Der Rest war größtenteils so verlaufen, wie ich es mir schon zusammengereimt hatte. Das Wasser strömte aus den Wänden und prasselte auf Wade und das Wohnzimmer herab. Wade hatte mich geschubst, und ich hatte ihm eine blutige Nase verpasst und seine Wange zerkratzt, während ich versuchte, ihn abzuwehren. Dann war er in die Küche geflohen und hatte die Tür abgeschlossen.

Als die Polizei eintraf, hatte ich meine Kraft aufgebraucht. Ich hatte klatschnass und schreiend mitten im Wohnzimmer gestanden. Wades Wunden und die Zerstörung waren der Beweis für meinen irren Zusammenbruch. Jemand hatte mir eine Spritze in den Arm gerammt …

Und dann war ich wieder in der Gegenwart und stieg stöhnend und prustend aus dem Wasser.

Wankend beugte ich mich vornüber und erbrach einen Schwall Sumpfwasser. Es strömte aus mir heraus und zurück blieb ein kribbelndes Gefühl der Reinheit statt eines unerträglichen Brennens.

„Lily?" Ruins verzweifelte Stimme drang von jenseits der Binsen herüber. „Lily, kannst du mich hören?"

Ich hustete erneut, bis ich meine Stimme wiederfand. Sie war rau, aber fest. „Ich bin hier. Ich komme zurück."

Jetzt war ich wieder ganz.

Während ich durch das Wasser zum Ufer zurückwatete, legte ich meine Hand auf meinen anderen Arm. Ich zog den Kragen meines durchnässten Shirts zur Seite und warf einen Blick auf die Unterseite.

Das Mal war verschwunden. Es war genau dort gewesen, wo Nolan mich festgehalten hatte, als er mit diesem unheimlichen Zittern in der Stimme gesagt hatte, dass ich mich nicht erinnern würde.

Deshalb war er sich so sicher gewesen, dass ich mich nicht erinnerte.

Ich hatte den Bann gebrochen, mit dem er mich belegt hatte. Meine Magie war stärker als seine.

Nolan Gauntt hatte magische Kräfte.

Ich stieg aus dem Sumpf und ging zu den Jungs, die am Ufer auf mich warteten. Kai hatte die Ersatzdecke aus Freds Kofferraum geholt und wickelte sie mit ungewöhnlicher Zärtlichkeit um meinen Körper. Ich hatte sie wieder im Auto verstaut, nachdem ich die Betten in der Wohnung mit richtiger Bettwäsche ausgestattet hatte. Dann sprudelte die qualvolle Geschichte aus mir heraus.

„Die Gauntts haben auch Zauberkräfte", stellte Nox mit grimmiger Miene fest, als ich fertig war.

„Nolan jedenfalls", bestätigte ich. „Aber wir können ihn besiegen. *Ich* habe seinen Bann gerade gebrochen. Und jetzt wissen wir es." Natürlich war Nolan nicht so entsetzt über meine Wassermagie gewesen, wenn er aufgrund seiner eigenen Kräfte wusste, dass Magie existierte. Doch er hatte keine Ahnung, zu was ich noch in der Lage war.

Kai legte den Kopf schief. „Ja, und jetzt, wo wir es wissen, wissen wir auch, worauf wir achten müssen. Wir werden seinen Geheimnissen auf den Grund gehen, bis wir herausgefunden haben, wie wir ihn zur Strecke bringen und dafür sorgen können, dass er dafür bezahlt.“

Zum ersten Mal glaubte ich diese Aussage voll und ganz. Ein Lächeln huschte über meine Lippen.

Ich kannte jetzt meine eigenen Geheimnisse und wusste, dass ich nichts Schreckliches getan hatte. Ich hatte sie nicht verdrängt, um mich vor der Wahrheit zu schützen. Es war Nolan gewesen, der versucht hatte, seine eigenen Verbrechen zu vertuschen.

Ich trocknete mein Haar mit der Decke und drehte mich zu meinem Zuhause um. „Ich sollte Marisol holen.“ Zum ersten Mal war diese Aussage nicht mit Besorgnis verbunden, trotz der bizarren Aktion, die ich gerade durchgezogen hatte. Ich hob mein Kinn. „Und ich glaube, da ist etwas, das ich ihr zeigen sollte.“

Als ich vor dem Haus anhielt und die Jungs ihre Motorräder mit einigem Abstand hinter mir zum Stehen brachten, waren meine Kleidung und Haare noch ziemlich feucht. Ich musste nicht einmal an die Tür klopfen. Marisol erwartete mich bereits. Als ich aus dem Auto stieg, stürmte sie mit einer Tasche unter dem einen Arm und einem Handgepäckkoffer in der anderen Hand aus dem Haus.

„Du bist gekommen!“, rief sie, als wäre sie sich nicht ganz sicher gewesen. Dann musterte sie mich von Kopf bis Fuß. „Was ist mit dir passiert?“

„Nichts, womit ich nicht fertig werden könnte“, antwortete ich und fuhr mir mit den Fingern durchs Haar. „Ich wollte nur sichergehen, dass ich dich beschützen kann. Und ich glaube, das kann ich. Auf jeden Fall besser als Wade und Mom es je getan haben. Willst du etwas Verrücktes sehen?"

Marisol zog die Augenbrauen hoch, und Neugier blitzte in ihren Augen auf. „Klar."

Mir war immer noch ein wenig unbehaglich zumute, doch ich ignorierte es. Ich schöpfte aus meiner Liebe zu meiner Schwester und meiner Wut auf alle, die sie bedroht hatten, und strich im Takt des in mir widerhallenden Summens mit der Hand über die Vorderseite meines Shirts.

Ein dünner Wasserstrahl löste sich von dem Stoff und floss durch die Luft auf meine Handfläche zu, als ich meine Hand wegzog. Ich forderte ihn auf, in der Luft zu tanzen, ließ ihn höher wirbeln und drehte ihn wie ein Band aus Wasser. Dann senkte ich meine Hand und ließ ihn auf den Boden platschen.

Marisol war die Kinnlade heruntergefallen. Ich beobachtete ihre Miene genau und suchte nach Anzeichen von Angst.

Ein breites Grinsen umspielte ihre Lippen. „Das ist nicht verrückt", sagte sie. „Das ist verdammt erstaunlich! Wie hast du das gemacht?"

„Achte auf deine Ausdrucksweise", tadelte ich sie – nicht dass es mir zustand, mich über ihr Fluchen zu beschweren – und führte sie zum Auto. „Ich erkläre dir alles während der Fahrt."

siebenundzwanzig

Lily

Am Tag nach Marisols Einzug schrieb mir Nox eine Nachricht, während sie und ich gerade ein spätes Frühstück verspeisten. Ich hatte Pfannkuchen gemacht, die, wie ich stolz verkündete, zwar nicht rund, aber unglaublich fluffig waren, was natürlich am wichtigsten war. Maximale Sirupaufnahme.

Ist das ein guter Zeitpunkt, um vorbeizukommen und sie kennenzulernen?, fragte er. *Hat sie sich eingelebt?*

Wir hatten bereits besprochen, dass die Jungs zu Besuch kommen sollten, damit ich sie ihnen vorstellen konnte. Sie würden ein wichtiger Teil ihres erweiterten Schutztrupps sein, daher sollte sie wissen, dass sie auf ihrer Seite waren.

Gebt uns eine Stunde, schrieb ich zurück. *Ich möchte sie ein wenig vorbereiten.*

Worauf? Wir sind unbestreitbar großartig. Er fügte ein

zwinkerndes Emoji hinzu, um zu zeigen, dass er sich Ruins übermäßigen Optimismus nicht zu eigen gemacht hatte.

Ha ha. Zeigt euch von eurer besten Seite. Keine Waffen, kein Blut.

Und was bekomme ich als Belohnung, wenn ich brav bin, Sirene?

Mal sehen. Ich fügte ein Emoji mit herausgestreckter Zunge hinzu und legte mein Handy beiseite. Obwohl diese Zunge wahrscheinlich alle möglichen, nicht ganz falschen Vorstellungen in ihm auslösen würde.

Marisol hatte mich neugierig beobachtet. „Ist alles in Ordnung?", fragte sie und kratzte sich unbewusst am Arm.

„Ja!", sagte ich schnell. „Ich habe nur mit ein paar Freunden geredet. Oder, na ja, wohl eher mit meinen Liebhabern. Zumindest in manchen Fällen."

Marisols Augenbrauen wanderten bis zu ihrem Haaransatz. „Liebhaber im *Plural*? Offensichtlich ist da noch einiges, was du mir nicht erzählt hast."

Ich stieß ein verlegenes Lachen aus und wünschte, mein Gehirn würde besser mit meinem Mund zusammenarbeiten, damit ich nicht so damit herausgeplatzt wäre. „Das ist eine lange Geschichte. Das Wichtigste ist, dass es ein paar Jungs gibt, denen ich sehr am Herzen liege. Und du auch, weil sie wissen, wie wichtig du mir bist. Sie haben mir geholfen, dafür zu sorgen, dass ich dich zu mir holen konnte. Sie kommen heute vorbei, damit du sie kennenlernen kannst, aber zuerst sollte ich dir wahrscheinlich ein paar Dinge über sie erklären."

Meine Schwester nahm einen weiteren Bissen von ihren Pfannkuchen und kaute nachdenklich darauf herum. „Ist das so wie bei deinen verrückten Wasserkräften? Sind sie auch beinahe im Sumpf ertrunken und als Superhelden aufgewacht?"

„Ich bin keine Superheldin“, protestierte ich. „Und die Jungs, na ja …“

Während ich sprach, kratzte sich Marisol wieder an der Unterseite ihres Oberarms und ihre Haltung versteifte sich abrupt. Sie starrte mich an und ließ ihre Gabel klappernd auf ihren Teller fallen.

Ich zögerte. „Mare? Was ist …?“

Sie sprang auf. „Was machst du mit mir?“, unterbrach sie mich. Ihre Augen waren weit aufgerissen. „Du willst mich verwirren und mich von meiner Familie trennen.“

Mein Herz begann, schmerzhaft zu pochen. „Wovon redest du? *Ich* bin deine Familie.“

„Nein, bist du nicht. Nicht, nachdem du uns verlassen und all diese verrückten Dinge getan hast. Ich kann dir nicht vertrauen.“

Ich stand auf und streckte die Hand nach ihr aus, doch sobald ich mich ihr näherte, zuckte meine Schwester zurück und hob abwehrend die Hände. „Fass mich nicht an! Komm mir nicht zu nahe!“

Was zum Teufel war los mit ihr? Es war, als wäre *sie* besessen – doch nach dem, was die Jungs mir erzählt hatten, konnte das nicht passieren, wenn jemand nur da saß und Pfannkuchen aß.

Ich hob ebenfalls die Hände in einer Geste des Friedens. „Ich werde dir nicht zu nahe kommen, wenn du das nicht möchtest. Aber du musst mir sagen, was los ist, Mare. Vor einer Minute war noch alles in Ordnung. Wenn dich etwas bedrückt …“

„Nichts war in Ordnung“, schoss Marisol zurück. „Und ich muss dir gar nichts sagen. Ich verschwinde von hier.“

Sie stürmte zur Tür – in ihrem kurzärmeligen Pyjama und barfuß, ohne ihre Habseligkeiten mitzunehmen. Als würde sie es keine Sekunde länger in einem Raum mit mir aushalten.

Mein Magen verkrampfte sich, aber mein Bedürfnis, sie zu beschützen – selbst wenn es nur vor sich selbst war – war stärker als die Angst, dass ich ihr wehtun könnte. Ich eilte ihr hinterher und griff nach ihrem Arm.

Stattdessen erwischte ich den Ärmel ihres Pyjama-Oberteils. Sie riss sich so heftig von mir los, dass die Naht riss. Ihr Arm schnellte nach oben, als sie mich wegschlagen wollte …

Und mein Blick fiel auf einen kleinen, rosafarbenen Fleck an der Unterseite ihres Arms, nur ein paar Zentimeter von der Achselhöhle entfernt. Der Fleck hatte die gleiche Größe und Farbe wie der auf meinem Arm, bis ich den Zauber gebrochen hatte. Der, mit dem Nolan Gauntt meine Erinnerung unterdrückt hatte. Und er befand sich fast genau an derselben Stelle. Dort, wo sie sich gerade gekratzt hatte.

Entsetzen schwappte über mich hinweg wie eine eisige Welle.

Marisol stürmte zur Tür und riss sie auf. „Lass mich in Ruhe", schrie sie.

Auf keinen Fall. Ich rannte ihr hinterher, doch sie schlug mir die Tür vor der Nase zu. In meiner Panik brauchte ich zu lange, um an der Türklinke und den zweitausend automatischen Verriegelungsmechanismen herumzufummeln, auf die Nox bestanden hatte. Ich rannte ihr hinterher, ebenfalls in Pyjama und Hausschuhen. Ich hörte sie nur ein paar Stockwerke unter mir auf der Treppe und dann das dumpfe Geräusch der neuen Eingangstür, als sie hinter ihr ins Schloss fiel …

Ich stieß mich von der Tür ab und lief auf den Bürgersteig. „Marisol!", rief ich und sah mich in alle Richtungen um.

Doch sie war bereits spurlos verschwunden.

Eva Chase ist eine Amazon Top 100-Bestsellerautorin für Urban Fantasy und paranormale Liebesromane. Sie ist mit Magie, Chaos und Herzschmerz aufgewachsen und bringt alle drei Elemente in ihre Geschichten ein. Aber keine Angst vor dem gefürchteten Liebesdreieck - Evas Heldinnen müssen sich nie entscheiden. Online findet man sie unter www.evachase.com.